KB159365

원본

김기림詩 전집

기상도 · 태양의 풍속 · 바다와 나비 · 새노래

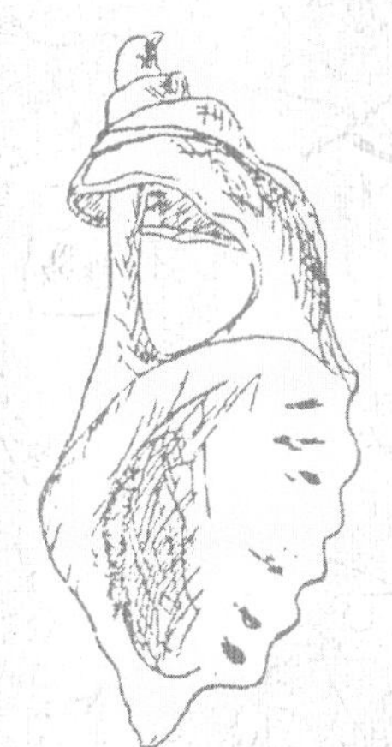

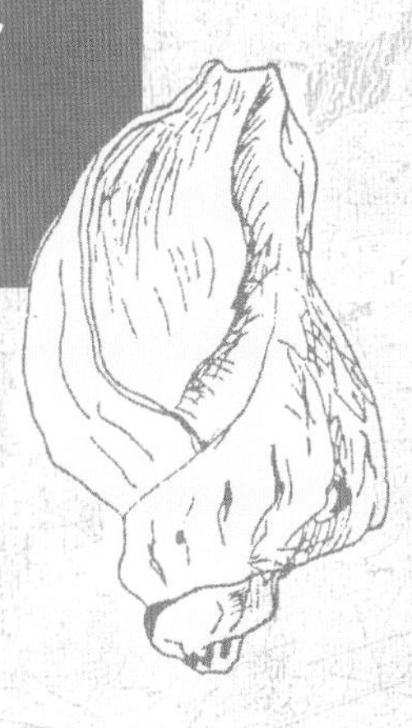

박태상 주해

깊은샘

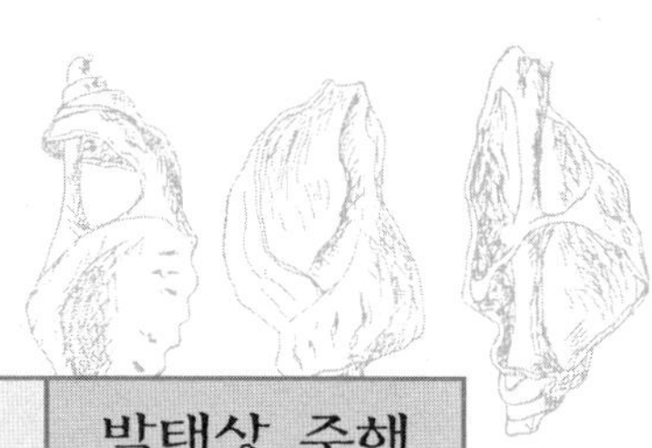

원본 김기림 詩전집

박태상 주해

길

나의 소년시절은
은빛 바다가 엿보이는 그 긴 언덕길을
어머니의 상여와 함께 꼬부라져 돌아갔다.

내 첫사랑도
그 길 위에서 조약돌처럼 집었다가
조약돌처럼 잃어버렸다.
그래서 나는
푸른 하늘 빛에 호져 때없이
그 길을 넘어 강가로 내려갔다가도
노을에 함북 자주빛으로 젖어서 돌아오곤 했다.

그 강가에는
봄이,
여름이,
가을이,
겨울이 나의 나이와 함께 여러 번 댕겨갔다.
가마귀도 날아가고 두루미도 떠나간 다음에는
누런 모래둔과 그리고 어두운 내 마음이 남아서 몸서리쳤다
그런 날은 항용 감기를 만나서 돌아와 앓았다.

할아버지도 언제 난지를 모른다는 동구 밖 그 늙은 버드나무 밑에서
나는 지금도 돌아오지 않는 어머니,
돌아오지 않는 계집애,
돌아오지 않는 이야기가 돌아올 것만 같애 멍하니 기다려본다.
그러면 어느새 어둠이 기어와서 내 빰의 얼룩을 씻어준다.

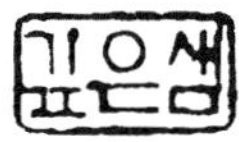

동경 유학시절

1949년 무렵 백천온천에서 시인 申夕汀과 함께

부인 김원자, 장남 세환, 장녀 세순과 함께

1940년 경의 가족 사진

해방 직후의 김기림

『바다와 나비』 1946년 4월 20일 新文化硏究所刊

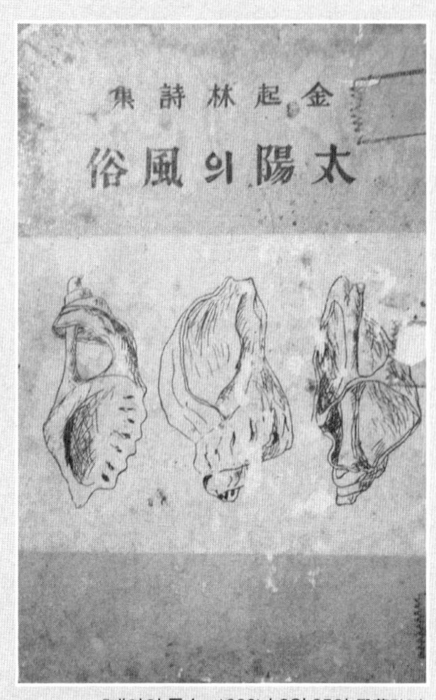

『태양의 풍속』 1939년 9월 25일 學藝社刊

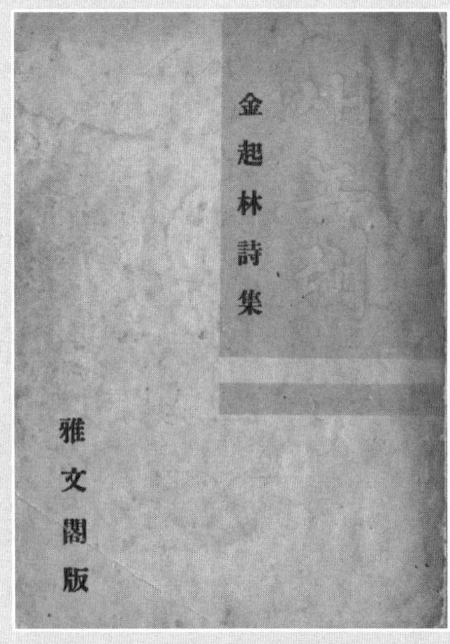

『새노래』 1948년 4월 15일 雅文閣刊

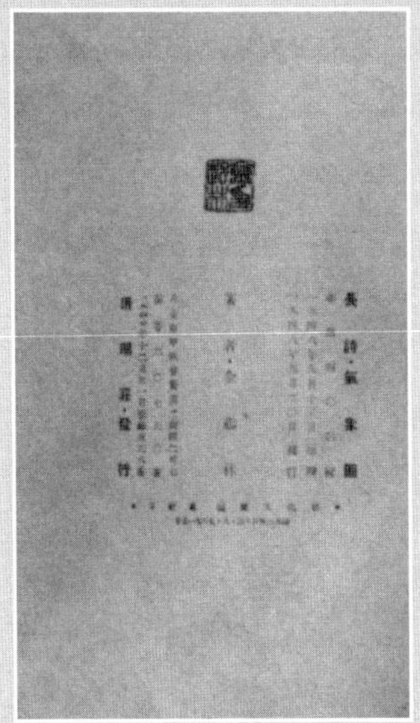

長詩·氣象圖

著者·金起林

시인 장만영씨가 운영하고 있던 출판사 〈산호정〉에서 1946년 9월 20일 발행한 「기상도」의 판권과 지형.

『문학개론』 신문화연구소, 1946

『시론』 백양당, 1947

『시의 이해』 을유문화사, 1950

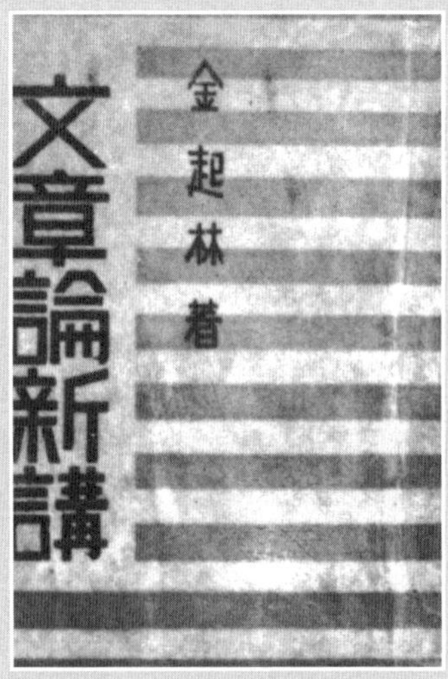

『문장론신강』 민중서관, 1950

■ 일러두기

- 이 책은 앞으로 많은 사람들이 연구할 가치가 있다고 생각되는 일차 자료인 『기상도』, 『태양의 풍속』, 『바다와 나비』, 『새노래』에 수록된 시들과 새로 찾은 75편의 시에 주석을 단 원본 시 전집이다.

- 원본 시집들은 당시의 맞춤법과 띄어쓰기, 외래어 표기가 현재와 많이 다르다. 이에 따라 원전을 그대로 제시하고 필요한 경우 주석을 붙여 설명했다.

- 『바다와 나비』는 종이 상태와 인쇄 상태가 좋지 않아 원본의 활자를 판독하기 어려워 잘 보이지 않는 부분은 주석을 달아 당시 표기대로 옮겨 적었다.

- 새로 찾은 시들은 가능한 대로 발표지를 찾아 수록하는 것을 원칙으로 했지만 불가피한 경우에는 1988년 심설당에서 펴낸 『김기림 전집』에서 인용했다.

- 부록으로 김기림을 가장 잘 이해했던 이상(李箱)이 쓴 「김기림에게 보낸 서신」 7통을 실어 그 당시 김기림의 위상을 살펴보고, 김기림의 방대한 저작물 중 시 목록만 정리하여 실었다.

머리말

시인은 어려운 시기에 왜 시를 창작하는가. 다음으로 중요한 것은 그가 발표한 시가 어디에 수록되어 있는가를 찾아내는 일이다. 그리고 여러 지면에 발표된 시가 한데 모여 시집으로 출간되었을 때 애초에 발표되었을 때와 시집에 수록되었을 때 어떠한 수정과정을 거쳤으며, 그 과정에서 오기가 나타나는가를 확인하는 작업도 매우 중요하다. 이러한 서지주석적인 작업을 통틀어 역사 · 전기적 방법이라고 말한다.

그동안 벼려왔던 김기림의 원본 시집을 펴내기로 하였다. 원전비평가인 프레드슨 바우어즈는 원전을 확정해내는 과정에서 문서적 증거, 기본 텍스트의 결정, 상이점들의 대조 조사, 판본의 족보, 결정본의 확정 단계를 밟아야 한다고 조언했다. 이러한 원전의 확정과정은 다른 어떤 방법론보다 선행되어야 할 기초적이고 토대를 이루는 작업이다.

김기림은 1930년 4월에 『조선일보』 기자로 선임된 이후 1940년 10월 『조선일보』가 폐간될 때까지 기자와 학예부장 등으로 근무했으며, 기자로 취임한 1930년 9월 6일에 시 「가거라 새로운 생활로」를 처음으로 발표한 이후 1950년 5월 『연합신문』에 「조국의 노래」를 마지막으로 발표할 때까지 약 20년간 시인으로 활동했다. 그동안 김기림은 1936년에 첫 시집인 『기상도』를 창문사에서 이상의 장정으로 펴낸 후, 1939년 두 번째 시집 『태양의 풍속』, 해방 직후인 1946년에 세 번째 시집 『바다와 나비』, 1948년 네 번째 시집 『새노래』를 발간했다. 이렇게 발간 시집 발간 당시의 시어가 그대로 생명력을 갖춘 상태로 드러나 있는, 원본 시집을 펴내는 것은 큰 의미를 지닌다고 생각된다. 물론 이본간의 상이점 대조와 문서적 증거를 토대로 결정본 시집을 낸다면 더 좋겠지만, 이러한 작업은 후학들에 미루기로 한다.

새롭게 펴내는 김기림 원본 시집은 김기림의 시세계 연구에 큰 획을 그을 것으로 판단된다. 최근에와서야 그동안 정지용에 비해 저평가되었던 김기림에 대한 연구가 활발하게 이루어지고 있어서 고무적이다. 아무래도 정지용이 전업 시인을 내세운데 비해, 김기림은 기자신분으로서 시를 쓰고 있어서 평가가 그렇게 후하지 못한 듯이 보인다. 또 비평가를 겸하고 있어서 시가 너무 추상적이고 난해한 시사적 문명용어의 나열에 그칠 수밖에 없는 한계도 드러난다. 1930~40년대 식민지 현실은 녹녹지 않아서 요즘처럼 만능 엔터테이너가 높은 평가를 받고 있는 것과는 격세지감이 있다. 이러한 한계 때문에 김기림은 친구인 이상을 특히나 좋아했던 것으로 생각된다. 개인적으로 김기림은 만능 엔터테이너로서의 이상뿐 아니라 전문 작가로서 정지용과 박태원도 존경했으며 그들과의 만남을 매우 소중하게 생각했다. 인간적으로 김기림은 술을 마시지 못한 것에 비해서는, 구인회 멤버들을 비롯해서 경향파 작가까지 매우 폭넓은 사람들과 소통과 교류를 즐겼던 화통한 문인으로 판단된다.

김기림 원본 시집은 첫째, 모더니즘을 우리나라에 크게 확산시킨 비평가인 동시에 그것을 직접 실천한 시인으로서의 김기림의 역할과 위상을 새롭게 정립하는 데 큰 기여를 할 것으로 생각된다. 그동안 김기림 연구는 김학동, 김용직, 김윤식, 박호영, 이숭원, 윤여탁, 김유중, 조영복, 오형엽, 이미순, 김윤정 등에 의해 깊이를 더하며 진화를 거듭했다. 김학동이 유족을 인터뷰해서 시인의 전기적 생애 작업과 작품 목록을 일차적으로 정리해주었다면, 김용직은 장시 〈기상도〉와 T. S. 엘리어트의 〈황무지〉를 비교 연구하여 기법상의 차이를 규명하는 동시에 모더니즘의 초극의 시도를 위해 김기림이 한때 공산당에 입당했던 S. 스펜서를 수용했으며, 그러한 접근이 시단의 새 진로로 그가 모더니즘과 사회성의 종합이라는 지향성을 제시한 요인이 되었다는 결론을 내림으로써 김기림 연구의 깊이를 더해주었다.

이러한 선학들의 연구 축적은 김기림 연구의 확산을 가져오는 데 큰 기여를 했다. 최근에 조영복은 『문인기자 김기림과 1930년대 '활자-도서관'의 꿈』(2007)에서 김기림의 초기 글들이 대체로 자본주의 문화의 산물에 대한 비판적 시각을 뚜렷하게 견지하고 있는데, 이러한 경향은 기자로서 현실을 읽은 것이며, 저널리즘 문예와 장르 혼돈도 1930년대 중·후반에 발표된 시에서 당대 저널리즘의 관심사가 집약된 경우가 많은 것에서도 확인이 된다고 설명한다. 그는 해방공간의 김기림의 변신도 문학가동맹의 이념에 따른 것이라기보다는 1946~47년경 편집국장을 지냈던 좌경 색채의 공립통신 편집국장으로서의 활동과 연관성이 많다고 해석하면서, 1947년경의 '나라 만들기' 열망은 지식인으로서 파악한 해방공간에 대한 비판의 맥락에서 나온 것이라고 봄으로써 새로운 시각을 드러낸다.

김윤정은 『김기림과 그의 세계』(2005)에서 '주체의 형성' 과정을 중심으로 논지를 전개하여 김기림의 담론에는 세 가지 층위의 목소리가 있다고 결론지었다. 김기림의 초기 시에서는 1930년대 중반 반성기를 기점으로 하여 크게 두 부분으로 나뉘는데, 처음에는 근대의 속성 가운데 합리성을 끌어내어 그에 대한 적극적인 지향을 보이고 있다면, 후기에는 합리성 이외의 타자적 요소를 흡수하여 합리성을 넘어서는 안정감 있는 세계를 전개하고 있다고 파악했다. 그다음으로 후기시의 담론구조를 끌어가는 또 다른 목소리는 후기시에 등장하는 주체가 통합적이고 화해된 자아임을 인정하고 이처럼 통일된 주체성을 토대로 공동체의 결속을 도모할 것을 권유한다고 보았다. 해방 후 김기림의 시는 모두 노래라는 형식에 포함시킬 수 있는 직설적이고 단조로운 시로 구성되어 있는데, 시인은 다소 흥분되고 고조된 정서를 바탕으로 그가 과거에 꿈으로만 꾸었던 세계인, 민중이 주인이 되는 민주주의 건설, 자유주의 이념, 타자를 지배하거나 배척하지 않는 상호존중의 세계 등을 담론화한다고 강조한다.

둘째, 앞으로의 과제는 서정시 관점에서 바라보는 김기림의 시세계와 탈구조주의담론으로 접근해보는 김기림의 문명비판적인 시각의 분석 등이 새로운 방법론으로 다가올 것이다.

아무쪼록 김기림 원본 시집에 대한 연구가 근대와 현대의 충돌, 전통과 새로움의 갈등을 통합하여 그가 꿈꾸었던 민족 공동체의 새로운 질서를 잉태하게 만드는 정신적 토대가 될지 궁금하기만 하다. 2014년의 한반도의 분단 상황은 시대의 나침반으로서의 지적 세계를 맘껏 뽐내던 김기림의 근대적 담론에서 크게 나아간 것이 없다. 김기림 문학에 대한 후학들의 창조적이고 심층적인 접근이 새로운 시각 발견과 앞으로의 대안 마련에 크게 기여하게 되기를 기원해본다.

끝으로 세계적인 경제 불황의 여파로 경기가 좋지 않은 가운데에서도 월북 작가들의 작품집과 문학세계를 정리해보려는 포부를 여전히 버리지 않고 출판에 열중하고 있는 깊은샘 출판사의 박현숙 사장님과 주석 작업에 헌신해준 한승훈 조교 선생의 노고에 사의를 표한다.

2014. 3. 신춘

소산서옥에서 박태상

차 례

氣象圖

■ 世界의아츰 · 25
■ 市民行列 · 27
■ 颱風의起寢時間 · 29
■ 자최 · 33
■ 病든風景 · 39
■ 올배미의呪文 · 43
■ 쇠바퀴의 노래 · 48
■ 원본판권 · 53

太陽의 風俗

■ 어떤親한『詩의 벗에게』 · 61 ■ 원본 차례 · 65
■ 마음의 衣裳 · 78 ■ 태양의 풍속 · 79 ■ 汽車 · 81
■ 午後의꿈은날줄을 모른다 · 83 ■ 戀愛의斷面 · 85
■ 貨物自動車 · 86 ■ 海上 · 88 ■ 大中華民國行進曲 · 90
■ 海圖에대하야 · 92 ■ 비 · 94 ■ 房 · 97
■ 가을의果樹園 · 99 ■ 屋上庭園 · 101 ■ 話術 · 104
■ 午後의禮儀 · 107 ■ 향수 · 107 ■ 첫사랑 · 108
■ 람푸 · 111 ■ 꿈꾸는珍珠여 바다로가자 · 112
■ 感傷風景 · 115 ■ 離別 · 117 ■ 가거라 새로운生活로 · 118
■ 먼들에서는 · 120 ■ 憂鬱한天使 · 122
■ 봄은 電報도안치고 · 123 ■ 祈願 · 126 ■ 커피盞을들고 · 128

■2. 길에서(濟物浦風景) · 129 ■汽車 · 129 ■仁川驛 · 130
■潮水 · 131 ■孤獨 · 132 ■異邦人 · 133 ■밤港口 · 134 ■破船 · 135
■待合室 · 136 ■咸鏡線五百킬로旅行風景 · 137
■序詩 · 137 ■待合室 · 138 ■食堂 · 139 ■마을 · 140
■風俗 · 141 ■咸興平野 · 142 ■牧場 · 143
■東海 · 144 ■東海水 · 146 ■벼록이 · 147
■바위 · 148 ■물 · 149 ■따리아 · 150 ■山村 · 151
■3. 午前의 生理 · 152 ■旗빨 · 152 ■噴水 · 154
■바다의 아츰 · 156 ■제비의家族 · 157 ■나의掃除夫 · 159
■들은 우리를 불르오 · 160 ■새날이 밝는다 · 163
■出發 · 166 ■아츰飛行機 · 168 ■日曜日行進曲 · 169
■速度의 詩 · 171 ■스케이팅 · 173 ■旅行 · 176
■씨네마 風景 · 181 ■호텔 · 183 ■三月의 씨네마 · 188
■아침해 · 188 ■물레방아깐 · 189 ■分光器 · 190
■개 · 191 ■江 · 192 ■魚族 · 193 ■飛行機 · 194 ■北行列車 · 195
■앨범 · 197 ■五月 · 199 ■風俗 · 200 ■굴뚝 · 202 ■食料品店 · 203
■1. 초코레-트 · 203 ■2. 林擒 · 204 ■3. 모과 · 205
■4. 밤(栗) · 206 ■파고다公園 · 207 ■漢江人道橋 · 208
■海水浴場 · 209 ■七月의아가씨섬 · 211 ■섬 · 213
■十五夜 · 214 ■새벽 · 216 ■아스팔트 · 217
■海水浴場의夕陽 · 219 ■象牙의海岸 · 221 ■航海 · 224
■가을의太陽은풀라티나의燕尾服을 입고 · 227
■하로 일이 끝났을 때 · 229 ■黃昏 · 231 ■移動建築 · 233
■훌륭한 아침이 아니냐? · 235 ■어둠 속의 노래 · 240
■商工運動會 · 245 ■원본판권 · 251

바다와 나비

■ 머리ㅅ말 · 257 ■ 원본 차례 · 261 ■ 序詩 · 265

1
■ 모다들 도라와 있고나 · 269 ■ 우리들의八月로 도라가자 · 271
■ 전날밤 · 274 ■ 知慧에게 바치는노래 · 277 ■ 殉教者 · 280
■ 어린共和國이여 · 282 ■ 무지개 · 284 ■ 두견새 · 287
■ 길까의輓章 · 290 ■ 女人圖 · 293

2
■ 바다와 나비 · 299 ■ 療養院 · 300 ■ 山羊 · 301
■ 共同墓地 · 302 ■ 파랑港口 · 303 ■ 못 · 306

3
■ 바다 · 311 ■ 追憶 · 316 ■ 아쯔리카狂想曲 · 318 ■ 連禱 · 321
■ 금붕어 · 323 ■ 힌 薔薇처럼 잠이드시다 · 326 ■ 겨울의 노래 · 328
■ 새벽의 아담 · 331 ■ 東方紀行 · 333 ■ 序詩 · 333 ■ 宮島 · 335
■ 鎌倉海邊 · 336 ■ 中禪寺湖 · 337 ■ 仙臺 · 338 ■ 瀨湖內海 · 339
■ 江之島 · 340 ■ 吳軍港 · 341 ■ 菖蒲田海水浴場 · 342
■ 神戶埠頭 · 343 ■ 코끼리 · 344 ■ 駱駝 · 345 ■ 잉코 · 346
■ 유리창 · 347 ■ 봄 · 349

4
■ 쥬피타 追放 · 353

5
■ 世界에웨치노라 · 361 ■ 원본판권 · 368

새노래

■ 새날에 부치는 노래 · 377
■ 원본 차례 · 379

I
■ 나의 노래 · 384 ■ 우리들 모두의 꿈이 아니냐 · 386
■ 새나라頌 · 389 ■ 부푸러오른 五月달 아스팔트는 · 394
■ 다시 八月에 · 397 ■ 바람에 불리는 수천 기빨은 · 401
■ 人民工場에 부치는 노래 · 403 ■ 우리들의 握手 · 406
■ 눈짓으로 理解하는 戰線 · 410 ■ 萬歲 소리 · 413
■ 어렵고 험하기 이를 데 없으나 · 417
■ 데모크라시에 부치는 노래 · 419 ■ 波濤 · 422
■ 壁을 헐자 · 429 ■ 파도소리 헤치고 · 431 ■ 아메리카 · 437

II
■ 戀歌 · 446 ■ 肉体 禮讚 · 449 ■ 句節도 아닌 두서너 마디 · 451
■ 오늘도 故鄕은 · 453 ■ 닥아앉아 가장 그윽한 얘기 · 455
■ 童話 · 458 ■ 사슴의 노래 · 461 ■ 希望 · 463
■ 뜻없이 달이 밝아 · 466 ■ 정영 떠나신다는 말슴 · 470
■ 길잃은 노루처럼 · 473 ■ 코스모쓰는 · 476
■ 오늘은 惡魔의것이나 · 479 ■ 詩와 文化에 부치는 노래 · 482
■ 센토오르 · 485 ■ 새해의 노래 · 490 ■ 새노래에 대하야 · 493
■ 원본판권 · 499

새로 찾은 시 75편(1930~1950)

■ 저녁별은푸른날개를흔들며 · 503
■ 슈-르레알리스트 · 504 ■ 屍體의흘음 · 505 ■ 詩論 · 507
■ 木馬를타고온다던새해가 · 509
■ 撒水車 · 510 ■ 苦待 · 511 ■ 날개만 도치면 · 511
■ 어머니 어서 이러나요 · 512 ■ 오-어머니여 · 513
■ 잠은 나의 배를 밀고 · 514 ■ 오- 汽車여(한개의實驗詩) · 515
■ 暴風警報 · 517 ■ 아롱진記憶의 옛바다를건너 · 518
■ 구두 · 519 ■ 람프 · 519 ■ 가등 · 519
■ 古典的인處女가잇는風景 · 520 ■ 噴水-S氏에게 · 521
■ 遊覽뻐스 · 522 ■ 동물원 · 522 ■ 광화문(1) · 522
■ 경회루 · 522 ■ 광화문(2) · 522 ■ 남대문 · 522
■ 한여름 · 523 ■ 林檎밭 · 524 ■ 戰慄하는 世紀 · 526
■ 編輯局의 午後한時半 · 527 ■ 밤 · 529
■ 飛行機 · 530 ■ 새벽 · 530 ■ 날개를 펴렴으나 · 531
■ 航海의 一秒前 · 534 ■ 散步路 · 537
■ 초승달은 掃除夫 · 538 ■ 나의聖書의 一節 · 539
■ 小兒聖書 · 540 ■ 거지들의「크리스마쓰」頌 · 541
■ 악마 외 3편 · 542 ■ 악마 · 542 ■ 시(1) · 542 ■ 시(2) · 542 ■ 제야시 · 542
■ 港口 · 543 ■ 님을 기다림 · 544 ■ 觀念訣別 · 546
■ 裝飾 · 547 ■ 光化門通 · 549
■ 戲畵 · 550 ■ 마음 · 550 ■ 밤 · 550
■ 窓 · 551 ■ 층층게 · 553 ■ 俳優 · 553
■ 膳物 · 555 ■ 戀愛 · 555 ■ 나 · 556
■ 生活 · 557 ■ 習慣 · 558 ■ 바다의鄕愁 · 559
■ 奇蹟 · 560 ■ 戀愛와彈石機 · 562

■ 어떤戀愛 · 552 ■ 祝電 · 563 ■ 除夜 · 564
■ 關北紀行斷章 · 567 ■ 餞別 I · 574
■ 餞別 II · 575 ■ 年輪 · 576
■ 靑銅 · 577 ■ 한 旗ㅅ발 받들고 · 578
■ 哭 白凡先生 · 579
■ 百萬의 편을 잃고 · 581 ■ 재산 · 584

■ **부록**
■ 李箱… 김기림에게 보내는 7통의 편지 · 585

■ **김기림 시작품 연보** · 601

■ **해설 : 박태상**
■ 탈식민주의담론으로 바라본 김기림의 시세계 · 613

■ **김기림 연보** · 655

氣 象 圖

長詩

氣象圖

圖 象 氣

世界의아츰

비눌
돛인
海峽은
배암의잔등
처럼 살아낫고
아롱진 『아라비아』의 衣裳을 둘른 젊은 山脈들。

바람은 바다ㅅ가에 『사라센』의 비단幅처럼 미끄러웁고
傲慢한風景은 바로 午前七時의絕頂에 가로누엇다。

헐덕이는 들우에
늙은香水를 뿌리는
敎堂의 녹쓰른 鐘소리。
송아지들은 들로 돌아가렴으나。
아가씨는 바다에밀려가는 輪船을 오늘도바래보냇다。

「世界의아츰」
* 『中央』 1935년 5월
1. 아롱진 : 아롱아롱한 점이나 무늬가 있는.
2. 사라센 : 중세 유럽인이 서(西)아시아의 이슬람 교도를 부르던 호칭.
3. 傲慢한 風景 : 오만한 풍경.
4. 김기림의 시에 나오는 '오전'과 '오후'의 대비는, 전자가 '새로움, 신선함'을 표상한다면, 후자는 '낡은 것, 쇠잔함'을 상징하는 것으로 그려진다.
5. 敎堂 : 교당. 예배 보는 곳.
6. 輪船 : 윤선. 수레바퀴 모양의 것을 회전시켜 움직이는 배.

國境가까운 停車場。
車掌의 信號를 재촉하며
발을 굴르는 國際列車。
車窓마다
『잘있거라』를 삼키고 느껴서우는
마님들의 이즈러진 얼굴들。
旅客機들은 大陸의空中에서 띠끌처럼 흐터젓다。

本國에서오는 長距離『라디오』의 效果를 實驗하기위하야
『쥬네브』로 旅行하는 紳士의家族들。
『샴판』。甲板 。『安寧히가세요』。『단여오리다』。
船夫들은 그들의歎息을 汽笛에게맡기고
자리로 돌아간다。

埠頭에달려 팔락이는 五色의 『테잎』
그女子의 머리의 五色의 『리본』。

傳書鳩들은
船室의집웅에서
首都로 向하야 떠난다。
……『스마트라』의東쪽。…5『킬로』의海上……一行 感氣도없다。
赤道 가까웁다。……20日午前열時。……

---

7. 이즈러진 : ‘이지러지다’ 가 표준어. 얼굴 혹은 표정이 일그러진.
8. 쥬네브 : ‘주네브(Genéve)’ . ‘제네바’ 의 프랑스 어 이름.
9. 샴판 : 삼판, 항구 안에서 사람이나 물건을 실어나르는 크지 않은 배. ‘샴페인’ 이라고 볼 수도 있음.
10. 부두(埠頭) : 배를 대어 사람과 짐이 육지로 오르내릴 수 있도록 만든곳.
11. 스마트라 : 수마투라. 인도네시아 서쪽에 있는 인도네시아에서 가장 큰 섬.

市民行列

「넥타이」를한 흰食人種은
「니그로」의料理가 七面鳥보다도 좋답니다。
살갈을 히게하는 검은고기의偉力。
醫師「콜베-르」氏의 處方입니다。
「헬메트」를쓴 避暑客들은
亂雜한 戰爭競技에 熱中햇습니다。
슬픈獨唱家인 審判의號角소리。
너무 興奮하엿슴으로
內服만입은 「파씨스트」。
그러나 伊太利에서는
泄瀉劑는 일체 禁物이랍니다。
畢竟 洋服입는法을 배워낸 宋美齡女史。
「아메리카」에서는
女子들은 모두海水浴을 갓스므로
빈집에서는 望鄕歌를 불으는「니그로」와 생쥐가 동무가 되엇습니다。

「市民行列」
＊『中央』1935년 5월

1. 넥타이를한 흰식인종 : 백인 우월주의에 대한 비판.
2. 니그로 : 검은색 피부에 외상모 그리고 평평한 코의 신체적 특징을 지닌 인종으로 흑인종이라고도 하며. 흑인을 비하하는 말이기도 함.
3. 칠면조 : 미국인들이 11월의 네번째 목요일 추수감사절을 맞아 홈파티를 할 때 즐겨 먹는 음식.
4. 宋美齡 : 쑹메이링(1897~2003). 중국의 정치가, 대만의 초대 총통 장제스의 부인. 1966년 대한민국의 독립을 지원한 공으로 건국훈장 대한민국장을 받음.

巴里의 男便들은 오늘도 차라리 自殺의衛生에 對하야 생각하여야하고
옆집의 수만이는 석달만에야
아침부터 支配人영감의 自動車를 붙으는 지리한職業에 就職하엿고
獨裁者는 冊床을 따리며 오직
「斷然히—斷然히」 한개의副詞만發音하면 그만입니다。
東洋의안해들은 사철을 不滿이니까
배추장사가 그놈의 군소리를 담어가며오기를 어떻게 기다리는지몰릅니다。
公園은 首相「막도날드」가 世界에자랑하는
如前히 失業者를위한 國家的施設이되엿습니다。
敎徒들은 언제던지 치일수잇도록
가장簡便한곳에 聖經을 언저두엇습니다。
祈禱는 罪를 지을수잇는 口實이 되엿습니다。
「감사합니다。」
「아—멘」
「감사합니다。 마님 한푼만 적선하세요」
내얼굴이 요로케 이즈러진것도
내팔이이렇게부러진것도
마님파니말이지 내어머니의죄는 아니랍니다」
「옛! 無名戰士의 紀念祭行列이다」
무져 무져 무져……

5. 막도날드 : 제임스 램지 맥도널드(James Ramsay MacDonald, 1866~1937). 1931년 총선거에 국민의 압도적 지지를 받아 영국 수상이 됨.

颱風의起寢時間

「바기오」의東쪽
北緯十五度。

푸른바다의 寢床에서
힌물결의 이불을 차던지고
내리쏘는 太陽의 金빛화살에 얼골을 어더맞어서
南海의 늦잠재기 赤道의 심술쟁이
颱風이 눈을떳다。
鰐魚의 싸홈동무。
돌아올줄 몰르는 長距離選手。
和蘭船長의 붉은수염이 아무래도 싫다는
따곱쟁이。
휘돌르는 검은모락에
찢기어 흐터지는 구름빨。
거츠른 숨소리에 소름치는
魚族들。
海溝을찾어숨어드는 물결의떼。

「颱風의起寢時間」
＊『中央』 1935년 5월
1. 바기오 : 필리핀 루손 섬 벵게트 주(州)에 있는 도시.
2. 和蘭船長 : 화란선장은 방랑하는 화란인(네덜란드인)에 대한 이야기로 유럽 여러 나라에서 중세 초기부터 내려오는 전설. 전설에 따르면 방랑하는 화란인은 유령선을 타고 고향으로 돌아가지 못한채 영원히 대양을 향해하는 저주를 받았다고 한다. 리하르트 바그너의 오페라로도 유명하다.
3. 따곱쟁이 : 깍쟁이의 평안도 사투리.
4. 구름빨 : 구름발, 길게 퍼져 있거나 뻗어 있는 구름의 덩어리.
5. 거츠른 : 거친.

황망히 바다의상판을 구르며달른
비ㅅ발의 굵은다리。
『바시』의 어구에서 그는문득
바위에 걸터앉어 머리수그련
헐벗고 늙은 한 沙工과 마주첫다。
흥 『옛날에 옛날에 破船한沙工』한가봐。
結婚式손님이 없어서 저런게지。
『오 파우스트』
『어디를덤비고가나』
『웅 北으로』
『또 성이낫나?』
난 잠잘고 잇슬수가없어。 자 또 무엇땜에 예까지왓나?』
피테를 찾어단이네』
『피테는 자네를 내버리지않엇나?』
『하지만 그는 내게 생각하라고 ▇만 가르켜주엇지
行動할줄은 가르켜주지않엇다네。
나는지금 그게 가지고싶으네』
흥 막난이 '파우스트'
흠 막난이 파우스트'

6. 바시 : 대만과 필리핀의 바탄 제도 사이의 해협 이름.
7. 헐벗고 늙은 한 사공 : 셰익스피어를 상징하는 듯. 이 사공은 낭만적이고도 신비스런 체험담을 가지고 있지만, 그것을 들어줄 대상이 없기 때문에 '바위에 걸터앉어 머리 수그린 채 쓸쓸한 시간을 보내고 있음.
8, ▇만 : 원본에서 지운것 임.

中央氣象臺의 技師의손은
世界의 一千五百餘구석의 支所에서오는
電波를 번역하기에 분주하다。

(第 一 報)

低氣壓의 中心은
「발칸」의東北
또는
南米의 高原에 있어서
690밀리
때때로
적은 비 뒤에
큰 비。
바람은
西北의方向으로
35米突。

---

9. 支所 : 지소. 本所에서 갈려나가. 본소의 관할아래 일정한 지역의 일을 맡아 하는 곳. 즉, 출장소를 의미.
10. 발칸 : 유럽 남부에 위치한 반도. 발칸 반도를 의미.
11. 南米 : 남미, 南美의 당대 일본식 한자 표기. 남아메리카.
12. 米突 : 미돌. 미터법에 따른 길이의 기본 단위. 미터의 한자 표기. 음역어.

(第二報=暴風警報)

猛烈한 颱風이
南太平洋上에서
일어나서
바야흐로
北進中이다。
風雨强할것이다。
亞細亞의 沿岸을 警戒한다。

한使命에로 編成된 短波・短波・長波・短波・長波・超短波・모ー든・電波의・動員・

(府의揭示板)

『紳士諸君은 雨器와 現金을 携帶함이좋을것이다』

13. 雨器 : 우기. 우비(雨備)를 뜻함.

자 최

「大中華民國의 繁榮을 위하야—」
슳으게 떨리는 유리「컵」의 쇠ㅅ소리。
거룩한 「테—블」 보재기우에
퍼놓는 歡談의물구비속에서
늙은王國의 運命은 흔들리운다。
「솔로몬」의 使者처럼
빨간술을 빠는 자못 점잖은 입술들
색한안 옷깃에서
쨍그시 웃는 힌齒牙
「大中華民國의 分裂을위하야—」

찢어지는 휘장의 저편에서
갑짝이 유리窓이 두덜거린다……

「자려므나 자려므나
꽃속에누어서 별에게 안겨서—」
萬國公園의 「라우드•스피—커」는
「쁘람—쓰」처럼 매우슳읍니다。

「자최」
＊『中央』 1935년 7월
1. 늙은 왕국의 운명 : 「자최」의 서두는 중궁의 서구 열강에 의해 식민지화되는 장면을 우회적으로 묘사하고 있음.
2. 쁘람-스 : 브람스(Johannes Brahms, 1833~1897). 독일의 고전파 작곡가.
3. 솔로몬 : 다윗의 아들. 이재와 통상으로 큰 돈을 벌고, 토목사업을 벌여 그 사치는 '솔로몬의 영화'라 일컬음.

꽃은커녕 별도 없는『벤취』에서는
꿈들이 바람에 흔들며 소스라쳐깨엿습니다.
『하이칼라』한 『쌘드윗취』의 꿈.
貪慾한 『빼－스떼잌』의 꿈
건방진 『햄·살라드』의 꿈.
비겁한 강낭죽의 꿈.
『나리사 내게는 꿈꾼죄밖에는 없읍니다.
食堂의 門前에는
천만에 천만에 잡일이라곤 없읍니다』
『…………… …』
『나리 저건 默示錄의 騎士ㅂ니까?』

산빨이 소름 친다.
바다가 몸부림 친다.
휘청거리는 빨딩의 긴 허리.
비틀거리는 電柱의 미끈한다리.
旅客機는 颱風의 깃을피하야
成層圈으로 소스라쳐 올라갓다.
痙攣하는 亞細亞의 머리우에 흐터지는 電波의 嘆息. 嘆息.
故國으로 몰려가는 忠實한『에－텔』의 아들들.

4. 강낭죽 : 강냉이죽의 함경도 지방의 사투리.
5. 산빨 : 산줄기.
6. 成層圈 : 성층권. 대류권의 위로부터 고도 약 50km까지의 대기층.
7. 에－텔 : 에테르(ether), 대기 혹은 창공을 뜻함.

國務卿「양키ー」씨는 受話器를내던이고
會社의 층층계를 굴러떨어진다。
실로 한목음의 「쏘ー다水」
혹은 아모러치도 아니한 「이는」소리와 가치 證券들우에서
붉은 수염이 쓰게 웃었다。
「워싱톤」은 가르치기를「正直하여라」

十字架를 높이 들고
動亂에 向하야 귀를 틀어막든
敎會堂에서는
「하느님이여 카나안으로 이르는길은
어느 뿔ㅅ길속으로 뚤렷슴니까?」
新婦의 중품에서 禮拜는 멈춰섰다。
아모도「아ー멘」을 채 말하기전에
門으로 門으로 쏟아진다……

圖書館에서는
사람들은 걱구로서는 「쏘크라테쓰」를 拍手합니다。
生徒들은 「헤ー겔」의 서투른 算術에 아주 歎服합니다。
어저께의同志를 江邊으로 보내기위하야
자못 變化自在한 刑法上의 條件이 調査됩니다。

8. 國務卿 : 국무경. 국무장관.
9. 아모러치도 : 아무렇지도.
10. 워싱톤 : 조지 워싱턴(George Washington, 1732~1799). 미국의 초대 대통령.
11. 카나안 : 가나안(Canaan). 성경에서 하느님이 아브라함과 그 자손에게 주겠다고 약속한 땅.
12. 쏘크라테쓰 : 소크라테스(Socrates, BC 470~BC 399) 고대 그리스의 철학자.
13. 헤-겔 : 헤겔(Georg Wilhelm Friedrich Hegel, 1770~1831). 독일의 철학자.

教授는 紙錢우에 印刷된 博士論文을 朗讀합니다.

「녹크도 없는 손님은 누구냐?」
「……」
「대답이없는 놈은 누구냐?」
「……………………」
「禮儀는 지켜야 할것이다」

뗄리는 租界線에서
하도심심한 步哨는 한 佛蘭西婦人을 멈춰세웠스나
어느새 그는 그女子의 「스카―트」밑에 있었습니다.
「베레」그늘에서 취한입술이 博愛主義者의
우슴을 웃었습니다

鴉片냄새에 얼빠진 花柳街에는
賣藥會社의 廣告紙들.
이지러진 「알미늄」대야.
담배집 倉庫에서
썩은 고무냄새가 焚香을 피운다.
쉽옹을 베끼운 골목[illegible]어구에서
쫓겨난 孔子님이 잉잉 울고섰다.

---

14. 花柳街 : 화류가. 술과 웃음을 파는 곳.
15. 알메늄 : 알루미늄.

自動車가 돌올차고 너머진다。
電車가 개울에 쏠어진다。
『빌딩』의 숲속
네거리의 골작에 몰켜든 검은 대가리들의 下水道。
떼처럼 허우적이는 가ㅡ느다란 팔들。
救援대신에 虛空을 부잡는 지치인 努力。
흔들리우는 어깨의 물결。

불自轉車의
날랜 『싸이렌』의 날이
선듯 무딘 雜亂을 갈르고 지나갔다。
입마다 불길을 뿜는
摩天樓의 턱을 어르만이는 噴水의 바람。
억깨가 떨어진 『마코보로』의 銅像이 혼자
네거리의 복판에 가로 서서
群衆을 號令하고 싶으나
목아지가 없읍니다。

『라디오·삐ㅡ큰』에 걸린
飛行機의 부러진 죽지。
골작을 거구로 자빠저 흘으는 碑石의 裝飾。

16. 마코보로 : 마르코 폴로(Marco Polo, 1254~1324). 이탈리아 베네치아의 상인으로 동방여행을 떠나 중국 각지를 여행하고 원나라에서 관직에 올라 17년을 살았다. 이후 이야기 작가인 루스티켈로에게 동방에서 보고 들은 것을 필록(筆錄)시켜 마르코 폴로의 여행기 『세계 경이의 서(통칭 동방견문록』가 탄생했다.
17. 라디오 삐-큰 : 라디오 비컨((Radio beacon). 전자기파를 이용해 항공기나 선박의 위치, 방향 따위를 확인하는 장치. 무선 표지.

「召集令도 끝나기전에 戶籍簿를 어쩐담」
「그보다도 必要한 納稅額」
「그보다도 俸給表를」
「그러치만 出勤簿는 없어지는게좋아」

날마다 갈리는 公使의行列
乘馬俱樂部의 말발굽소리
「홀」에서 돌아오는 마지막 自働車의 그무바퀴들
墨西哥行의 「쿠리」들의 「투레기」
자못가벼운 두쌍의「키드」와「하이힐」
몇개의 世代가 뒤섞기어 밟고간 海岸의街道는
깨여진 벽돌쪼각과
부서진 유리쪼각에 어머맞어서
꼬부라져 자빠저 있다。

날마다 黃昏이 채여주는
電燈의 勳章을 번쩍이며
世紀의 밤중에 버티고 일어섰든
傲慢한 都市를 함부로 뒤저놓고
颱風은 휘파람을 높이불며
黃河의 江邊으로 비교여간다……

---

18. 墨西哥 : 묵서가. '멕시코' 의 음역어.
19. 쿠리 : 쿨리(coolie). 육체노동에 종사하는 하층의 중국인 · 인도인 노동자.
20. 투레기 : '누더기' 의 함경도 방언.

病든風景

보라빛 구름으로 선을둘른
灰色의 「칸바쓰」를 둥지고
구겨진 빨래처럼
바다는
山脈의 突端에 걸려 퍼덕인다。

삐뚤어진 城壁우에
부러진 소나무하나……

지처인 바람은 지금
漂白된 風景속을
썩은 嘆息처럼
埠頭를 넘어서
찢어진바다의 치마자락을 걷우면서
化石된벼래의 뺨을 어르만지며
주린강아지 처럼 비틀거리며 지나간다」

「病든風景」
*『中央』1935년 7월
1. 병든 풍경 : 태풍이 휩슬고 간 뒤의 어수선한 모습을 의미함.
2. 칸바쓰 : 캔버스(Canvas). 유화를 그릴때 쓰는 천.
3. 突端 : 첨단. 툭 불거져 나온 것의 끝 부분.
4. 벼래 : 강가나 바닷가에 있는 벼랑.

바위틈에 엎디어
죽지를 들이운 물새한마리—
물결을 베고자는
꺼질술 모르는 너의鄕愁。

짓밟혀 느러진 白沙場우에
때맞어 검푸른 『빠나나』껍질타나
부프러올은 구두한짝을
물결이 차덦이고 도라갓다。
海溢은 또하나
슬픈傳說을 삼켯나보다。

黃昏이 입혀주는
灰色의 襚衣를 감고
물결은 바다가 타는 葬送曲에 마추어
病든 하로의 臨終을 춘다…
섬을 부둥켜안는
안타까운 팔。
바위를 차는 날랜 발길。
모래를 스치는 조심스런 발꼬랑

5. 차덦이고 : 차던지고. '완전히 버리다' 란 뜻.
6. 襚衣 : 수의. 사람이 죽어 염습(殮襲)할 때 송장에게 입히는 옷. 壽衣의 동의어.

埠頭에 엎드려서
築台를 어르맍이는
간엷힌 손길」

붉은 香氣를 떨어버린
海棠花의 섬에서는
참새들의 이야기도 꺼저 버렷고
먼ㅣ 燈臺 부근에는
등불도 별들도 뙤지 않엇다……

7. 埠頭에 엎드려서 築台를 어루만지는 간엷힌 손길(원문)
8. 간엷힌 : 가냘프다. 가늘고 약하다.

올배미의呪文

颱風은 네거리와 公園과 市場에서
몬지와 休紙와「캐베지」와 臙脂와
戀愛의流行을 쪼차버렷나。

헝크러진 거리를 이구석 지구석
허바닥으로 뒤지며 단이는 밤바람。
어둠에게 벌거버슨 등을 씨끼우면서
말없이 우두커니 서있는 電線柱。
엎드린 모래불의 허리에서는
물결이 가끔 헌머리채를 추어든다。

요란스럽게 마시고 지꺼리고 떠들고 도라간뒤에
「테불」우에는 깨여진盞들과
함부로 지꾸어진 芳名錄과……

「올배미의呪文」
＊『三千里』 1935년 11월
1. 시 「올배미의 주문」은 태풍이 휩쓸고 지나간 황폐화된 도시 풍경을 묘사함.
2. 몬지와 休紙와 캐베지와 臙池와 戀愛의 유행을 쪼차버렷다.(원문)

아마도 匿名만하기위하야 온것처럼
총총히 펜을덧이고 客들은도라갔다。
이윽고 記憶들도 그일홈들을
마치 때와같이 총총히 빨아버릴게다。

나는 갑작이 신발을 찾어신고
도망한자세를 갖인다。길이없다。
도라서 등불을 비틀어죽인다。
그는 비둘기처럼 거짓말쟁이엿다。
황홀한불빛의 榮華의그늘에는
몸을 조려없애는 기름의 十字架가있음을
등불도 비닭이도 말한일이없다。

나는 信者의 숭내를내서 무릎을 꿇어본다。
믿을수있는 神이나 모신것처럼。
다음에는 旗빨처럼 호화롭게 웃어버린다。
대체 이 酒幕을 피할 하로밤 [illegible]은
「아라비아」의 「아라스카」의 어느가시밭에도 없느냐?
戀愛와같이 싱겁게 나를 떠난希望은
지금 또 어데서 復讐를 준비하고있느냐?

3. 비닭이 : 비둘기.
4. 숭내 : 흉내.
5. 아라스카 : 알래스카.
6. 酒幕(주막). 戀愛(연애). 떠난希望(희망)은. 復讐(복수).(원문에 흐릿한 한자)

나의머리에 별의꼿파발을 무엇다가
거두어간것은 누구의 변덕이냐?
밤이잔뒤엔 새벽이 온다는 宇宙의法則은
누구의 실없은 작난이냐?
東方의傳說처름 믿을수없는
아마도 失敗한 實驗이냐?

너는 埃及에서 도라온 씨-자 냐?
너의주동아리는 진정독수리냐?
너는 날개도친 한구름의種族이냐?
너는도야지처름 기름지냐?
너의숨소리는 바다와 같이 너그러우냐?
너는果然 天使의家族이냐?

귀먹은 어둠의 鐵門 저편에서
바람이 머덜머덜 웃나보다。
어느 헝크러진 수풀에서
부엉이가 목쉰소리로 껄껄웃나보다
來日이없는 「칼렌다」를 처다보는
너의눈동자는 어쩐지 별보다 이뿌지못하고나。
도시十九世紀처름 興奮할수없는너。

---

7. 埃及 : 에급. 이집트(Egypt)의 음역어.
8. 씨-자 : 시저, 카이사르(Julius Caesar, BC 100~BC 44). 로마제국의 군인. 정치가.
9. 칼렌다 : 캘린더.

어둠이 잠긴 地平線너머는
다른한울이 보이지않는다。
音樂은 바다밑에 파묻끼고 오래인 옛말처럼 춤추지않고
수풀속에서는 傳說이 도모지 슳으지않다。
「페이지」를 번지건만 너머ㅅ장에는 結論이없다。
모퉁이에 혼차남은 街路燈은
마음은 슳어서 느껴서우나
부릅뜬 눈에 눈물이없다。

거츠른 발자취들이 구르고지나갈때에
담벼락에 달러붙는 나의숨소리는
생쥐보다도 커본일이없다。
강아지처럼 거리를 기웃거리다가도
강아지처럼 어머맞고 발길에채여 도라왔다。

나는참말이지 善良하려는惡魔다。
될수만잇스면 神이고싶은 즘생이다。
그렇건만은 밤아、너의썩은바줄은
웨이다지도 내몸에 깊이 親切하나?

---

10. '눈물이 없다' 의 '다' 가 거꾸로 인쇄됨.
11. 바줄 : 밧줄.

문허진 [illegible]의곁방에서는
바다가 또 아름다운소리를 치나보다。

금음밤 물결의노래에 취할수잇는
「타골」의귀는 웅당 소라처럼 幸福스러울게다

어머니、어머니의무덤에 「마이크」를 갖어갈가요?
사랑스러운談話、옛날의자장가를 기억해내서
병신된 나의귀에 불러주려우?

자장가도 불을줄모르는 바보인바다。

바다는 다만
어둠에 叛亂하는
永遠한 不平家다。
바다는 작구만
힌 이빨로 밤을 깨문다。

---

12. 타골 : 타고르(Tagore, 1861~1941). 인도의 시인이자 사상가. 1913년 노벨 문학상 수상.

쇠바퀴의노래

허나
이욱고
陸瓜이 젓밟고간 깨여진 「메트로폴리스」에
어린太陽이 병아리처럼
홰를치며 잃어날게다。
하로밤 그꿈을 건너단이든
수없는 놀램과 소름을 떨어버리고
이슬에 젖은날개를 한울로펼게다。
탄탄한大路가 希望처럼
저머언 地平線에 뻣이면
우리도 四輪馬車에 來日을싣고
유량한말발굽소리를 울리면서
처음맞는 새길을 떠나갈게다。

「쇠바퀴의 노래」: 애초에 『三千里』에 발표될 때는 「車輪은 듯는다」였다. 태풍이 휩슬고간 절망속에서도 '태양'으로 상징되는 새 삶이 돋아날 것이라는 희망을 담은시.

＊『三千里』 1935년 12월

1. 메트로폴리스 : 인구와 여러 가지 사회적 기능이 고도로 집중화된 대도시.

밤인까닭에 더욱 마음닳다는
저머언 太陽의故鄕

끝없는 들 언덕 위 에서
나는 데모스떼네스[2]보다도 더수다스러울게다
나는거기서 채찍을 꺾어버리고
망아지처럼 사랑하고 망아지처럼 뛰놀게다。
미움에 타는일이없을 나의눈동자는
眞珠보다도 더맑은샛별
나는 내속에 엎드린山羊을 몰아내고
여호와같이 깨끗하게
누의눈과 親할게다。

나의生活은 나의薔薇。
어디서 시작한줄도
언제 끝날줄도 모르는나는
꺼질줄이없이 불타는太陽。
大地의 뿌리에서 地熱을마시고
떨치고 이러날 나는不死鳥。

2. 데모스테네스(Demosthenes, BC 384~BC 322). 고대 그리스의 웅변가, 정치가.

叡智의날개를 등에붙인 나의날음은
太陽처럼 宇宙를 덮을게다。
아름다운行動에서 빛처럼 스스로
피어나는 法則에 引導되여
나의날음은 즐거운軌道우에
끝없이 달리는 쇠바퀴ㄹ게다。

빛 아 ……
太陽처럼 우리는 사나웁고
太陽치럼 제빛속에 그늘을 감추고
太陽치럼 슯음을 삼켜버리자」
太陽처럼 어둠을 살워버리자。

다음날
氣象臺의 「마스트」엔
구름조각같은 흰旗폭이휘날릴게다。

---

3. 마스트 : 선체의 중심선상의 갑판에 수직으로 세운 기둥.
4. 살워버리자 : 사뤄버리자. 태워 없애자.

(暴風警報解除)

快晴。
低氣壓은 지 머언
『시베리아』의 근방에 사라졌고
太平洋의 沿岸서도
高氣壓은 흩어졌다。
흐림도 소낙비도
暴風도 장마도 지나갔고
來日도 모레도
날세는 좋을게다。

(府의 揭示板)

市民은
우울과 질투와 분노와
끗없는 탄식과
원한의 장미에 곰팽이낀
추근한 雨衣일랑벗어버리고
날개와 같이 가벼운
太陽의 옷을 갈아입어도 좋을게다。
(七·七·)

---

5. 太陽의 옷 : 곰팡이 핀 우비를 벗어던지게 만드는 건강성 회복의 상징적 표현.

定價五十錢

昭和十一年七月五日印刷
昭和十一年七月八日發行

京城府中學町一一番

著作兼發行人 金起林

京城府西大門町二丁目一三九

印刷人 高應敍

京城府西大門町二丁目一三九

印刷所 株式會社 彰文社

電光一二三三番

振替京城一八三四〇番

金起林詩集

太陽의風俗

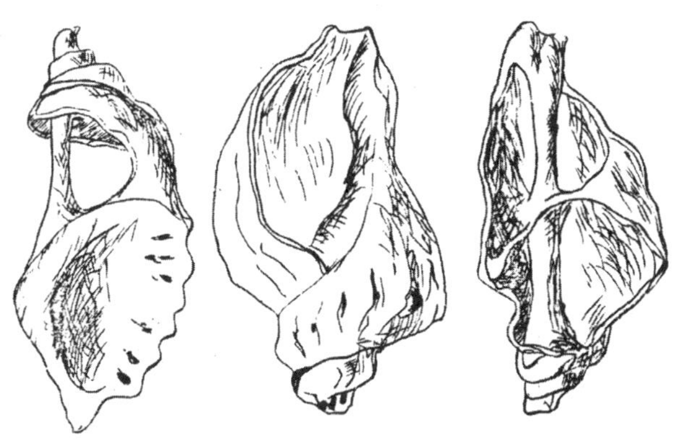

金起林詩集·太陽의風俗

學藝社

裝幀 金曉炯

어떤親한「詩의벗」에게

드듸여 이책은 完成된 秩序를 가추지못하엿다。彷徨 突進 衝突 그러한것들로만찬 어쩌면 이렇게도 野蠻한土人의地帶이냐?

그러면서도 내가勸하고싶은것은 依然히 相逢이나 歸依나 圓滿이나 師事나 妥協의美德이아니다。차라리 訣別을—저東洋的寂滅로부터 無節制한感傷의排泄로부터 너는 이即刻으로 떠나지안어서는 아니된다。

嘆息。그것은 紳士와淑女들의 午後의禮儀가아니고 무엇이냐? 秘密。어쩌면 그렇게도 粉바른할머니인 十九世紀的「비—너쓰」냐? 너는그것들에게서 지금도 곰팽이의냄새를 맡지못하느냐?

그肥滿하고 魯鈍한 午後의禮儀대신에 놀라운 午前의生理에대하야 警嘆한일은없느냐? 그건장한 아츰의體格을 부러워해본일은 없느냐?

까닭모르는우름소리, 過去에의 구원할수없는 愛着과停頓。그것들 음침한 밤의 迷惑과 眩暈에 너는 아직도 疲勞하지않었느냐?

그러면 너는나와함께 魚族과같이 新鮮하고 旗빨과같이 活潑하고 표범과같이 大膽하고 바다와같이 明朗하고 仙人掌과같이 健康한 太陽의風俗을배호자。

나도 이책에서 완전히버리지못하였다만은 너는 汎韻文이라고하는禮服을 너무나 낡었다고 생각해본일은 없느냐? 아모래도 그것은벌서 우리들의

衣裳이아닌것같다。

나는 물론 비가 이冊을 사랑하기를 바란다。그러나 영구히 너의사랑을 받기를 두려워한다。혹은 비가 이책만 두고두고 사랑하는사히에 너의精神이 한곳에멈춰설가보아 두려워하는까닭이다。

비가 아다시피 이책은 昭和五年가을로부터 昭和九年 가을까지의 동안 나의총망한 宿泊簿에 불과하,다。그러니까 來日은 이주막에서 나를 찾지마러라 나는벌서 거기를 떠나고없을것이다。

어데로가느냐고? 그것은내갈길도 모르는 일이다。다만 어데로든지 가고있을것만은 사실일게다。

昭和九年 一〇、一五 著 者

內容

어떤『詩의벗』에게 …… 三

마음의 衣裳

太陽의 風俗 …… 一九

汽車 …… 二一

午後의꿈은 날줄을 모른다 …… 二三

戀愛의 斷面 …… 二五

貨物自動車 …… 二六

海上 …… 二八

大中華民國行進曲 …… 三〇

海圖에대하야 …… 三三

비 …… 三四

房 …………………… 三七
가을의 果樹園 …………………… 三九
屋 上 庭 園 …………………… 四一
話 術

1、午後의 禮儀

鄕 愁 …………………… 四七
첫 사 랑 …………………… 四八
람 푸 …………………… 五一
꾹꾸는眞珠여바다로가자 …………………… 五二
感 傷 風 景 …………………… 五五
離 別 …………………… 五七
가거라새로운生活로 …………………… 五八
먼 들 에 서 는 …………………… 六〇

憂鬱한天使……六二
봄은電報도안치고……六三
祈　願……六六
커퓌盞을들고……六八

2、길에서

汽　車……六九
仁川驛……七〇
潮　水……七一
孤　獨……七二
異邦人……七三
밤港口……七四
破　船……七五
待合室……七六

咸鏡線五百킬로旅行風景

序詩 …… 七七
待合室 …… 七八
食堂車 …… 七九
마을 …… 八〇
風俗 …… 八一
咸興平野 …… 八二
牧場 …… 八三
東海 …… 八四
東海水 …… 八六
벼룩이 …… 八七
바위 …… 八八
불 …… 八九

따리아……………………………………九〇
山村……………………………………九一

3、午前의生理

旗빨……………………………………九三
噴水……………………………………九四
바다의아츰……………………………………九六
제비의家族……………………………………九七
나의掃除夫……………………………………九九
들은우리를부르오……………………………………一〇〇
새날이밝는다……………………………………一〇三
出發……………………………………一〇六
아츰飛行機……………………………………一〇八
日曜日行進曲……………………………………一〇九

速度의 詩

스케이팅 …… 一一三
旅行 …… 一一六

씨네마風景

호텔 …… 一二三
아츰해 …… 一二八
물비방아깐 …… 一二九
分光器 …… 一三〇
개 …… 一三一
江 …… 一三二
魚族 …… 一三三
飛行機 …… 一三四
北行列車 …… 一三五

앨범

五月 …… 一三九
風俗 …… 一四〇
굴뚝 …… 一四二

食料品店

1、쵸코레-트 …… 一四三
2、林檎 …… 一四四
3、모과 …… 一四五
4、밤(栗) …… 一四六
파고다公園 …… 一四七
漢江人道橋 …… 一四八
海水浴場 …… 一四九
七月의아가씨 …… 一五一

섬 ………… 一五三
十五夜 ………… 一五四
새벽 ………… 一五六
아스팔트 ………… 一五七
海水浴場의夕陽 ………… 一五九
象牙의海岸 ………… 一六一
航海 ………… 一六四
가을의太陽은플라티나의燕尾服을입고 ………… 一六七
하로일이끝났을때 ………… 一六九
黃昏 ………… 一七一
移動建築
훌륭한아츰이아니냐? ………… 一七五
어둠속의노래 ………… 一八〇
商工運動會 ………… 一八五

金起林 著

詩集 太陽의 風俗

마음의 衣裳

太陽의風俗

太陽아
다만한번이라도좋다。 너를부르기 위하야 나는두루미의 목통을
비려오마。 나의마음의문허진터를 닦고 나는 그우에 너를위한
작은宮殿을 세우련다 그러면 너는 그속에와서 살어라。 나는
너를 나의어머니 나의故鄕 나의사랑 나의希望이라고 부르마。
그러고 너의사나운 風俗을 쫓아서 이어둠을 깨물어죽이련다。

太陽아
너는 나의가슴속 작은宇宙의 湖水와 山과 푸른잔디밭과 흰
防川에서 不潔한 간밤의서리를 핥어버려라。 나의시내물을 쓰
다듬어주며 나의바다의搖籃을 흔들어주어라。 너는 나의病室을

「太陽의風俗」
1. 비려오마 : 얻어오다. 빌려오다.

魚族들의 아침을 다리고 유쾌한손님처럼 찾어오너라。

太陽보다도 이쁘지못한詩。太陽일수가없는 설어운나의詩를 어두운病室에 켜놓고 太陽아 네가오기를 나는 이밤을새여가며 기다린다。

汽 車

「레일」을 쫓아가는汽車는 風景에대하야도 파랑빛의「로맨티시즘」
에 대하야도 지극히冷淡하도록 가르쳤나보다 그의 끝없는旅
愁를 감추기위하야 그는 그붉은情熱의가마우에 검은鋼鐵의조
끼를입는다。
내가食堂의 「메뉴」뒷등에
(나로하여곰 저바다까에서 죽음과 納稅와 招待狀과 그수없는
結婚式請牒과 訃告들을잊어버리고
저 섬들과 바위의틈에 섞여서 물결의 사랑을 받게하여주옵
소서)
하고 詩를쓰면 機關車란놈은 그 鈍탁한 검은 갑옷밑에서 커
ㅣ다란웃음소리로써 그것을지여버린다。

「汽車」

나는 그만 화가나서 나도 그놈처럼 검은 조끼를 입을가보다하고 생각해본다.”

午後의꿈은 날줄을모른다

날어갈줄을 모르는 나의날개。

나의꿈은
午後의 疲困한그늘에서 고양이처럼 조려웁다。
도무지 아름답지못한午後는 꾸겨서 휴지통에나 집어넣을가?
그래도 地文學의先生님은 오늘도 地球는 圓滿하다고 가르쳤
다나。「갈릴레오」의 거짓말쟁이。
흥 創造者를 絞首臺에보내라。

「午後의꿈은날줄을 모른다」
* 『新東亞』 3권 4호 1993년 4월
1. 조려웁다 : 졸립다. 졸음이 온다.
2. 갈릴레오 : 갈릴레오 갈릴레이(Galileo Galilei, 1564~1642). 이탈리아의 천문학자, 물리학자, 수학자.

하누님 단한번이라도 내게 성한날개를다고。 나는 火星에 걸
터앉어서 나의살림의깨여진地上을 껄 껄 껄 웃어주고싶다。

하누님은 웬 그런재주를 부릴수있을가?

戀愛의斷面

愛人이여
당신이 나를 가지고있다고 安心할때 나는 당신의밖에 있습니다。
萬若에 당신의속에 내가있다고하면 나는 한뎅어리 木炭에 不過할것입니다。
당신이 나를 놓아보내는네 당신은 가장많이 나를 붙잡고있습니다。

愛人이여
나는 어련제비인데 당신의意志는 끝이없는 밤입니다。

— 25 —

「戀愛의斷面」
* 『朝鮮日報』 1931년 6월 2일
1. 木炭 : 목탄. 땔감으로 쓰기 위하여 나무를 가마속에 넣어서 구워낸 검은 덩어리. 숯.

貨物自働車

작은 등불을달고 굴려가는 自轉車의 작은등불을믿는 忠實한 幸福을 배우고싶다。

萬若에 내가 길거리에 쓸어진 깨여진自轉車라면 나는 나의 「노ㅣ트」에서 將來라는 「페이지」를 벌ㅣ서 지여버렸을텐데……

대체 子正이넘었는데 이 미운詩를 쓰노라고 벼개로 가슴을 고인 動物은 하누님의 눈동자에는 어떻게 가엾은모양으로비칠가? 貨物自働車보다도 이쁘지못한四足獸。

차라리 貨物自働車라면 꿈들의破片을 걸어싣고 저먼ㅣ港口로

— 26 —

「貨物自動車」
* 『中央』 1권 2호 1933년 12월
1. 四足獸(사족수) : 네 발 달린 짐승.

밤을피하야 가기나할터인데……。

海　上

S
O
S

午後여섯시三十分。

突然

어둠의바다의暗礁에걸려
地球는破船했다。

「살려라」

「海上」
* 『朝鮮日報』 1931년 6월 2일

나는 그만 그를 건지려는 誘惑을斷念한다。

大中華民國行進曲

大中華民國의 將軍들은
七十五種의 勳章과 靑龍刀를
같은 풀무에서 빚고있습니다。

『엑 軍士들은 무덤의方向을 물어서는못써。 다만죽기만해。그때
까지는 鴉片이 여기있어。 大將의命令이야……
엇둘……둘……둘』

『大中華民國의兵卒貴下
부더 이 빛나는勳章을 貴下의 骸骨의肋骨에거시고
쉽사리 天國의門을 通하옵소서。 아ㅣ멘』

「大中華民國行進曲」
1. 靑龍刀 : 청룡도. 청룡언월도 또는 마상월도라고도 함.
2. 엑 : 「어둠속의 노래」에서도 사용되는데, 상식이 통하지 않는 세상의 변화를 비꼴 때 주로 사용함.
3. 鴉片 : 아편.

엇둘
엇둘』

海圖에대하야

山봉오리들의 나즉한 틈과틈을새여 藍빛잔으로 흘러들어오는 어둠의潮水。사람들은 마치 지난밤끝나지아니한 約束의계속인 것처럼 그漆黑의술잔을 드리켠다。그러면 해는 할일없이 그의希望을 던저버리고 그만 山모록으로 돌아선다。

고양이는 山기슭에서 어둠을입고 쪼그리고앉어서 密會를기다리나보다。우리들이 버리고온 幸福처럼……。夕刊新聞의 大英帝國의地圖우를 도마배암이처럼 기여가는 별들의 그림자의발자국들은「미스터・뽈드윈」의演說은 암만해도 빛나지않는 全혀가엾은 黃昏이다。

「海圖에대하야」
1. 山모록 : 산모롱이. 산모퉁이의 휘어 들어간 곳.
2. 뽈드윈 : 스탠리 볼드윈(Stanley Baldwin, 1867~1947). 영국의 정치가. 1923년에서 1937년까지 세 차례에 걸쳐 내각 총리를 지냄.

집 이층집 江 웃는얼굴 交通巡査의모자 그대와의約束……무엇이고 差別할줄모르는 無知한 검은液體의汎濫속에 녹여버리려는 이 目的이없는實驗室속에서 나의작은探險船인地球가 갑자기 그航海를잇어버린다면 나는대체 어느구석에서 나의海圖를편단말이냐?

비

굳은 어둠의장벽을 시름없이 「녹크」 하는 비들의 가벼운손과
손과 손과 손……
그는「아스팔트」의 가슴속에 五色의感情을 기르며온다
대낮에 우리는 「아스팔트」에게 향하야
『예 둔한자식 너도또한 바위의종류고나』하고 비웃었다。
그렇지만 지금 우둑허니 하늘을쳐다보는
눈물에어린 그자식의 얼굴을보렴。
루비 에메랄드 싸파이어 琥珀 翡翠 夜光珠……
「아스팔트」의 湖水面에 녹아나리는 네온싸인의音樂。

「비」
1. 에메랄드 : 크롬을 함유하여 비취색을 띤. 투명하고 아름다운 녹주석.
2. 싸파이어(Sapphire) : 푸르고 투명하며 다이아몬드 다음으로 단단한 강옥의 하나인 청옥.

고양이의 눈을가진 電車들은 (大西洋을 건너는 타이타닉號처
럼)
구원할수없는希望을 파묻기위하야 검은追憶의바다를 건너간다。

그들의 救助船인듯이
종이雨傘에 맥없이 매달려
밤에게 이끌려 헤염처가는 魚族들
女子——
사나히——
아무도 救援을 찾지않는다。
밤은 深海의突端에 坐礁했다。
S O S O S

---

3. 사나히 : 사나이. 남자어른.

태양의 풍속 · 96

信號는 海上에서 지랄하나
어느 無電臺도 문을닫었다。

房

땅우에 남은빛의 最後의한줄기조차 삼켜버리려는 검은意志에
타는 검은慾望이여
나의작은房은 등불을켜들고 그속에서 술취한輪船과같이 흔들
리우고있다。
유리창넘어서 흘기는 어둠의 검은눈짓에조차 소름치는 怯많
은房아。

문틈을 새여흐르는 거리우의 열은빛의 물결에 적시우며
흘려가는 발자국들의 鋪石을따리는 작은音響조차도 어둠은 기
르려하지않는다。
아름다운 푸른그림자마저빼았긴

「房」
1. 鋪石 : 길에 까는 돌로서 주로 도로를 포장할때 씀.

거리의詩人「포풀라」의 졸아든 몸둥아리가 거리가 꾸부러진곳에서 떨고있다。

「아담」과 「이쁘」들은
『우리는 도시 어둠을믿지않는다』고 입과입으로 중얼거리며 층층계를나려간뒤
地下室에서는 떨리는웃음소리 잔과잔이마조치는 참담한소리……

높은 城壁곡대기에서는
꿈들을내려보내는것조차 잊어버린별들이 絕望을안고 졸고들있다。 나는 불시에 나의방의 작은속삭임소리에 놀라서 귀를 송굿인다。

──어서 밤이 새는것을 보고싶다──
──어서 새날이오는것을 보고싶다──

2. 포풀라 : 포플러(Poplar). 쌍떡잎식물 버드나무목 버드나무과 사시나무속에 속하는 식물의 총칭.
3. 송굿인다 : 송그리다, 작게 오므리다.

가을의果樹園

어린 曲藝師인 별들은 끝이없는 暗黑의그물속으로 수없이 끄
리를물고 떨어집니다。「포풀라」의 裸體는 푸른저고리를벗기우고
서 방천우에서 느껴웁니다。果樹園속에서는 林檎나무들이 젊은
患者와같이 몸을부르르떱니다。무덤을찾어댕기는 닙 닙 닙…
西南西
바람은 아마 이方向에 있나봅니다。그는 진둥나무의 검은 머
리채를 쥣으며「아킬러쓰」의 다리를가지고 쫓겨가는 별들속
을달려갑니다。바다에서는 구원을찾는 광란한기적소리가 지구
의모ㅣ든凸凹面을 굴려갑니다。SOS·SOS。검은바다여 녀
는 당돌한 한방울의 기선마저 녹여버리려는 意志를 버리지
못하느냐? 이윽고 아침이되면 農夫들은 수없이떨어진 별들

「가을의果樹園」

* 『三千里』 3권 12호 1931년 12월

1. 방천 : 둑을 쌓거나 나무를 많이 심어서 냇물이 넘쳐 들어오는 것을 막음. 또는 그 둑.
2. 林檎나무 : 능금나무.
3. 닙 : 잎.
4. 아킬러쓰 : 아킬레스. 고대 그리스 신화의 영웅. 호메로스의 서사시 「일리아드」의 중심 인물.
5. 凹凸面(요철면) : 나오고 들어오는 울퉁불퉁한 면.

의 슬픈屍體를주으려 과일밭으로 나갑니다。그러고 그 奇蹟的인 과일들을 수레에실고는 저 오래인東方의市場「바그다드」로끌고갑니다。

屋上庭園

百貨店의 屋上庭園의 우리속의 날개를드리운「카나리아」는「니히리스트」처럼 눈을감는다。그는 사람들의 부르짖음과 그려고 그들의 日氣에대한 株式에대한 西班牙의革命에대한 온갓 지꺼림에서 귀를 틀어막고 잠속으로 피난하는것이좋다고 생각한다。그렇지만 그의꿈이 대체 어데가 彷徨하고있는가에 대하야는아무도생각해보려고한일이없다。

기둥시계의 時針은 바로 12를 출발했는데 籠안의 胡닭은 突然 森林의習慣을 생각해내고 홰를치면서 울어보았다。노ㅣ랗고가ㅣ는울음이 햇볕이풀어저 빽빽한 空氣의周圍에 길게 그어졌다。어둠의밀층에서 바다의저편에서 땅의한끝에서 새벽의 날개의떨림을 누구보다도 먼저느끼던 힌털에감긴 붉은心臟은

「屋上庭園」
1. 西班牙 : '에스파냐'의 음역어. 스페인을 지칭함.
2. 니히리스트 : 니힐리스트(nihilist), 허무주의자.

인제는「때의傳令」의名譽를 잊어버렸다。사람들은「무슈•루쏘ㅣ」의 遺言은 설합속에 꾸겨서넣어두고 屋上의噴水에 메말러버린心臟을 축이려온다。

建物會社는 병아리와같이 敏捷하고「튜ㅣ립」과같이 新鮮한 공기를 방어하기위하야 大都市의골목골목에 75쎈티의 벽돌을 쌓는다。놀라운 戰爭의때다 사람의 先祖는 맨첨에 별들과구름을거절하였고 다음에大地를 그러고 최후로 그자손들은 공기에향하야 宣戰한다。

거리에서는 떠끌이 소리친다。『都市計劃局長閣下 무슨까닭에 당신은 우리들을「콩크리ㅣ트」와 鋪石의 네모진獄舍속에서 질식시키고 푸른「네온싸인」으로 漂泊하려함니까? 이렇게 好奇的인洗濯의實驗에는 아주 진저리가났습니다。당신은 무슨까닭에 우리들의飛躍과 成長과 戀愛를 질투하십니까?』그러나府의 撤

3. 때의 전령 : 시간을 알리는 것. 닭소리. 시계.
4. 무슈 · 루쏘! : 루소 씨. 장 자크 루소(Jean Jacques Rousseau, 1712~1778). 프랑스의 계몽사상가이자, 철학가. 그의 '자연으로 돌아가라' 는 철학이 유명함.
5. 튜-립 : 튤립(Tulip).

水車는 때없이 太陽에게 선동되어「아스빨트」우에서 叛亂하는 떠끌의 밑물을 잠재우기위하야 오늘도 쉬일새없이 네거리를 기여댕긴다。사람들은 이윽고 溺死한 그들의魂을 噴水池속에서 건저가지고 분주히 분주히 乘降機를타고 제비와같이 떨어질게다。女案內人은 그의 광을낳는詩를 암닭처럼 수없이낳겠지。

『여기는 地下室이올시다』

『여기는 地下室이올시다』

話術

午後의禮儀

鄕 愁

나의 故鄕은
저山넘어 또 저구름밖
아라사의 소문이 자조들리는곳。

나는 문득
街路樹스치는 저녁바람 소리속에서
여엄ㅣ염 송아지부르는 소리를듣고 멈춰선다。

「午後의禮儀」
「鄕愁」
1. 나의 故鄕은 : 김기림은 함경북도 학성군 학주읍 임명동 276번지에서 태어났다.
2. 아라사 : 러시아.

첫 사 랑

네모진冊床。
흰壁우에 삐뚜러진 「쎄찬느」한幅。
낡은「페—지」를 뒤적이는 흰손가락에 부대처갑자기 숨을쉬는
시드른 海棠花。
蒸發한 香氣의湖水。
(바다까에서)
붉은웃음은 두사람의작난을 바라보았다。
흰希望의 흰化石 흰憧憬의 흰骸骨 흰苦待의 흰「미이라」
쓴 바다바람에 빨리우는 山上의燈臺를 비웃던 두눈과두눈은

「첫사랑」
* 『開闢』 1호 1934년 11월
1. 쎄잔느 : 폴 세잔(Paul Cézanne, 1839~1906). 프랑스의 후기인상파 화가.
2. 부대처 : 부딛쳐. 부딛다를 강조하여 이르는 말.

둥근바다를 미끄러저가는 汽船들의出航을 전송했다。
오늘
어두운 나의마음의바다에
힌 燈臺를 남기고간
——불을켠손아
——불을끈입김아
갑자기 窓살을 흔드는 버리떼의汽笛。
배를태여 바다로 흘려보낸 꿈이 또돌아오나보다。
나는 그를 맞이할 준비를해야지。
속삭임이 발려있는 時計딱지

3. 버리떼 : 벌떼.

多辯에지치인 萬年筆
때묻은 地圖들을
나는 나의記憶의 힌「테불크로쓰」우에 · 펴놓는다。
흥
인제는 도망해야지。

란아—
내가 돌아올때까지
房을 좀 치어놓아라。

4. 테불크로쓰 : 테이블클로스(tablecloth), 식탁보, 테이블보.

람 프

밤과함께 나의침실의 천정으로부터
쇠줄을 붙잡고 나려오는 람프여
꿈이우리를 마중올대까지
우리는 서로 말을 피해가며 이孤獨의잔을 마시고 또 마시
자。

「람프」
* 『新東亞』 3권 3호 1933년 3월

꿈꾸는眞珠여 바다로가자

「마네킹」의목에 걸려서까물치는
眞珠목도리의 새파란눈동자는
南洋의물결에 저저있고나。
바다의안개에 흐려있는 파ㅣ란鄕愁를 감추기위하야 너는
일부러벙어리를 꾸미는줄 나는안다나。

너의말없는 눈동자속에서는
熱帶의 太陽아래 과일은붉을게다。
키다리 椰子樹는
하눌의구름을 붙잡을려고
네활개를 저으며 춤을추겠지。

「꿈꾸는珍珠여 바다로가자」
* 『朝鮮日報』 1931년 1월 23일
1. 까물치는 : 까무러치는. 까물어치다의 준말. 얼마 동안 정신을 잃고 죽은 사람처럼 되다.
2. 저저있고나 : 젖어 있구나.

바다에는 달이빠저 피를흘려서
미처서 날뛰며 몸부림치는 물결우에
오늘도 네가듣고싶어하는 獨木舟의 노젔는소리는
삐ㅣ걱 빼ㅣ걱
유랑할계다。

永遠의成長을 숨쉬는 海草의 자지빛山林속에서
너에계 키쓰하던 鱌魚의 딸들이 그립다지。

嘆息하는 벙어리의눈동자여
너와나 바다로 아니가려니?
녹쓰른 두마음을 잠그려가자
土人의女子의 진흙빛 손가락에서

---

3. 獨木舟 : 독목주. 통나무를 파서 만든 작은 배.
4. 자지빛 : 자줏빛.

모래와함께 새여버린
너의幸福의 조악돌들을 집으려가자。
바다의 人魚와같이 나는
푸른하눌이 마시고싶다。

「페이ᄫᅳ멘트」를따리는 수없는구두소리。
眞珠와 나의귀는 우리들의꿈의 陸地에부대치는
물결의 속삭임에 기우려진다。

오— 어린바다여。 나는네게로 날어가는 날개를 기르고있다。

5. 페이ᄫᅳ멘트 : 페이브먼트(pavement). 인도, 보도.

感傷風景

순아 이 들이 너를 기쁘게하지못한다는말을 참아 이 들의
귀에 들려주지말어라。네눈을 즐겁게못하는 슬픈벗「포풀라」의
호릿한몸짓은 오늘도 防川에서 떨고있다。가느다란歎息처럼……
아침의靜寂을 싸고있는 무거운안개속에서
그날
너의노래는 시내물을 비웃으며 조롱하였다。
소들이 마을쪽으로 머리를돌리고
음매ㅣ 음메ㅣ 우든저녁에
너는 나물캐든 바구니를 옆에끼고서
푸른보리밭사이 오슬길을 배아미처럼 걸어오더라。

「感傷風景」
1. 우든저녁 : 울던 저녁.
2. 배아미 : 뱀.

汽車소리가 죽어버린뒤의 검은들우에서
오늘
나는 삐죽한 광이 끝으로 두터운안개빨을 함부로 찢어준다。
이윽고 흰배암이처럼 寂寞하게 나는돌아갈게다。

3. 광이 : '괭이' 의 옛말.

離 別

때늦은 「튜—립」의花盆이
시드른 窓머리에서
女子의얼굴이 돌아서 느껴운다。
나의마음의 설음우에 쌓이는 물방울。
나의마음의 쟁반을 넘처흐르는 물방울。
이옥고 내가 巴里에 도착하면
네 눈물이남긴 그따뜻한斑點은
나의外套짜락에서 응당말려버릴테지?

「離別」
* 『新東亞』 3권 3호 1933년 3월

가거라 새로운生活로

「바빌론」으로
「바빌론」으로
적은女子의마음이 움직인다。
개나리의얼굴이
여린볕을 향할때……。

「바빌론」으로간 「미미」에계서
복숭아꽃봉투가 날려왔다。
그날부터 안해의마음은 시들어저
썼다가 찢어버린 편지만쌓여간다。
안해여、작은마음이여

「가거라 새로운生活로」
* 『朝鮮日報』 1930년 9월 6일
1. 바빌론 : Babylon. 바그다드의 남쪽 80km 지점에 있는 메소포타미아의 고대 도시.
2. 안해 : '아내' 의 옛말.

너의날어가는 自由의날개를 나는막지않는다。
호올로 쌓아놓은 좁은城壁의문을닫고 돌아서는
나의외로움은 돌아봄없이 너는가거라。

안해여 나는안다。
너의작은마음이 병들어있음을……。
동트지도않은 來日의 窓머리에매달리는 너의얼굴우에
새벽을 기다리는 작은不安을 나는본다。

가거라 새로운生活로 가거라。
너는來日을 가저라。
밝어가는 새벽을 가저라。

먼들에서는

배아미처럼 굼틀거리는 水平線그넘어서는
季節이 봄을 준비하고있다고
바람이물결을 타고 지나가면서
항용중일거리는 그 들에서는……

山脈의 파랑치마짜락에
알롱 달롱한 五色의「레ㅣ쓰」를 수놓는꽃사이에서
순이와나도 붉게피는 꽃떨기 한쌍이였다。

山빨을 넘어오는 季節의발밑에 깔리는것을
두리지않는 당돌한 두얼굴은

「먼들에서는」
1. 배아미 : 뱀.
2. 항용 : 恒用. 흔히, 늘.
3. 레-쓰 : 레이스(race), 서양식 수예 편물 중 하나.
4. 산빨 : 산등성이. 산줄기.

처음으로 금빛웃음을 배웠다。 그 들에서……。
유리의斷面을 녹아나리는
해볕의 이슬을 담북둘러쓰고서……。

憂鬱한 天使

푸른 하늘에 向하야
날지않는 나의비닭이。나의절름바리。

아침해가
金빛기름을 부어놓는
象牙의海岸에서
비닭이의 傷한날개를싸매는
나는 오늘도
憂鬱한 어린天使다。

「憂鬱한天使」
1. 비닭이 : 비둘기의 전라도 지방 방언.

봄은 電報도안치고

아득한 黃昏의 찬안개를마시며
긴ㅣ말없는 山허리를 기여오는
車소리
우루루루
오늘도 鐵橋는운다。 무엇을 우누。

글세 봄은 언제온다는 電報도없이 저車를타고 도적과같이 왔
구려
어머니와같은 부드러운 목소리로
골짝에서코고는 시내물들을 불러일으키면서……。
해는 지금 붉은얼굴을 벙글거리며

— 63—

「봄은 電報도안치고」
* 『新東亞』 2권 4호 1932년 4월

살아지는 엷은눈우에 이별의 키쓰를 뿌리노라고
바쁘게돌아댕기오。

「포풀라」들은 파ㅣ란 연기를 뿜으면서
빨래와같은 하ㅣ얀 午後의방천에 느러서서
실업쟁이처럼 담배를 피우오。

봄아
너는 언제 江가에서라도 만나서
나에게 이렇다는 約束을 한일도없건만
어쩐지 무엇을——굉장히 훌륭한 무엇을 가저다줄것만같애서
나는 오늘도 광이를 멘채 돌아서서

1. 살아지는 : 사라지는.
2. 실업쟁이 : 실업자 또는 실없는 사람.

아득한 황혼의 찬안개를 마시며
긴—말이없는 山기슭을 기여오는汽車를 바라본다。

祈願

나의노래는 기름과같은 東海의푸른물결이고싶다。
나의노래로하여곰 당신의 상처에 엉크린피를씻기를 허락하옵
소서、님이여。
나의노래는 다람쥐같은 민첩한손의임자인 젊은看護婦고싶다。
나로하여곰 낮과밤으로 그대의 병상머리를 지키는 즐거운義
務에 억매여두옵소서、님이여。
나의노래는 늙은뱃사공——나루를 지키는 오래인 희망이고싶
다。
바다가 노해서 끓는날도 바람이 미처서 날뛰는날도

「祈願」
* 『新東亞』 3권 1호 1933년 1월

나의노래는 바다를건너는 그대의뱃머리를 밝히는
꺼질줄모르는 등불이고싶다。 님이여

「커커ᅗᅵ盞을들고」

오ㅡ나의 戀人이여
너는 한개의 「슈ㅡ크림」이다。
너는 한잔의 「커ᅗᅵ」다。

너는어쩌면 地球에서 아지못하는 나라로
나를 끌고가는 무지개와같은 김의날개를 가지고있느냐?

나의어깨에서 하로동안의 모ㅡ든 시끄러운義務를
나려주는 짐푸는 人夫의일을
너는「칼리ᅗᅩㅡ니아」의 어느埠頭에서 배웠느냐?

「커ᅗᅵ盞을들고」
＊『新女性』 1933년 8월
1. 칼리ᅗᅩ -니아 : 캘리포니아(California). 미국 서부, 태평양에 면한 주(州).

2、길에서

(濟物浦風景)

汽車

모닥불의 붉음을
죽음보다도 더사랑하는 금벌레처럼
汽車는
노을이타는 서쪽하눌밑으로 빨려갑니다。

「길에서」(濟物浦風景)
「汽車」
* 『中央』 2권 10호 1934년 10월
1. 노을 속에 질주하는 기차를 모닥불 속으로 뛰어드는 금벌레로 시각적으로 형상화한 시다.

仁川驛

「메이드・인・아메ㅣ리카」의
성냥개비나
사공의「포케트」에 있는까닭에
바다의 비린내를 다물었습니다。

「仁川驛」
1. 포케트 : 포켓(pocket).

潮 水

오후두時……
머언바다의 잔디밭에서
바람은 갑자기 잠을깨여서는
쉬파람을 불며 불며
검은潮水의 떼를 몰아가지고
港口로 돌아옵니다。

「潮水」
1. 쉬파람 : 휘파람.

孤 獨

푸른 모래발에 자빠저서
나는 물개와같이 完全히외롭다。
이마를 어르만지는 찬달빛의恩惠조차
오히려 화가난다。

「孤獨」

異 邦 人

낯익은 강아지처럼
발등을핥는 바다바람의 혀빠닥이
말할수없이 사롭건만
나는 이港口에 한번도 한親戚도 불룩한지갑도 戶籍도없는
거북이와같이 징글한 한異邦人이다。

「異邦人」
1. 사롭건만 : 사롭다. 새롭다란 뜻.
2. 異邦人 : 유대인이 선민의식에서 그들 이외의 여러 민족을 얕잡아 이르는 말. 또는 다른 나라에서 온 사람. 異國人.

밤 港 口

부끄럼많은 寶石장사 아가씨
어둠속에 숨어서야
루비 싸파이어 에메랄드……
그의寶石바구니를 살그머니뒤집니다。

「밤港口」
1. 루비(ruby) : 붉은 빛을 띤 단단한 보석. 강옥의 하나로 미얀마의 만달레이 지방에서 나는 것이 유명하나, 인공적으로 만들기도 한다.
2. 밤항구의 낭만을 보석장사 아가씨로, 항구의 불빛을 보석에 비유하여 칠흑같은 밤에 아롱지는 빨간, 초록, 파란 빛의 색채감을 시각화하여 표현하고 있다.

破船

달이있고 港口에 불빛이멀고
築臺허리에 물결소리 점잖건만
나는도무지 詩人의흉내를 낼수도없고
「빠이론」과같이 짖을수도없고
갈매기와같이 슬퍼질수는 더욱없어
傷한바위틈에 破船과같이 慘憺하다
차라리 露店에서 林檎을사서
와락와락 껍질을 벗긴다。

「破船」
1. 빠이론 : 바이런(Baron Byron, 1788 ~ 1824), 영국의 낭만파 시인.
2. 와락와락 : 잇따라 갑자기 행동하는 모양.

待合室

仁川驛待合室의 조려운 「뻰취」에서
막차를 기다리는 손님은저마다
해오라비와같이 깨끗하오。
거리에 돌아가서 또다시 人間의때가묻을때까지
너는 물고기처럼 純潔하게 이밤을자거라。

「待合室」
1. 조려운 : '조리운' 의 함경도 방언.
2. 뻰취 : 벤치(bench), 여러 사람이 함께 앉을 수 있는 긴 의자.
3. 해오라비 : 해오라기, 황새목 왜가리과의 조류.

咸鏡線五百킬로旅行風景

序　詩

世界는
나의學校。
旅行이라는　課程에서
나는　수없는　신기로운일을배우는
유쾌한　小學生이다。

「咸鏡線五百킬로旅行風景」
「序詩」
* 『朝鮮日報』 1934년 9월 19일~21일

待 合 室

待合室은 언제든지 「튜ㅣ립」처럼 밝고나。
누구나 거기서는 旗빨처럼
出發의히망을 가지고있다。

「待合室」
1. 튜-립 : 튤립(tulip). 백합과 튤립속의 여러해살이 풀. 4~5월에 종모양의 흰색, 노란색, 자주색의 겹꽃이 핀다.
2. 旗빨 : 깃발.

食　堂

힌테ㅣ불보작이。
健康치못한　花盆곁에　나란히선
주둥아리빼여든「알미늄」주전자는
고개를　꺼덕꺼덕흔들적마다
廢馬와같이　월각절각　소리를낸다。
나는鐵道의「마ㅣ크」를부친　茶盞의두터운입술기에서
咸鏡線五百킬로의　살진風景을마신다。

「食堂」

마 을

수수밭속에 머리숙으린
겸손한오막사리 재빛집웅우를
푸른박덩쿨이 기여올라갔고
엉크린박덩쿨을 나리밟고서
허ㅣ연박꽃들이 거만하게
아침을웃는마을。

「마을」
1. 집웅우 : 지붕위.

風　俗

海邊에서는　女子들은　될수있는대로
故鄕의냄새를　잊어버리려한다。
먼ㅣ　外國에서온것처럼　모다
동딴몸짓을　꾸며보인다。

「風俗」
1. 모다 : 모두
2. 동딴몸짓 : 동따다. (하늘을) '날다, 흩날다' 라는 뜻.

咸興平野

밤마다
서울서듣던汽笛소리는
獅子의울음소리갈드니
아득한들이　푸른깃을
힌구름의　품속에　감추는곳에서는
汽車는
기려기와갈이　조고마한
나그내고나。

「咸興平野」
1. 나그내 : 나그네.

牧　場

뿔이한치만한 山羊의새끼
흰수염은 붙였으나
아기네처럼 부끄러워서
옴쑥한 풀포기밑에 달려가숨습니다。

「牧場」
1. 옴쑥한 : 옴쑥하다, 가운데가 비스듬히 쏙 들어간 데가 있다.

東海

울룩 불룩 기운찬 검은山脈이 팔을벌려
한아름 둥근 바다를 안어드린곳。
섬들은 햇볕에 검은등을 쪼이고있고
고깃배들은 돛을걷우고
푸른寢床에서 航海를 잊어버리고조을고있구료。

부더 달리는汽車여 숨소리를 죽이렴으나。
조으는 바위를 건드리는 수접은힌물결이
놀라서 다라나면 어떻거니?

멱을따는아가씨 제발 이맑은물에 손을적시지말어요。

「**東海**」
1. 조을고 : '조을다"는 졸다의 옛표현.
2. 수접은 : 수줍은

행여나 어린소라들이 코를찡기고
모래를파고 숨어버릴가보오。

오늘밤은 車에서나려 저숲에숨어서
별들이나려와서 목욕하는것을
가만히 도적해볼가。

東 海 水

순이……
우리들의 흰손수건을
저푸른물에 새파랗게 물드립시다。
돌아가시 설합에 접어두고서
純潔이라 부릅시다。

「東海水」
＊『朝鮮日報』 1934년 9월 20일
1. 설합 : 서랍.
2. 흰 손수건과 푸른 바다물의 색채대비를 통해 조선 처녀의 순결성을 표상한 서정시다.

벼 록 이

너는 진정 호랑이의 가죽을썼고나。
나의寢床을 獅子와같이 넘노는너의다리는
曠野의威風을 닮었고나。

어둠속에서깃는 사람의죄우에 너털웃음을웃는녀。
너는 사람의 고집은心臟에서
더러운피를 주저없이 빨어먹으렴으나。

— 87 —

「벼록이」
＊『朝鮮日報』 1934년 9월 21일
1. 벼록이 : 벼룩.

바 위

陸地로 향하야 업드려저서
물결의 흰채찍에
말없이 등을얻어맞는
늙은바위。

「바위」

물

물은 될수있는대로
흰돌이 펴저있는곳을 가려서 걸어댕깁니다。
조이밭속에서 그소리를엿듣는
팔이 부려진 허수아비는
여기서는 오직한사람의 詩人이외다。

「물」
1. 조이밭 : 조밭, 함경 방언.

따 리 아

眞紅빛 꽃을심거서
南으로타는 鄕愁를 길으는
國境가까운 停車場들。

「따리아」
1. 따리아 : 다알리아(dahlia). 국화과의 여러해살이 풀로서 멕시코가 원산지이며, 고구마 처럼 생긴 뿌리로 번식한다.
2. 다알리아 꽃의 진홍빛의 색채조형으로 고향에 대한 강한 그리움을 선명하게 드러내고 있다.

山 村

모—든것이 마을을 사랑한담네。
참아 嶺을 넘지못하고
山허리에서 멍서리는
흰
아침연기。

「山村」
1. 멍서리는 : '망설이는' 의 함경도 사투리.

3、午前의生理

旗 빨

과랑帽子를 기우려쓴 佛蘭西領事館곡대이에서는
三角形의 旗빨이 붉은金붕어처럼 꼬리를떤다。

地中海에서 印度洋에서 太平洋에서
모ㅣ든바다에서 陸地에서
펄 걸 펄
기빨은 바로 航海의 一秒前을보인다。

旗빨속에서는
來日의얼굴이웃는다。

「午前의 生理」
「旗빨」

來日의옷음속에서는
海草의옷을입은 나의「希望」이잔다。

噴 水

太陽의무수한손들이
漆黑의 비로-도 휘장을 분주하게 걷워간뒤 창머리에는
햇볕의噴水에 목욕하는
(어린마돈나)水仙花의 裸體像하나。

순아。
지난밤 나는 어둠속에서 남몰래
休紙와같이 꾸겨진 나의一年을 살그머니 펴보았다。
나의가슴의 무덤속에서자는
죽지가 부러진 希望의屍體의 찬등을 어루만지며

「噴水」
1. 비로-도 : 비로드(veludo), 벨벳의 포르투칼어.
2. 水仙花(수선화) : 백합목 수선화과의 여러해살이 풀. 설중화라고도 하는데, 지중해 연안이 원산이다. 영국의 계관시인 워즈워스가 호숫가에 핀 수선화를 시에서 많이 사용한 후, 시인들이 '자연의 무한한 힘을 상징하는 뜻으로 즐겨 사용하였다.

일어나보라고 속삭여보았다。
나의꿈은 한 끝이없는 草綠빛잔디밭
지난밤 그우에서 나의食慾은 太陽에로 끌었단다。
그러나 지금은아침。
순아 어서 나의病室의문을 열어다고。
푸른天幕 꼭댁이에서는
힌구름이 매아지처럼달치안니?
우리는 뜰에 나려가서 거기서 우리의病든날개를 햇별의 噴
水에 씻자。
그러고 표범과같이 독수리와같이 몸을솟기고
우리의 발굼치에 쭈그린 미운季節을 바람처럼 꾸짖자。

2. 꼭댁이 : 꼭대기.
3. 매아지처럼 : 망아지처럼. 경북 전라, 충남, 평북, 함경, 황해의 방언.
4. 달치 : 달리지.

바다의아츰

작은 魚族의무리들은 日曜日아침의 處女들처럼 꼬리를 내저
으면서 돌아댕깁니다。
어린물결들이 조악돌사이를 기여댕기는 발자취소리도 어느새
소란해젔습니다。
그러면 그의배는 이욱고 햇볕을 둘러쓰고 물새와같이 두놀
을 펴고서 바다의 비단폭을 쪼개며 돌아오겠지요。

오ㅣ 먼섬의저편으로부터 기여오는안개여
너의 羊털의 「납킨」을가지고 바다의거울판을 닦어놓아서
구의놀대를 저해하는 작은파도들을 잠재워다고。

「바다의아츰」
1. 첨하끝 : 처마 끝
2. 납킨 : 냅킨(napkin). 주로 양식을 먹을때 무릎 위에 펴 놓거나 손이나 입을 닦는 데 쓰는 천이나 종이.
3. 놀대 : 놋대, 노(櫓)의 경상, 함북 방언.

제비의家族

샛하얀 쪼끼를입은 空中의曲藝師인 제비의 家族들은 어느새
그들의 긴旅行에서 돌아왔고나。
길가의電線줄에서 부리는 너의재조를 우리들은 퍽좋아한다나。

그러고 너는 赤道에서 들은 수없는이야기를 가지고왔니。
거기서는 끓는물결이 太陽에로향하야 가슴을헤치고 미처서뛰
논다고하였지?
그늘이 깊은곳에 無花果열매가 익어서 아가씨의 젖가슴보다
도더붉다고하였지?
우리들은 첨하끝에 모아서련다。
그러면 너는너의演壇에 올라서서 긴이야기를 재잴거려라。

「제비의家族」
1. 재잴거려라 : 재잘거려라.

밤이되어도 너의이야기가 끝이없으면 銀河水아래 우리들은 모닥불을 피우련다。

나의 掃除夫

오늘밤도 초생달은
珊瑚로판 나막신을 끌고서
구름의 층층계를 밟고나려옵니다。

어서와요 정다운掃除夫。
그래서 왼종일 깔앉은 떠끌을
내가슴의河床에서 말쑥하게 쓸어줘요。
그러고는 당신과나 손을잡고서
물결의노래를 들으려 바다까로 나려가요。
바다는 우리들의 유랑한 손風琴。

— 99 —

「나의掃除夫」
1. 掃除夫 : 소재부. 청소부.
2. 河床 : 하천의 바닥. 강바닥.
3. 손風琴 : 아코디언(accordion).

들은 우리를불으오

輕薄한 참새들은 푸른「포플라」의집웅밑에서 눈을떠서 분주히
노래하오
바다의 붉은가슴이 타는해를 투겨올리오
별들은 구름을타고 날어가오。
아참의傳令인 江바람이 숲속의 어린새들의 꿈을 흔들어깨우
치오。
나는 나의팔에 껴안긴「밤」의 피흐르는 찢어진屍體를 방바닥
에 던지고
無限한野心과같은 우리들의대낮으로향하야 뛰여나가오。

「들은 우리를 불으오」
* 『新東亞』 3권 4호 1934년 4월
1. 투겨 : 투기다, '부추기다' 의 옛말.

(나는 안해의 방문을 두다리오)
여보 어서일어나요
우리는 家畜을몰고 숲으로가지않겠소?
우리들의 즐거운벗ㅣ太陽은 江가에서 오직이나 섭섭해서 기
다리고 있겠소?
(나의팔은 담넘어 언덕넘어 江을가르쳤소)

이윽고 재들은 높은하늘의 中間에떠서 音樂會를 열것이오。
늙은바람은 언덕우의 종아지의 털을 쓰다듬으면서 종아지의
슬픈노래를 사랑하겠지요。

2. 오직이나 : 오죽이나.

작은꽃들은 太陽을향하야 「키쓰」를 조르겠지요 ―

(나는하눌을 쳐다보며 두팔을 버렸소)

그려고 여보

우리들은 그넓은 하눌과 땅사이에서 얼마나 작은꽃이겠소?

얼마나 갸륵한 새들이겠소?

3. 버렸소 : 벌렸소. 벌리다.

새날이 밝는다

굳게잠근 어둠의문 저쪽에서 골작들은 새벽을 陰謀합니다。
비로ー도의 금잔디우에서는 침묵이잡니다。
밤하눌을 아름답게꾸미던 무수한별들은
지금 눈물에젖어 하나씩둘씩
江물속에 빠저서는 구을러갑니다。
어서 일어나요……
푸른안개의 휘장속에서는
「마르쓰」의 늙은이가 분주하게 地球의搖籃을 흔들어 깨웁니
다。

「새날이 밝는다」
* 『新東亞』 3권 1호 1933년 1월
1. 골작 : 골짜기.
2. 마르쓰 : 마르스(Mars), 로마의 군신(軍神).

거리거리의 들창들이
수박빛하눌로향하야 입을버립니다。
집들은 새벽을 함뿍 드리켭니다。

어느새 검은車庫의 쇠문을 박차고
병아리와같은 電車들이 뛰여나옵니다。

옷자락에서 부스러떠러지는 간밤의 꿈쪼각들은 돌보지도않으
면서 그는
고함을치면서 거리거리를 미끄러저가는
亂暴한「스케-트」選手올시다。

오-全朝鮮의 市民諸君

3. 함뿍 : 가득히. 충분할 만큼 많이.
4. 스케-트 : 스케이트(skate).

고무공과같이 부프려오른 彈力性의 大地의가슴으로 뛰여나오
렴。
우리들의 競走를위하야 이렇게도 훌륭하고 큰아침이 準備되
었다。

出發

五月의바다와같이 빛나는窓이
아침해에게 웃음을보내며
無限히 깊은會話를 두사람은 바꾸고있다。
하눌은 얼굴에서 어둠을씻고
地中海를 굽어본다。푸른 밑없는거울……。

窓을열렴으나 누나
푸른하눌, 써늘한大氣

어린새들은 너희의三月을 잊어버렸니?
너희들의 훌륭한 「파라슈―트」 沐浴한 날개를타고

「出發」
* 『朝鮮日報』 1931년 3월 27일
1. 파라슈-트 : 낙하산(parachute).

날래게 푸른하눌로 떠러지렴으나。
그래서 世界에 아침을일러주어라。
빛인……
푸름인……
生成인……

太平洋橫斷의汽船「엠프레쓰・어브・에이샤」號가
금방 커다란希望과같은 旗빨을 흔들며 埠頭를떠났다。
바로 午前八時三十分……。

2. 엠프레쓰 · 어브 · 에이샤號 : 엠프러스 오브 에이셔(Empress of Asia). 여객선 이름.

아츰飛行機

파랑날개를 팔락이는 어린飛行機는
日曜日날아침의 유쾌한樂士올시다。
새벽이 새여간뒤의 아침하눌은 「풀라티나」의줄을느린「하ㅣ프」
그줄을 따리면서 훌륭한 音樂을타는 「푸로펠라」는 「싸포ㅣ」
의손보다도 더이뿐
五月의바람보다도 더가벼운
새벽차눌을 수놓는눈숭이보다도 더힌손의임자。
나의가슴의 鎔한城壁에 물결처넘지는 音樂의湖水。
구름밖으로 나를실고가는 힌날개를가진 너의音樂이여。

「아츰飛行機」
1. 풀라티나 : 플라티나(platinum), 백금(白金).
2. 푸로펠라 : 프로펠러(propeller).
3. 싸포- : 사포(Sappho, BC 612?~?), 고대 그리스 최대의 여류시인. 소녀들을 모아 음악 · 시를 가르쳤으며, 문학을 애호하는 여성 그룹을 중심으로 활약한 것 같다. 또한 소년과 청년에 대한 정열적인 애정을 읊은 서정시를 지었다고 한다.

日曜日行進曲

月
火
水
木
金
土

하낫 둘
하낫 둘
일요일로 나가는 『엇둘』소리……
자연의 虐待에서

「日曜日行進曲」
* 『新東亞』 4권 11호 1933년 11월

너를 놓아라
역사의 餘白……
영혼의 위생「데이」……
일요일의들로
바다로……

우리들의
유쾌한
하눌과하로
일요일
　일요일

速度의 詩

「스케이팅」

一月의 大氣는
透明한「푸리즘」

나의가슴을 막는
햇볕은 七色의「테ㅡ프」

玻璃의바다는
푸른옷입은 季節의化石이다。

감을줄모르는
眞珠의눈들이 쳐다보는

「스케이팅」

* 『新東亞』 4권 3호 1934년 3월

1. 푸리즘 : 프리즘(prism). 광선을 굴절 · 분산시킬 때 쓰는, 유리나 수정따위로 된 다면체의 광학 부품.
2. 테-프 : 테이프(tape). 종이나 헝겁 따위로 만든 얇고 긴 띠 모양의 오라기.
3. 玻璃 : 파리. 수정, 무색투명한 석영의 하나.

魚族들의 圓天劇場에서
내가
한개의幻想「아웃커ㅡᄫᅳ」를그리면
구름속에서는 天使들의拍手소리가 불시에인다。
漢江은 全然 손을 댄일이없는
生生한 한幅의原稿紙。
나는 나의觀衆ㅣ구름들을위하야
그우에 나의詩를쓴다。
히롱하는 交錯線의 모ㅣ든角度와曲線에서 피여나는藝術

4. 아웃커-ᄫᅳ : 야구에서, 투수가 던진 공이 타자 앞에서 갑자기 바깥쪽으로 꺾이는 일. 또는 그 공.

記號우를 規則에억매여걸어가는
時計의 忠實을 나는모른다。

時間의軌道우를 미끄러저달리는 차라리
放蕩한運命이다。 나는……

나의발바닥밑의
太陽의느림을 비웃는 두칼날……

나는얼음판우에서
全혀奔放한 한速度의 騎士다。

旅行

七月은
冒險을즐기는 아이들로부터
故鄕을 뗴았었다。

우리는世界의市民
世界는 우리들의 「올리피아ー드」
시컴언 鐵橋의 엉크린 嫉妬을 비웃으며 달리는 障害物競走
選手들
汽車가달린다。國際列車가 달린다。展望車가달린다……

「旅行」
* 『中央』 2권 7호 1934년 7월
1. 올리피아-드 : 올림피아드(Olympiad), 국제 올림픽 경기 대회.
2. 시컴언 : 시커먼.

海洋橫斷의 定期船들은 港口마다
푸른旗빨을 물고 「마라톤」을떠난다……

럭키。 히말라야。 알프스。
山脈을 날어넘은 旅客機들은 어린傳書鳩

馬來群島는
土人들의 競走用獨木舟(캐누ㅡ)다。

새끼를 호주머니에 감추고
汽笛을 피해가는 「캉가루」는
「오ㅡ스튜레일리아」의 수접은家族主義者。
홍 너희들은 羊毛를팔어서

3. 럭키 : 로키(Rocky). 북아메리카 대륙 서부에 있는 산맥의 이름.
4. 馬來群島 : 馬來는 동남아시아의 말레이 반도와 그 주변의 싱가포르 섬을 비롯한 섬들을 통틀어 이르는 음역어. 군도는 불규칙하게 모여 있는 작고 큰 여러 섬을 지칭. 즉, 말레이 주변의 섬들을 일컫는 말.
5. 오-스튜레일리아 : 오스트레일리아(Australia)
6. 수접은 : 수줍은. 부끄러워하는 모양.

英國製食器의이름을 부르기위하야
비싼英語를 삿고나。
자—아메리카도 시끄럽다
女子의웃음소리와 주머니의돈소리가 귀를부신다。
어느새 沙漠과要塞들사이에 씨괴는
여즈러진 푸른眞珠——可憐한地中海다。
런돈。뉴욕。파리。푸라—그。뿌다페스트。
東方의거리 콘스탄티노—풀
回敎徒
亞米利加領事館

7. 여즈러진 : 이지러진. ‘여즈러지다’는 ‘이지러지다’의 함북 방언.
8. 푸라-그 : 프라하(Prague). 체코의 수도.
9. 콘스탄티노-풀 : 콘스탄티노폴(Constantinople). 터키의 수도 이스탄불의 옛 이름. 비잔틴 제국. 오스만제국의 수도였음.
10. 亞米利加領事館(아미리가영사관) : ‘아미리가’는 아메리카(America)의 음역어.

聖페이트로의 뾰족집은 구름을찌른다。
(마리아는 높은데게시단다。아ㅣ멘)
자ㅣ짐은 호텔에……
사랑은 바다까에……
季節의愛撫에 살진섬들은
푸른바다에서 머리감는 仙女들。
요ㅣ트의 돛은 英蘭銀行의支配人의배다。
麥稿帽子를 붙잡는손。차던지는저고리。
에이 시온은 멀지않다。

11. 聖페이트로 : 성 베드로.
12. 英蘭銀行 : 영국 은행. '英蘭' 은 잉글랜드의 음역어.
13. 麥藁帽子 : 맥고모자. 밀짚이나 보릿짚으로 만들어 여름에 쓰는 모자.

예루살렘은 讚美를타는 커―다란손風琴。

시온으로가자。
그리고 시온을떠나자
우리에게는 永久한시온은없다。

14. 시온(Zion) : 예루살렘 성지의 언덕. 다윗이 이곳을 수도로 삼고, 법궤를 이곳으로 옮겨 정치적 · 종교적인 성지로 삼았다.

씨네마風景

호 텔

土曜日의 午後면은……
사람들은
수없는나라의 이야기들을 담뿍꾸겨넣은「가방」을 드리우고 달
려듭니다。
太陽을 투겨올리는 印度洋의 고래의등이며
船長을 잡아먹은 食人種의이야기며
喇嘛教의 부처님의 찡그린얼굴이며……
三層으로 달려진
黑檀의 층층계는

—123—

「호텔」
* 『新東亞』 4권 5호 1934년 5월
1. 담뿍 : 넘칠 정도로 가득하거나 수북한 모양.
2. 喇嘛教 : 라마교. 티베트에서 성행하는 불교.

두께를 재거놓은 「그란드•오르간」
「아ᄡᅳ리카」의 「헝가리아」의 「스페인」의 노래를 타며올라가는
「니그로」의발굼치 「무슈」의 발굼치 「칼멘」의 발굼치……

單語의 거품을 비앗으며
照明의 노을속을 헤염처가는
女子의치마 짜락에서는
바다의 냄새가 납니다。

食堂……
「샨데리아」의 噴水밑에
사람들은 제각기
수없는 나라의 記憶으로짠

3. 그란드 · 오르간 : 그랜드 오르간(grand organ).
4. 칼멘 : 카르멘(Carmen). 프랑스 작곡가 조르주 비제(Georges Bizet, 1838~1875)의 오페라의 제목이자 주인공의 이름.
5. 비앗으며 : 비웃으며.
6. 샨데리아 : 샹들리에(chandelier). 천장에 매달아 드리우게 된 여러 개의 가지가 달린 방사형 모양의 등.

鄕愁의 비단폭을 펴놓습니다。
「테불」우에 늘어놓는
國語와 國語와 國語와 國語의
展覽會

수염이없는 입들이
「뿌라질」의 「커피」잔에서
푸른水蒸氣에젖은
地中海의 하눌빛을 마십니다。

흰옷을입은 흰「뽀이」는
國籍의 빛갈을 보여서는 아니되는

7. 뿌라질 : 브라질(Brazil). 1822년에 포르투갈에서 독립한 국가로 남아메리카에서 가장 넓으며, 커피 · 목화 따위의 농산물과 광산자원이 풍부한 국가.

漂泊된 힌「뽀이」가 아니면아니됩니다。
여기서는 「가방」들이
때때로는 市長보다도 훨신
歡待를받는 風俗이 있습니다。

午後아홉時면……

二層과三層의 덧문들은
밖앗의 물결소리가 시끄럽다는듯이
발깍 발깍 닫겨집니다。
그러면「호텔」은 검은煙氣를 吐하면서 움직이기시작합니다。

밤의航海의 出發信號……

8. 밖앗 : 바깥

흰꿈의 비닭이들은 寢室로부터
世界의 모—든구석으로 向하야 날어갑니다。
배가 아침의埠頭에 또다시닿기까지……

三月의씨네마

아 츰 해

별들은 地球우에서 날개를걷우어가지고 날어갑니다。 變하기쉬운戀人들이여。 푸른하눌에는 구름의 층층대가 걸려있습니다。 부즈런한事務家인 太陽君은 아침여섯時인데도 벌서 寢床에서 일어나서 별의잠옷을 벗습니다。 그러고 총총히 층층대를올려가는것이 안개가 찢어진틈틈으로 보입니다。

―할로 바다와陸地

그의걸음거리는 傳說속의 임금답지도않게 고무뽈처럼가볍습니다。

「三月의 씨네마」
「아츰해」
＊『朝鮮日報』 1931년 4월 23일
1. 할로 : 헬로(Hello). 누군가를 만났을 때의 미국식 인사.

물레방아깐

물레방아깐 문턱아래는 어느때의 拂下인지도 모르는 낡은 軍隊의 구두한켜레, 일찌기 그는 軍馬의부르짖음과 生命의 마지막불꽃과웨침을 짓밟으며 勇敢한上等兵「슈밋트・베이커」의 물에튄발을 보호하는임무에있었는데 지금은「카이자ー」와「니코라이」二世의무덤과 老朽한凱旋門처럼 버리운者의運命과 함께있습니다。 戰爭이끝나면 그들은모다행주처럼 잇어버리웁니다。

「물레방아깐」
1. 니코라이 二世 : 니콜라이 2세(Nikolai, 1868~1918). 로마노프 왕조 최후의 황제.

分光器

太陽의 어린아들인 무수한光線들이 두텁게잠긴 겨으른문창을
분주히따립니다 「빠―드」大佐의 제어할수없는 정신을가진 冒
險性의작은새들입니다。

— 130 —

「分光器」

1. 빠-드 大佐 : 버드(Richard Evelyn Byrd, 1888~1957). 버드는 1928년 남극에 대한 공중탐험 계획을 발표하고 이후 세 차례에 걸쳐 미국 남극활동대를 이끌었다. 1933년 루스벨트 미국 대통령을 만나 새로운 곳을 大佐는 제2차 세계대전 때까지 일본에서 대령을 일컫던 말.

개

캉……캉……캉……

안개의海底에 沈沒한마을에서는 개가即興詩人처럼 혼자서짖습니다。

「개」

江

江은 그의모ㅣ든種族과함께 大地의永遠한下水道입니다。아마존
따늅、 쎄ㅣ느、 라인、 漢江、 豆滿江 미시시피……최후로 지偉大
한땅을 흐르는 楊子江
그렇지만 市民들은 한번도 水道料를 낸일이라고는 없습니다。
그렇다고 使用을 거절당한일도 없습니다。지금그는 아침의들
을따리며 물레방아를 굴리며 느껴울며 노래하며 깊은안개속
을 굴러떨어집니다。

「江」
1. 따늅 : 다뉴브강. 도나우강. 독일 남부의 산지에서 발원하여 흑해로 흘러드는 국제 하천.
2. 쎄-느 : 센강(la seine). 프랑스의 중북부를 흐르는 강.

魚　族

어린魚族들은 벌거벗은등을 햇볕에쪼이며 헤염칩니다。그속에서 집오리들이 正直한洗禮敎徒처럼 푸른가슴을 헤웁니다。가까운마을의안악네들은 나물이나 빨래나 혹은 근심을담은 바구니를끼고 오슬길을 바쁘게차며 나려옵니다。사실 그온갖찍걱지들을 말없이삼켜버리는 江과같은 점잖은 河馬가어데있겠습니까?

「魚族」
1. 洗禮敎徒 : 세례교도. 세례 받은 교인.
2. 나려옵니다 : 내려옵니다.
3. 찍걱지 : 찌거기.

飛行機

금방날개가 겨우돋힌 飛行機의병아리는 裁縫師가 志願인가봅니다。그러기에 할닥할닥 숨이차서도 이슬에젖은 葡萄酒의하눌을 분주히 돌아댕기며 도망하는구름의 치마짜락을주름잡습니다。

아이 어느새저녀석이 물속에 뛰여들어가서 고기떼를 몰고댕기네。

「飛行機」

北行列車

移民들을 태운 시컴언汽車가 갑자기 뛰여들었음으로 瞑想을 주물르고있든 鋼鐵의哲學者인 鐵橋가 깜짝놀라서 투덜거립니다。 다음驛에서도 汽車는 그의수수낀 로맨티시즘인 汽笛을불테지。 그렇지만 移民들의얼굴은 車窓에서웃지않습니다。 機關車에게버리운 연기가 산냥개처럼 검은철길을핥으며 기차의뒤를 따라갑니다。

「北行列車」
1. 산냥개 : 사냥개.

앨범

五 月

늙은城壁의 검은뺨을 후려갈기는 힌똥。

비닭이는 날어갔다。

푸른水蒸氣의수풀의 誘惑을

드디여 이기지못하는 작은機關車。

「五月」

風俗

바다에게 쫓겨가는거리。
바람이 핥고간 거츠른 風景속에 느러서는
아무일도 생각지않는 겨으른 힌壁。

神秘로운 寒帶의 戒命을
드디여 깨트리고
窓들은 淫奔한입을 버리고말었다
五月의바다로 향하야……
붉은 머리수건을 둘른
白系露人의 女子의다리가

「風俗」
1. 겨으른 : 게으른
2. 白系露人(백계로인) : 백계 러시아인. 반소비에트파 러시아인.

놀랜 派守兵의 視野를 함부로 가로건넌다。

바다는 끝없는 푸른벌판
멀리 그저 멀리 떠나가려는 煩惱때문에
진정치못하는 汽船들을 붙잡고있는
埠頭의 倫理를 슬퍼하는듯이
우뚝솟은 흰 稅關의建物이
바다의물결소리에 귀를 기우린다。

굴 뚝

건방진자식이다。
그래도孤獨을 理解한다나。
구름속에 목을빼들고
푸른하눌에 검은憂鬱을 그리는그자식
나는 본일이없다。
거리를 기여가는 電車개비와 욱으러진집웅들을
그자식의눈이 나려다보는것을……
건방진자식이다。
그자식의가슴은 구름을즐겨마신다나。

「굴뚝」
1. 욱으러진 : 우그러진. 반듯하지 않고 찌그러진 모양.

食料品店

1、쵸코레ー트

사랑엔 敗했을망정
銀빛甲冑 떨처입은 쵸코레ー트兵丁閣下。

사랑은 여리다고
아가씨의입에서도 눈처럼녹습니다。
서방님의입에서도 얼음처럼녹습니다。

「食料品店」
「쵸코레-트」
＊『新女性』 1934년 8월

2、林檎

心臟을잃어 버린토끼는
지금은어디가서 마른풀을베고 낮잠을잘가?

「林擒」
1. 林擒(임금) : 林檎으로도 쓴다. 임금은 사과의 옛말.

3、모과(과인애플)

여보 칼을대지 말어요 부더……
피묻은土人의노래가 흐를가보오。

「모과」
1. 土人(토인) : 문명이 미치지 아니하는 곳에 토착하여 사는 사람을 낮잡아 이르는 말.

4、밤 (栗)

武裝解除를 당한 中央軍의 行列입니다。
天津으로가는겐가? 南京으로 가는겐가?
大將의通電을 기다립니다。

「밤(栗)」
1. 天津 : 중국 북부에 있는 중앙직할시. 텐진.
2. 南京 : 중국 江蘇省 남쪽에 있는 도시. 난징.

파고다公園

쓰레기통의 설비가없는까닭에
마나님들은 때때로 쓰레박기를들고 이곳으로 나옵니다。
午後가되면 하누님은
절대로 필요치않은 第六日의 濫造物들을
이 쓰레기통에 모아놓고는
嘆息을되푸리하는 習慣이있습니다。

— 147 —

「파고다公園」
＊『朝鮮日報』1933년 6월 23일
1. 濫造物 : 남조물.

漢江人道橋

「스로―ㅂ」……
港口의 終點이올시다。
때때로 임자없는모자들이 난간에걸려서는
『人生도 잘있거라』고 바람에 펄럭입니다。
그러므로 기둥밑에는 아가씨들을위하야
커―다란 눈물박기가 놓여있습니다。

「漢江人道橋」
＊『朝鮮日報』 1933년 6월 23일

海水浴場

캐베지와같이 아침이슬에 젖어쓸어진
삐—취 파라솔。

五色의人魚들은 어린魚族들의 種族。
지느러미와같은 치마짜락이
함뿍 바다바람을물고 불을타더니……

九月이 거리에서 분주히 그들을 불러간뒤
허—연 호텔은 줄이끊어진 기타—。
겨으른흰구름이 빨간집웅우으로 낮잠을 자러온다。

— 149 —

「海水浴場」
* 『朝鮮日報』 1934년 9월 19일
1. 케베지 : 캐비지(Cabbage). 양배추. 칠월 여름에 거리를 온통 뒤덮었던 해수욕장의 여름 풍경이 9월의 거리에는 적막함으로 다가온다. 시인에게 몽상의 매개체는 양배추 처럼 찌그러진 호텔의 비치파라솔과 함께 여자들의 지느러미와 같은 치맛자락이다.
2. 삐-취 : 비치(beach).
3. 함뿍 : 분량이 차고도 남도록 넉넉하게. '함빡' 의 함경도지방의 방언.

지금 바다는 오래간만에 그의 靜寂을 回復하야

오늘은 갈매기의날개를 어루만지는 오래인늙은이다。

七月의아가씨섬

아가씨들이 갑자기 魚族의一家인것을 느끼는七月。
초록문장의海底에서 아가씨의꿈은
붉은미역 흰물결의 레ㅣ쓰에 감기오。
魚族들의 고향에서는 푸른유리창의 斷面을갈르고
뛰여나오는 물결의 흰이빨이 갈매기의 翡翠빛 날개를 깨무
오。
멀리는 鐵路는 바다로끌리는 아가씨의 鄕愁의方向。
驛夫의가위는 오늘도 「元山」을수없이 잘렀소。

「七月의아가씨섬」
* 『朝鮮日報』 1934년 8월 2일
1. 갈르고 : 가르고. 양쪽으로 나뉘다.
2. 元山 : 함경남도에 있는 항구도시로, 영흥만 남쪽에 위치한다.

아가씨의등에서 지느러미가 자라나는七月。

아가씨들은 갑자기 地圖의 忠實한讀者가되오。

섬

흰모래불에 담긴
살진바다의 푸른가슴에
억매인 섬 두어개。

西편으로 기우려저
山脈에의意志를 드디여버리지못하는
鄕愁의化石
두어개。

나라가 면 沙工들이 배를끌고
때때로 쌓인한숨을 버리며옵니다。

「섬」

十五夜

珊瑚빛갑옷을 입은달은
푸른하눌의 얼음판을 지처서
에메랄드의 軍刀를 휘둘르며 바람을몰고간다。

江들은 두터운 유리창을 굳게잠그고
오늘밤은 一切 面會謝絕이다。
詩人과 아가씨의 눈물이 생가신가봐。

새벽을 꾸짖는 死刑囚인 늙은세계는
밤이붓는 침묵의술잔을 기우리며
찢어진 하누님의心臟에서새는 허푸른液體를 마시며 비칭거린

「十五夜」
* 『新東亞』 3권 3호 1933년 3월

다。

술취한 달빛이
오후열한시의 개천가의 얼음판에 미끄러저자빠진다。
와르르 터지는 바람의 웃음소리。

새 벽

싸악……싸악……싸악
부스러지는 애처로운 눈의悲鳴을
신바닥아래 눌려죽이며
거리를 쓸고가는 바쁜 발자취소리 소리 소리
窓밑을 굴려가는 수레바퀴의 이빨갈리는소리
소리 소리(그자식은 언제든 군소리뿐이야)

낡은절의 겨으른 북이 갑자기 울어야할 그의 義務를 기억
했나보다。
자—나는 어서 들창을 열어야지。
아침해를 마시고 싶어서 밤이새도록 말려서란 貪慾한입을……

「새벽」
* 『朝鮮文學』 1권 4호 1933년 11월
1. 겨으른 : '게으른' 의 함경도 사투리.

아스팔트

「아스팔트」우에는
四月의 夕陽이 조렵고
잎사귀를 붙이지 아니한 街路樹밑에서는
午後가 손질한다。
소리없는 고무바퀴를신은 自働車의아기들이
분주히 지나간뒤
너의마음은
憂鬱한 海底

「아스팔트」
* 『中央』 2권 5호 1934년 5월
1. 조렵고 : 졸리고.

너의가슴은
구름들의 疲困한그림자들이 때때로 쉬려오는 灰色의잔디밭。
바다를꿈꾸는 바람의嘆息을 들으려나오는 沈默한 行人들을위
하야
작은「아스팔트」의거리는
地平線의 숭내를낸다。

海水浴場의夕陽

海拔一〇〇〇메ー트의 高臺의斷面에
疲困한太陽이 겨으른 自畵像을 그린다。
山허리에 살아지는 애처로운抛物線의 자최인
해오라비 한마리……
孤寂。

아낌없이 바다까에 비오는沈默。
헐덕이는 물결의등을 어루만지는 늙은달은모래불우에서
경박한사람들이 잊어버리고간 발자국들을 집기에 분주하다。
脫衣場의 모래우에 꾸겨저젓어있는
「러브레터ー」한장。

「海水浴場의夕陽」
* 『카토릭青年』 1권 3호 1933년 8월
1. 러브레커 : 러브레터(Love-letter). 연애편지.

밤은 벌서 호텔의歡樂에 불을켰다。

象牙의海岸

海灣은 水平線의아침에향하야 분주하게窓을연다。
주름잡히는 銀빛휘장에서 부스러떨어지는 金箔은
바다의 검은장판에 비오는 별들의失望

어둠이 갑자기 버리고간까닭에 눈을부비는 늙은香水장사인太
陽은
잠깨지않은 물결의딸들의 머리칼우에 白金빛의 香水를 뿌려
준다。
멀구나무잎사귀들은 총총히떠난 天使들의 잊어버리고간 眞珠
목도리들을 안고있다。

「象牙의海岸」

붉은치마짜락을 나팔거리는 가시나무꽃들은 防水布처럼 추근
한海岸에향하야 누른香내를 키질한다。
푸른 空氣의 堆積속에 가로서서 팔락거리는 女子의바둑판「케
ー프」는
大西洋을 건너는 無敵艦隊의돛발처럼 無敵하다。

「에메랄드」의情熱을 녹이는 象牙의海岸은 解放된魚族 解放된
제비들 解放된마음들을기르는 瑠璃의牧場이다。
法典을 無視하는 大膽한 血管들이 푸른하눌의「칸바쓰」에 그
들의宣言——분홍빛꿈을 그린다。

하나——둘——셋
充血된 白魚의무리들은 어린曲藝師처럼바다의 彈力性의허리에

1. 防水布처럼 추근한 : 물기가 조금 있어 축축한.
2. 堆積 : 퇴적. 시간을 두고 쌓이는 모래나 흙.
3. 케-프 : 케이프(cape), 어깨、등、팔이 덮이는, 소매가 없는 망토식 겉옷. 추위를 막거나 멋을 내기 위하여 입는다.

몸을말긴다。
象牙의海岸을씻는 透明한七月의거친살갈。
바람은 新鮮한海草의입김으로짠 舞衣를입고
부푸러오른바다의 가슴을차며달린다。

4. 살갈 : 살결.

航海

八月의햇볕은 白金의비누방울。
水平에넘처 흐늑이는 黃海의등덜미에서 그것을 투겨올리는 푸
른비눌쪼각、흰비눌쪼각。
젓빛 구름의 「스카-트」가 淫奔한 바다의허리를 둘렀다。

傲慢한海洋의 가슴을 갈르는 뱃머리는
바다를 嫉妬하는 나의칼날이다。
제껴지는 물결의흰살뎅이。 쏟아지는 흰피의 奔流。

내눈초리보다도 높지못한먼돛
그돛보다도 뎌 높지못한水平線

「航海」
* 『朝鮮日報』 1934년 8월 15일
1. 흐늑이는 : 흐느끼는.
2. 투겨올리는 : 튀겨 올리는.
3. 스카-트 : 스커트(skirt). 주로 여성이 입는 서양식 치마.
4. 淫奔한 : 음분한. 바람난. 행동이 음란한.

검은섬이 달려온다。누른섬이 달려간다。
함뿍 바람을드리켠 붉은돛이 미끄러진다。
나의가슴에 감겼다 풀리는 바람의「테—프」。
低氣壓은 벌서 北漢山의 저편에——
熱帶의심술쟁이 颱風은 赤道에서 코고나보다。
「마스트」에 춤추는 빨간旗빨은 一直線
우리들의 航海의方向。
港口도벌서 부푸러오르는潮水의 저편에꺼저버렸다。
바람은 羅紗와같이 빛나고
햇볕은 부스러떨어지는 雲母가루。

5. 마스트 : 마스트(mast). 선체의 중심선상 갑판에 수직으로 세운 기둥.

카를 돌리지말어라。
海圖는 옹색한 休暇證明書。
뱃머리는 언제든지 西南의中間에 들어라。

가을의太陽은「풀라티나」의燕尾服을입고

가을의
太陽은 겨으른 畵家입니다。
거리 거리에 머리숙이고 마주선 벽돌집사이에
蒼白한꿈의그림자를 그리며댕기는……
「쇼—윈도우」의 마네킹人形은 홋옷을벗기우고서
「셀루로이드」의 눈동자가 이슬과같이 슬픔니다。
失業者의그림자는 公園의蓮못가의 갈대에의지하야
살진 금붕어를 호리고있습니다。

「가을의太陽은풀라티나의燕尾服을 입고」
* 『朝鮮日報』 1930년 10월 1일
1. 셀루로이드 : 셀룰로이드(celluloid). 나이트로셀룰로스(nitro cellulose)에 장뇌와 알콜을 섞어서 만든 반투명한 합성수지.

가을의太陽은 「폴라티나」의 燕尾服을입고서
피빠진하눌의 얼굴을 散步하는
沈默한畵家입니다。

하로일이 끝났을때

수박빛하눌에 매달려 地球는 어둠속으로 꺼져나려가오, 검은
누―런 혹은 회색의집웅들이 大地의가슴속으로 파들어갈듯이
山모록에가엾이 몸을옴크리고있소。
수양버들들은 마을밖 江가에 머리를풀어헤치고 우둑허―니서
서 무엇을기다리누? 안달뱅이 굴뚝들은 汽笛도없이 흰旗빨
을날리고있소。마을은 또다른 하로밤의航海를 떠나오。
비로―도처럼 눈을부시는 새깜안밤 「푸록코―트」를입은 하누
님의 옷섭에서는 金단추들이반짝이오。울란어미인 바람이 또
[illegible]에서 훌적훌적 우는소리가 들려오오。
골작에서

「하로일이 끝났을때」
* 『新女性』 7권 8호 1933년 8월
1. 안달뱅이 : 걸핏하면 안달하는 사람. 혹은 소견이 좁고 인색한 사람.
2. 푸록코-트 : 프록코트(frock coat). 남자용 서양식 예복.
3. 골작에서 : 골짜기에서.

그러면 나는 언덕우의내집으로 총총히 돌아가기위하야 호미를둘러메오。天使「미카엘」이 두개의퉁퉁한 「포케트」를 불룩이 채워가지고오는 커―다란꿈을 기다리기위하야……

4. 미카엘 : 미카엘 천사는 지력은 물론 용맹함까지 갖춘 천사계의 제1인자이다. 미카엘은 검으로 사탄의 옆구리를 찔러 쓰러트리며, 아담과 이브를 낙원으로부터 추방하는 임무도 수행한다.

黃 昏

검은다리(橋)는 어째서 지금도 물도없는개천에서 찬바람결에
허리를 씻기우면서 빼빼마른다리(脚)를 휠신거두고만 서있을
가요?

「포풀라」들은 지금개천가에서 새하얀허리를 들추어내놓고 벌
벌 떨고있습니다。 그의어깨에서 포근한푸른외투를 벗겨간것
은 누구의 잔인한손임니까? 참새들은 인제는 그의옷자락밑
에기여들어서 수없는 그날의이야기를 재잘거리며 오지않겠지
요。

해가떨어졌음으로 집없는 바람이 또 다리밑에업디여서 앙앙

「黃昏」
* 『第1線』 2권 11호 1932년 12월

느껴웁니다。 집들은 회색의 大氣밑으로 소리와같이 몸을옴크리고기여듭니다。 그러고는 커—다란굴뚝을 거꾸로물고서 퍽—퍽담배를피지요。 어쩌면그렇게도 건방진굴뚝일까요?

녀무나엄청나게 큰꿈이 마을에 떨어지면아니된다고해서 검은山들이 총총히 걸어와서는 마치「코삭크」의步哨兵처럼 表情이없이 우둑허니서서 마을을 구버봅니다。 그러면 작은등불들이 갑자기 집집의창문에 매달려서 밖을 내다보지요。 아마도 날어댕기는 별들과 이야기하려는게지요。

1. 코삭크 : 코사크(Kazak). 15세기 후반에서 16세기 전반에 걸쳐 러시아 중앙부에서 남방변경지대로 이주하여 자치적인 군사공동체를 형성한 농민집단.

移動建築

훌륭한 아침이 아니냐?

蒼白한 하눌아래
戰野는 灰色이다。
毒瓦斯의 화끈한입김이 휩쓸고간다。
骸骨과같이 메마른空氣가 窒息한다。
바람에 휘날려
下水道의물우에 떠나려가는「칼렌더」한장 잘가거라
말광양이 一九三〇年。
江邊의屠殺塲
날카로운채찍이 빽빽한空氣를 찢는다。

「훌륭한 아츰이 아니냐?」
* 『朝鮮日報』 1931년 1월 8일
1. 戰野 : 전야, 싸움터.
2. 毒瓦斯 : 독와사. 독가스의 옛 명칭.

動物들은 그아래서 自己의번을 기다리는짧은동안을 떠다귀를
다토며 소일한다。
(오ㅣ榮光이있어라。人類에게)

어느새밤이가고
먼灰色의 地平線을
붉은웃음으로써 채우며 오는것은누구냐?
오ㅣ새벽이다。새해다。
그는 비닭이와 장미와 푸른날개와
그려한선물을 한수레 가득이실은 馬車를끌고
山마루턱을 넘어온다。
보기싫은 失望과悲觀 아름다운고양이들

너희들은 내품에서떠나거라。미지근한 잠자리에나 박혀있어라。
기름과먼지와피투성인
아름답다는 지나간날은
붙잡어 목을비틀어
차라리「페치카」에 집어넣자。

「짠」……
총끝의 불미를닦는일에 싫증이난다고하였지。
너의塹壕는 너무나어둡다。
어서 뛰여나와서 「폴」의손을잡아주어라。

「프랭크」

3. 페치카 : 페치카(pechka), 러시아풍의 난로로 벽면의 일부로 되어 있고 따뜻해진 벽돌로부터의 복사열 난방이며 열용량이 커서 한랭지의 난방에 적당하다.
4. 塹壕 : 참호. 야전에서 몸을 숨기면서 적과 싸우기 위하여 방어선을 따라 판 구덩이.

저자식은 山高帽를 둘러쓰고 조개의무덤우에서 춤을추겠지。
이「후ㅣ버」의「팬」
어서 녀의 유리眞珠의 바구밀랑 바다에집어던지고 들로나오렴

순이
너는 훌륭히빛나는 살갈을 가지고있고나。
벗어버리렴으나 그런人造絹양말은……

방금 「그란드오르간」인푸른바다가
뿡뿡을 시작했다。
들로나와서 너희들은 손을잡어라。
초하룻날은 水晶의바다다。
새벽의별들이 주착없이 흘리고간

5. 후-버 : 허버트 후버(Herbert Clark Hoover, 1874~1964). 미국의 정치가. 제 31대 대통령.

흰눈의「벨벳트」우에
아침별이　噴水와같이　퍼붓는다。
훌륭한　아침이아니냐？
쿵——쿵——쿵
나는저자식의　발자취소리가
아주듣기좋아……

6. 벨벳트 : 벨벳(velvet). 직물의 표면에 연한 섬유털이 치밀하게 심어진 직물. 비로드(veludo) 또는 우단이라고도 한다.

어듬속의 노래

책상과 나와
「칼렌다ㅡ」의 막장과
燈불과……

灰色의戰野에서는
내가 잊어버리고온
수없는戰死者와 負傷者의무리가
하나씩 둘씩 무덤의먼지를 떨치며 일어난다。

어줄없이 바짝마른 이리한마리(그이름은生活)
오늘도 내발굼치에서 떠러지지않는다。

「어둠속의노래」
1. 어줄없이 : 오줄없이. '오줄없다'는 하는 일이나 태도가 야무지거나 칠칠하지 못하다는 뜻.

어둠의洪水——굼틀거리는 검은물바퀴의 얼굴에 떴다 꺼졌다
떠오르는
춤추는 한팔……
파—란부르짖음……
찢어진心臟……

액……

이런
독수리가 파먹다남은
生活은
下水道에나 집어던저라。

열두時넘어서

별과 燈불을 ·띠우고
防川아래
꿈을알른 下水道에……
無限히 떠끌을生産하는 이都市의 모ㅣ든排泄物을 運搬하도록
命令받은忠實한 검은奴隷。

똥
먼지
타고남은 石炭재
棄兒 때때로死兒
찢어진遺書쪼각
警察醫가 「오ㅣ토바이」에서나렸다。

거리의거지가 鍾閣에 기댄채 곳곳해버렸다。
敎堂에서는 牧師님이
最後의 祈禱끝에 「아ㅣ멘」을불렀다。
다음날아침 朝刊에는 그전날밤의 추위는 十六年來의일이라고
거짓말했다。
來日은 紳士와 淑女들은
安心하고 네거리로 나올게다。

劇場에서는
學生과 會社員들이 사이좋게
같은盞에서 炭酸「가쓰」를 비앉었다 드리켰다………
芝罘種의 무우와같은 「스크린」의 「아메리카」女子의다리에 食
慾을삼킨다。

2. 芝罘種 : 지부종. 채소 종자의 종류.
3. 스크린 : 스크린(screen), 영화나 환등 따위를 투영하기 위한 백색 또는 은색의 막 또는 그 영화.

어둠의洪水
거리에구비치는 어둠의흘음
太陽이 어대갔느냐?
어대갔느냐?
내가슴은 太陽이안고싶다。

商工運動會

愉快한 奏樂을 앞세우고
서슬좋은 假裝行列이 떨며간다……
「씨ㅣ자」의 투구를쓴商會
粉칠한 丸藥의女神
붉게
푸르게
變하는 行列의表情
敬意를 表하기위하야 멈춰서는 푸른電車의禮儀。
舖道를 휘덮는 시드른얼굴들을 물리치면서

「商工運動會」
* 『朝鮮日報』 1934년 5월 16일

전방진 行列이
凱旋將軍을뽑낸다。

뭇솔리니、뷔지니、솨바니、제르미니
루—즈벨트、벨트、벨탕、슈—베르트
힐트、힘멘쓰、히스트、히틀러
그게 모도다
우리의무리의
동무다 동무다 동무다 동무다……

쉬—ㅅ
종용해라
누가 拜金宗聖書의 第一章을朗讀한다

1. 뭇솔리니, 뷔지니, 솨바니, 제르미니, 루-즈벨트, 벨트, 벨탕, 슈-베르트, 힐트, 힘멘쓰, 히스트, 히틀러 등 추상적 의성음을 통한 단어 배열을 통해 가장행렬의 다양한 모습을 묘사하고 있다.

——돈을좋아한다는것은 元來不道德하고는 關係가없느니라。우리의世界에는 그림자라는것이 없는法이니라。우리는 슬픔이라는 憂鬱한女子를 본일이없노라。그러니까 기쁨까지가
　稀薄한 透明體에 지나지않느니라——

主婦들은 그들의집을
잠을쇠나 좀도적이나 늙은이나 어멈이나 고양이나 掛鍾에 맡기고는
奬忠壇으로 뛰여나온다。기여나온다。밀려나온다。

이윽고 號角소리……
自轉車가 달린다。選手가달린다。그러나 나종에는 商標만달린다。

움직이는 商業區의 會塲우에서
壓倒된 머리가 느러선다。 주저한다。 決心한다。
『이會社가좀더 加速度的인걸』
『아니 저商會가 더빨은걸』
『요담의 廣木은 저집에가 사야겠군』
살어있는 「짜라투ㅣ스트라」의
山上의嘆息
ㅡㅡ그들은 사람의心臟에서 피를몰아내고 그자리에
아침潮水의 자랑과 밤의한숨을 모르는灰色建築을 세우는데
成功했다ㅡㅡ
뿌라보ㅣ 뿌라보ㅣ

2. 짜라투-스트라 : 자라투스트라(Zarathustra). 고대 페르시아의 예언자 조로아스터의 독일어 발음.
3. 뿌라보 - : 브라보(bravo). 칭찬의 뜻이 담긴 감탄사.

工場과 商店의 굳은握手
뿌라보ㅣ 뿌라보ㅣ
핫 핫 핫 핫……

金起林詩集

太陽의風俗

昭和十四年九月二十日 印刷
昭和十四年九月二十五日 發行

定價 一圓三十錢

著作者 金起林
京城府梨花町一一二番地

發行者 崔南周
京城府鍾路二丁目九一番地

印刷所 漢城圖書株式會社
京城府堅志町三二番地

京城府鍾路二丁目耶蘇ビル內
發行所 學藝社
振替京城一六一六四番

金起林詩集

바다와나비

新文化研究所版

詩集

바다와 나비

金起林 著

新文化研究所 版

裝幀關 常識

머리ㅅ말

一九三〇年代를 통해서 나는 우리詩의 潮流속에서 두갈래의 흐름을 물리치고 나와야했다。 그 하나는 지나친感傷主義요 다른하나는 封建的뭇要素였다。 더 바투말한다면 이 두흐름의 結婚이었다。 그것이 合쳐서 빚어낸 詩壇의「非」近代的 「反」—近代的인雰圍氣와 作詩上의風俗을 휩쓸어버리지않고는 近代」—라는것에조차 우리는 눈을뜨지못힌 시골떠기요 半島 개고리가 되고말것을두려워했다。 이두가지의 低氣壓과 不連續 을 휩쓸어버리기위한가장 힘있는武器로서는 다름아닌 知性의太陽이 필요하였던것이다。

一九三九年 第二次世界大戰의 勃發은 벌써避할수없는 近代—「그것의破產의 豫告로 들렸으며 이危機에선「近代」의 超克이라는 말하자면 世界史

的煩悶에 우리들 젊은詩人들은 마조치고말었던것이다。 이러한일들이 日本帝國主義의 朝鮮에대한 점점 高潮로향하는 政治的文化的侵略의 急한「템포」와 集中射擊과 함께 다닥쳤으며 따라서 生活의體驗을 못해서 實感되어왔던것은 勿論이다。 一九四五年八月十五日까지 約五六年동안의 中斷과 沈默은 다름아닌 우리詩壇의 世界와自身에대한 二重의 커다란苦悶을품은 沈痛한表情이였다。

八月十五日은 分明 우리앞에 偉大한「浪漫」(로망티)의 時代를 펼처노았다。 그러나 또다시 感傷的으로 아속에 耽溺하기에는 우리는 너무나큰 洞察과透視를 준비해야할것이다。 한古典主義도아니다、 한象徵主義도아니다。 한超現實主義도아니다 우리는 모ㅣ든 그런것을 지나왔다 인제야우리앞에는 大戰以前에 좀채로想像할수없었던 새로운世界가 誕生하려하고있다 朝鮮은 門을열고 이世界와 마조서게되었다。 이새로운世界―「올더쓰·헉쓸레」가 빈정댄 그런意味가 아니고 眞正한 한 새로운 찬란한世界―가 완전히 人類의것이되기까지에는 아직도 여러가지陣痛이 있을런지모른다。 그러나 먼저 黎明의前哨에 눈을뜬사람 또먼저 먼기이한발자취에 귀가밝은사람들의 꾸준하고도 끈직한努力만이 참말로 이새로운世界의 門을 열어제낄수있을것이다。

詩의問題도 실상은 이러한 人類의問題속에 무처있는것이다 詩의問題만을 동떠로 찾어댕긴다던지 解決하려는것은 쓸데없는일같다。 人類의問題를 거처서 그속에서 詩의問題도 解決해나가는것 그길밖에는없을상싶다。

八月十五日以後 많은벗들이 나에게 새로운詩論을보이기를 청했다。 지금말한것이 나의親切한 벗에게보내는 나의생각의 要點이다。 그러나 自身

은 아직도 한問題도 完全한答案을 꺼내지는못하였다 다만 끈임없이 鉛筆을가지고 지웠다 살렸다하면서 運算하고 는것가은 事實이다。不幸한 計算家는아마도 一生을두고 끝없는 運算을계속해갈것같다。 그때그때의作品은 늘 끝나지않은 긴 計算의한토막일것이다。 그런것으로서 읽어주기바란다。

1은 八月十五日뒤에쓴것이다。

2와3에 뫃은것은 詩集「太陽의風俗」과 「氣象圖」이후 一九三九年 大戰勃發까 朝光 女性、文章、人文評論 或은 그뒤의春 等 各雜誌에 실렸던것들이다。

4는 우리들이 가졌던 황홀한天才 李箱의 哀悼詩여서 그의死後에 發表되었던것이다。

5는 지 해年末 저 政治的旋風속에서 쓴것이다、

一九四六 三 三・

著 者

차 례

머리ㅅ말 (一)

序 詩

모다들 도라와있고나 (七)

1

우리들의八月로 도라가자 (一三)
전 날 밤 (一四)
知慧에게 바치는 노래 (一七)
殉 敎 者 (二一)
어린共和國이어 (二三)
무 지 개 (二四)

두견새 (二七)
길까의 輓章 (三〇)
女人圖 (三三)

2

바다와 나비 (三九)
療養院 (四〇)
山羊 (四一)
共同墓地 (四二)
파랑港口 (四三)
못 (四六)

3

바다 (五一)
追憶 (五六)

아프리카狂想曲 (五八)
連禱 (六二)
금붕어 (六三)
힌薔薇처럼 잠이 드시다 (六六)
겨울의 노래 (六八)
새벽의 아담 (七一)
東方紀行 (七三)
序詩 (七三)
宮島 (七五)
鎌倉海邊 (七六)
中禪寺湖 (七七)
仙臺 (七八)
瀨戶內海 (七九)

江之島 (八〇)
吳軍港 (八一)
葛蒲田海水浴場 (八二)
神戶埠頭 (八三)
코끼리 (八四)
駱駝 (八五)
잉크 (八六)
유리窓 (八七)
봄 (八九)

4

쥬피타追放 (九三)

5

世界에웨치노라 (一〇一)

序詩

1

모다들 도라와 있고나

오래 눌렸던 소리 뭉처
同胞와 世界에 웨치노니
民族의 소리고저 등불이고저
歷史의 별이고저
여기 다시 우리들 모다 도라 있노라。
눈부시는 月桂冠은 우리들 본시 바라지도 않은것
찬란한 自由의 재나라
첩첩한 가시덤불 저편에 아직도 머니
우리들 가시冠 달게 쓰고
재벽 서리ㅅ길 즐거히 거더가리。

(一九四六·二·八· 全國文學者大會場에서)

「모다들 도라와 있고나」
*『서울新聞』 1946년

우리들의八月로 도라가자

물과거리 바다와 企業도
모도다 바치어 새나라 세워가리라ㅣ
한날 벌거숭이로 도라가 이나라 지추돌 고이는
다만 쪼악돌이고저 원하던
오ㅣ우리들의八月로 도라가자。

명예도 지위도 호사스런살림 다버리고
구름같이 휘날리는 祖國의 기빨아래
다만 헐벗고 정성스런 종이고저 맹세하던
오ㅣ우리들의八月로 도라가자。

二

「우리들의八月로 도라가자」
* 『自由新聞』 1945년 12월 1일
1. 지추돌 : 주춧돌[礎石].
2. 도라가자 : 돌아가자.

어찌 닭울기전 세번뿐이랴
다섯번 일곱번 그들 모른다하던 욕된그날이아퍼
땅에쓸어저 얼골부비며 끌른눈물
　　눈뿌리 태우던 우리들의八月

먼나라와 옥중과 총칼사이를
뚫고 헤치며 피흘린 열렬한이들 마저
한갓 겸손한 심부름꾼이고저 빌던
　　오ㅣ우리들의八月로 도라가자。

끝없는노염 통분속에서 빛어진
우리들의꿈 이빨로 물어뜯어 아로색인彫刻
아모도 따를이없는 아름다운땅 맨들러라
　　하늘우르러 외우치던 우리들의八月

3. 얼골 : 얼굴.
4. 눈뿌리 : 눈알의 안쪽으로 달려 있는 부분.

부러는이 부러우는거 하나없시
知慧와 義理와 착한마음 꽃처럼피어
天使를 모다 부러워 歸順하는나라
내八月의꿈은 영롱한 꽃바구니。

오—八月로 도라가자
나의創世紀 에워싸던 香기론 季節로——
썩은연기 벽돌데미 몬지속에서
蓮꽃처럼 혼란히 되어나던八月
오—우리들의八月로 도라가자。

---

5. 오-八月로 도라가자
나의創世記에 워싸던 香기론 季節로-
썩은연기 벽돌데미 몬지속에서
蓮꽃처럼 혼란히 되어나던八月
오-우리들의八月로 도라가자(원문)
6. 창세기 : 『구약성서』중에서 최초의 서(書). 천지창조, 아담과 이브의 이야기로부터 시작되어 노아, 아브라함, 야곱을 거쳐 요셉의 죽음에 이르기까지 이스라엘 최초의 족장들의 이야기가 들어 있다.

전날밤

땅을혼드는 은은한 대포소리와
피질린연기와불낄 소름기치는 소문들을 뒤로
비뿌리는밤길에 울리는구두소리 말발굽소리를 거슬러
길잃은백성들은 가슴두기며 한길로한길로만흩어졌다
일홈지을수없이 뒤볶는 무슨 커마란새날을
저마다어슴푸레 마음속에그렸다 지웠다 다시그리며

「전날밤」
1. 일홈 : 이름.

항구와 거리에서는 지금쯤 아마도
성낸戰爭이 한창 불을뿜으리라
지달린살림 헐벗은마을 거츠러전쯤이야
모도다불속에 던저버린들 무엇이랴
소지처럼피렴 곱다랗게피렴
안타깝고 상란헌 온갖사연도
거짓많은 고약한都市와 총칼로쌓은祭壇도
모조리 고히고히 핥어버리렴
戰爭아 네 불타는 날랜 혀빠닥오로——

2. 소지(燒紙) : 신령에 빌며 종이를 불살라 공중으로 올리는 일. 또는 그 종이.

歷史는 가장 총명한 證言者
그만은 속이지않으리라 다알고있으리라——
건약보다도 굳게 오직 그대를 믿으며 살아왔다
띠끌과 구멍과 끝없는 地平線—오—焦土도 좋다
創世紀처럼 그우에 피어날 새로운山과들
꽃피는 거리거리 노래하는 機械들
나의 不死鳥는 기어코 새벽과함께
이재덤불속에서 떨치고 일어나리라

知慧에게 바치는노래

검은機關車 車머리마다
장미꽃 쏟아지게 피워서
쪽빛 바다바람 함북안겨
비단폭 구룸장 휘감아보내며
숨쉬는鋼鐵 꿈을아는動物아
황량한「近代」의 남은터에 쓸어저
병들어 이즈러저 半身이 피에젖은
「希臘」의 오래인後裔들인 방탕한 世紀의 아픔소리

「知慧에게 바치는노래」

＊『解放記念 詩集』 1945년 12월

1. 숨쉬는鋼鐵 꿈을아는動物아(원문)
2. 황량한「近代」의 남은터에 쓸어져
   병들어 이즈러저 반신이 피에 젖은
   「헬라스」의 오래인 후예들인 방탕한 세기의 아름소리(원문)
3. 헬라스 : 고대 그리스인이 그리스를 자칭하는 이름.

자못 길드리기어려운 즘생이더니
知慧의 속삭임에 오늘은 점잔이 귀죽였고나
풀냄새 싱싱한 山脈을 재어
힌물결 선을두른 뭇大陸의 가장자리 도라
간데마다 暗默과 幸福만이 사는 아롱진都市
비취빛 한울밑 꽃밭속의 工場에서는
機械와 皮帶가 樂器처럼 울며오리
時間과空間이 아득하게 맞대인곳
거기서는 無限은 벌써 한날語彙가아니고
住民들의 한이서린味覺이리라
얽히고설킨 太陽系의 數式의 그물에걸린

---

4. 즘생 : 짐승.
5. 거기서는 無限은 벌써 한날 語彙가 아니고
住民들의 한이서린 味覺이리라
얽히고설킨 太陽系의 數式의 그물에걸린(원문)

一八

날랜楕圓形하나ㅣ 새로운 별의 誕生이다
文明과自然의 아름다운婚姻
知慧의勝利 눈부시는 나라나라는
말머리무접고 눈방울영롱한 種族에게주리라
歷史는 꿈많은시절의 日記처럼
하로하로 淸新한「페ㅣ지」만이 어가리의
검은機關車 車머리마다
장미꽃쏟아지게 피워보내마
無知와 不幸과 미련만이 君臨하던
재빛神話는 사라졌다고 사람마다 일러줘라
숨쉬는鋼鐵 꿈을아는動物아

---

6. 검은機關車 車머리마다
장미꽃 쏟아지게 피워보내마
無知와 不幸과 미련만이 군림하던
재빛 神話는 사라졌다고 사람마다 일러줘라
숨쉬는 鋼鐵 꿈을아는 동물아(원문)

一九

殉敎者

聖스테판

피와 땀으로 산 나라 오시니
수다스런辯明을 팔아 번영하던
오— 분바른 人生의저자 물러가라
둔한살은 주린이리에게 찢어주며
때묻답내는 무리에게는 뼈갈아던지시며
울게 눈포래와 맺하야 살아오신이——

「殉敎者」
＊『新文學』1권 1호 1946년 4월
1. 성 스테판 : 성 스테파노, 기독교 역사상 최초의 부제이자 순교자.
2. 눈포래 : 눈보라. 평안, 함경 방언.

낡어은 별조차 虛空에 아득한 나라밤
맺맺지못한삶이라면 차라리
길드린즘생처럼 죽엄을 베붙고 넹기신이 오지마
오직 그멀리없는 歷史의 눈짓만 처다보며
여러 호린 울과 침침한 하늘을 견디신
오— 서러웁고도 굳많은氣象學이여

聖스러운
뼈와 땀으로 산 나라 오시니
수다스런辯明을 팔아 번영하던
오— 粉바른 人生의저자 물러가라

三

---

3. 수다스런 辯明을 팔아 번영하던
오- 粉바른 人生의 저자 물러가라(원문)

어린共和國이여

식은火山 밑바닥에서
히미하게 나부끼던 작은불빛
말발굽구루는 땅아래서
水銀처럼 떨리던샘물
인제는 牧丹같이 피어나라 어린共和國이어
그늘에 감춰온 마음의財産
우리들의 오래인꿈 어린共和國이어
음산한 「近代」의 葬列에서 빼앗은奇蹟
歷史의 귀동자 어린共和國이여

「어린共和國이여」
＊『新文藝』2권 2호 1946년 7월
1. 牧丹 : 모란. 꽃은 양성으로 5월에 홍색으로 핀다.
2. 葬列(장열) : 장례 행렬.

오ㅣ 명예도 지위도 富貴도 다 싫소
오직그대가는길 멍에멜 즐거운勞役에 얽매어주오
빛나는共和國이여 그러고 안심하소서
젊은이어깨에 그대얹히셨으니ㅣㅣ

어린共和國

오ㅣ 우리들의가슴에 차오는 꽃봉오리여
저 대담한새벽처럼 서슴지말고
밤새워기다리는거리로 어서닥아오소서

---

3. 어린共和國
오- 우리들의가슴에 차오는 꽃봉오리여
저 대담한새벽처럼 서슴지말고
밤새워기다리는거리로 어서닥아오소서.(원문)

무지개

新羅적 한옛날부터
처다보는 금없는 한 한울
이슬젖은 太古의 젖가슴

오늘도 티끼하나없이 해ㅅ별에녹아
南으로 기우러진 풍성한 쪽빛「나야가라」
황홀히 우루러보는 나의자랑아。

여머눈꼬때 구름 번개와 소나비
우리와 웰이 구루며 휩쓰며간뒤에도
주름살 하나없이 부푸른 한폭 둥근돛。

「무지개」
* 『大潮』 1권 2호 1946년 6월
1. 나야가라 : 나이아가라 폭포.
2. 주름살 하나없이 부푸른 한폭 둥근돛(원문)

겸소한 동리와거미 소돌메 「분합
초라한사람 쓴우숨 모조리 덥어가때면
碧玉빛沈默울 다은 말없는 나의하늘。
背信도 謀叛 지기 미 다뭄ㅁ
다보아 알고있는 무서운 靑銅거울
소름지우는 「이브」와 「카인」외 한울。
노려보는 목목한 푸른 눈초리 피하야
인제우리 그늘로가 앓은데미ㄷ 쓴눈물 쏟아
까신 마음 가득히 하늘빛 철철 받어담자。

---

3. 다보아 알고있는 무서운 靑銅거울
소름지우는 「이브」와 「카인」의 한울(원문)
4. 이브와 카인 : 아담과 이브(하와)가 낳은 자식이 카인과 아벨이다. 카인은 땅의 소산을, 아벨은 양의 첫소산을 하나님께 바치지만, 하나님은 아벨의 제사만 받아들인다. 이에 카인은 분노를 참지 못하고, 아벨을 처 죽인다.

青磁器 빼여문 두두미목에
휘감겨 흐르는 비취빛하늘
나의무지개 나의꿈 다사론 광채야。

두 견 새

(세學兵의靈前에드림)

어머니와 누이들 모르는 아닌밤중
歷史와 世界의 눈을 가려가면서
큰일을 저즐렀느니라
별과 天使들 구버보며 소름쳤느니라

뽀고 힌 손길을 끌려
송이송이 꽃봉오리 검은 貨車에실려
구름과 수풀과 바다를도라 몰려가던날
아모도 말려주는이없어 어머니만 발을 구르셨느니라

「두견새」
* 『學兵』 1권 2호 1946년 2월
1. 구버보며 : 굽어보며.
2. 뽀고 힌 손길 : 뽀얏고 하얀 손길.

눈사부랭이에 매치는 이슬 방울방울
그 아래 몸덮일 떳떳한 旗빨과
잃어버린 祖國의 모습을 찾으며
夷狄의 方言으로 노래부르며 떠났느니라

분명 못하지않은 奇蹟이었느니라
흐터져 쓰러지는 이리떼아구리와 불바다에서
겨우 빼아서 도라온 몇아니남은 목숨
아모렴 貴財이매 제나라에 긴히 바치겠노라하였느니라
기다리시는 어머니에게로 진작 도라못갔음은
언제오실듯오실듯만 싶은 재국아 맞으려 합이라

3. 눈사부랭이 : 눈언저리.
4. 이리떼아구리 : 사납고 거친 이리떼 무리.

아—진정 늦었느니라 새나라 오심이여
차라리 어머니에게로 가기만 못하였느니라

젊은이는 나라의꽃이오 보배어니
젊은이를 쏘지말라 쏘아서는 못쓰느니라
어—서 어머니가 노려보시느니라
새나라는 정영 꾸지즈리라

그날밤 어머니는 무서운 꿈 소스라처깨셨으리라
별과 天使들 골을찡기며 고개돌렸느니라
오— 젊은이들 모다 이렇게 괴로운데
새나라 오심이 어찌 이러더디시뇨

길까의輓章

네거리의 오고가는 발걸과 갑갑한입김과
성년政黨과 호리는 利權과
그러고 눈노기는 양지쪽 이 四溫쳇날을두고
그대 흙묻은거제기 뒤집어쓴체
완전히 圈外에 나누었네그려
사품치는 삶의 騷亂에서 絕緣된
드디어이른 無關心의 絕頂——
아—「파이푸오르간」도 「힐떼두야」도

「길까의輓章」
1. 눈노기는 : 눈 녹이는.
2. 四溫(사온) : 삼한사온의 따뜻한 날.
3. 거제기 : 거적떼기.
4. 사품치다 : '부딪치며 세차게 흐르다' 라는 뜻의 이북지방의 언어.
5. 파이푸오르간 : 파이프로르간. 건반악기 이면서 파이프나 리드를 진동체로 하는 기명 악기.

巡警의 짜증소리도 民法의條文도
그대결을 흘러가는 한낫 無意味일뿐
아마도 市廳도 莫府會議도 그대를 기억한적없고
다사론품안 김나는잔채에 불린일도없이
모다들 도리가는 어슬막 그내 끌려갈 삶의中心도없어
헐벗고 때뭇고 빌걸에채어 몇번인가 꾸지젔스며
人生은 포악한곳 아에 올데가 아니었다고——
그대가는곳 저 날랜 찬 회오리바람속인가

微熱과 情慾에 아 上氣한 이신기한 별에서 떨어져
엇크린사정도 肉親의바줄도 北極의磁力도
드디어얽매지못하는 항거할수없는 힘으로
그대는오직 주저없이 물러가는 方向일뿐

아—나는 도라서 화끈한 人生을 다시부둥켜안으리라
화토불에 몰려드는 하로사리의 정열료
남은세월을 기우려 만음껏 사랑하리라
순수한것과 높은향기와 의로운것들을——
떠날이마다말케하리라 人生은 사시 꽃피는 다사론곳이였다고——;

6. 바줄 : 밧줄.
7. 말케하리라 : 말하게 하리라.

女人圖

가장 깊은비밀 마음의상처 지녔을적에
당신의가슴에 더운머리 파묻고 거센손에 만지워져
어머니 당신의
「自由로운 朝鮮」은 피ㅅ줄이 굵어왔읍니다。

옥수수 날날이 밀고 담으신 흰밥
풋멱과 고사리 북어무침 종어찜
누님의 철따른 私食으로
「自由로운朝鮮」은 모진 고비고비 넘겨왔읍니다。

「女人圖」
1. 풋멱 : 풋미역. 그해 나서 자란 어린 미역.

父兄會에서 稅務署에서 어디어디서 보았다는소식—
몇해만씩 바람에 흘러오는소식에
안해여 마음 튼튼하야
「自由로운朝鮮」은 먼나라의放浪이 늙으지않었읍니다。

홍캐진 눈자위 날쌘한손맥 쉬어쉬어 바삐짜서
감춰다주신 속옷과 목도리 감고서
자랑하는 사람이여
「自由로운朝鮮」은 무서운 여러겨울 견디어왔읍니다。

2. 父兄會(부형회) : 학부모회.
3. 홍캐진 : 붉어진.

창살을거처 처다보는 젖은 속눈섭
별아래 지나가는 몇마디속삭임과 화끈한입김
손등에 남기신 다사론 體溫과 뜻으로
「自由로운朝鮮」은 힘이나 싸워왔읍니다。 또 싸우겠읍니다。

2

바다와 나비

아모도 그에게 水深을 일러 준일이 없기에
흰나비는 도모지 바다가 무섭지않다。

靑무우밭인가해서 나려갔다가는
어린날개가 물결에 저러서
公主처럼 지처서 도라온다。

三月달바다가 꽃이피지않어서 서거푼
나비허리에 새파란초생달이 시리다。

「바다와 나비」
* 『女性』 4권 4호 1939년 4월
1. 도모지 : 도무지.
2. 서거푼 : 서글픈. 서글프다.

療養院

저마다 가슴속에 癌腫을 기르면서
지리한 歷史의 臨終을 苦待한다。

그날 그날의 動物의 習性에도 아주 익어버렸다。
標本室의 착한 倫理에도 아담하게 固定한다。

人生아 나는 용맹한 포수인체 숨차도록
너를 쫓아 뎅겼다。

너는 오늘 간사한 매초라기처럼
내 발앞에서 포도독 날러가버리는구나。

「療養院」
* 『朝光』 5권 9호 1939년 9월
1. 매초라기 : 메추라기.
2. 포도독 : 부사로써 무른 똥을 조금 힘들여 누는 소리. 인생의 무게와 그 무상감을 절실하게 표현하기 위한 의성어적 묘사로 느껴진다.

山 羊

홀로자빠저
옛날에 옛날에 잊어버렸던 찬송가를 외여보는밤
山羊과 같이 나는 갑짜기 무엇이고 믿고싶다。

「山羊」
＊『朝光』 5권 9호 1939년 9월

共同墓地

日曜日아츰마다 陽地바닥에는
무덤들이 버슷처럼 일제히 돋아난다。
喪輿는 늘 거리를 도라다보면서
언덕으로 끌려올라가군 하였다。

아모무덤도 입을 버리지않도록 봉해버렸건만
默示錄의 나팔소리를 기다리는가보아서
바람소리에조차 모다들 귀를 쭝그린다。
潮水가우는 달밤에는
등을이르키고 넋없이 바다를 구버본다。

「共同墓地」
* 『人文評論』 1권 1호 1939년 10월
1. 버슷처럼 : 버섯처럼.
2. 묵시록 : 성 요한의 계시록으로 알려져 있는 신약성서 중 가장 마지막 책. 세계의 종말과 최후의 심판, 새로운 지복천년의 도래에 대해 사도요한이 파트모스 섬에서 본 천계를 기록한 내용이 담겨 있다.
3. 쭝그린다 : 귀를 빳빳하게 세우거나 입을 뾰죽이 내밀다.
4. 등을 이르키고 : 등을 일으키고.

파랑港口

아무도사랑할수있는 少女처럼
파랑치마를 두루고
四月을 고대하는 港口에는

國旗에 향하야 그다지 敬意를 표하지두않는
겨으른輪船들이 지금쯤 바다로부터 도라왔겠지。
그러고 無禮하게두 퍼억퍼억 담배를 피우겠지。

「파랑港口」
* 『女性』 1권 1호 1936년 4월

나는 三國말을 함부루 지꺼리는
海關官吏와 마조서서
「보로딘」과 꼭같은 한 로서아사람과
항용 目禮를 바꾸었다。

그 侖은汽笛에는 아무두 마음이 강하지못한가보아서
住民들은 항용 결핏하면 가장이며 장사며 戀愛를 황망히 정리해가지고
다음날은 벌서 定期船 배표를 사군했다。

1. 海關 : 항구에 설치된 관문.
2. 보로딘 : 보로딘(Aleksandr Porfyrjevich Borodin, 1834~1887). 러시아 작곡가.

港口는 國籍을 자랑하지않었다。
港口는 犯罪를 무서워하지않었다。
港口는 바다의國境를 믿지않는다。
그러므로 아무도 오고 아무도 도라갔다。

못

모―든 빛나는것 아롱진것을 빨아버리고
못은 아닌밤중 지친瞳子처럼 눈을감었다
못은 수풀한복판에 뱀처럼 서렸다
뭇 호화로운것 찬란한것을 녹여삼키고
스스로 제沈默에 놀라 소름친다
밑모를 맑음에 저도몰래 오슬거린다

「못」
* 『春秋』 2권 1호 1941년 2월

휩쓰는 어둠속에서 날(刄) 처럼 흘김은
빛과 빛갈이 녹아엉켜다못해 식은때문이다

바람에 금이가고 비빨에 뚫렸다가도
창한곳 하나없이 먼돗을 바라본다

3

바　다

바다

너는 벙어리처럼 점잖기도하다。
소낙비가 당황히 구루고 지나갈적에도
너는 놀라서 서둘르는 일이없다。

沙工들은 山처럼 큰 그들의 서름을랑
베 빽합속에 담어두려하야
海灣을열고 바삐나가더라。

「바다」
* 『朝光』 1권 1호 1935년 11월
1. 빽합 : '서랍' 의 방언.

사람들은 너를 運命이라부른다。
너를 울고 욕하고 꾸짖는다。
허나 너는 그러한것들의 쓰레배끼인것처럼
한숨도 눈물도 辱說도 말없이 받어가지고 도라서드라。
너는 그처럼 슲음에 익숙하냐。

바다
지금 너는 잠이 들었나보다。 꿈을 꾸나보다。
배에 힘을 주나보다 꿈를거린다。
너는 자꾸만 한옴을 담고저 애쓰나보다。

그러나
네 마음은 아직 엉크러지지 않었다。 굳지않었다。
그러기에 달밤에는 숨이차서 헐덕인다。
시악씨처럼 해빛이 부끄러워 섬그늘에 숨는다。

바다

네살결은 한울을 닮어서도 한울보다 푸르고나。
바위에 버이워 쪼개지는 네살덩이는 그러나 히기가 눈이고나。
너는 玉같은 마음을 푸른가죽에 쌌고나。

2. 시악씨 : 색시, 갓 결혼한 여자.

바다

너는 노래듣기를 꽤으나 좋아하드라.
汽笛만 울어도 너는 뚱기고 귀를기우리더라。
너는 서투른 목청을보고도 자구만 노래를 부르라 조르드랑。

바다

너는 아무도 거둬본일이없는 보료
때때로 바람이 그런 엉뚱한생각을 하다도말고
밤이면 별들이 떨어지나 어느새 아츰안개가 훔처버린당。

3. 보료 : 솜이나 짐승의 털로 속을 넣고, 천으로 겉을 싸서 선을 두르고 곱게 꾸며 앉는 자리에 늘 깔아 두는 두툼하게 만든요.

바다

너는 언제 나다려 親하다고 한일이없건만
온아츰에도 잠옷채로 창으로 달려가서
넋없이 또 네얼골을 구버본다。

4. 온아츰 : 오늘 아침.

追憶

종다리 뜨는아츰 언덕우에 구름을쫓아 달리던
너와나는 그날 꿈많은 少年이였다。
제비같은 이야기는 바다진너로만 날리였고
가벼운 날개밑에 머ㅣ런 水平線이 屛障처럼 낮드라。
자조투기는 팔매는 바다의가슴에 화살처럼 박히고
지칠줄모르는 마음은 斷崖의허리에
겨으른 갈매기 우룸소리를 비우섯다

「追憶」
* 『女性』 1권 3호 1936년 6월
1. 斷崖 : 단애. 깎아 세운 듯한 낭떠러지.
2. 비우섯다 : 비웃었다.

오늘 어름처럼 싸늘한 노을이뜨는 바다의언덕을 오르는
우놈의 봉해진입술에는 바다건너 이야기가없고。
꼽등이처럼 얼룩진 수염이 코밑에미운 너와나는
또다시 가슴이둥근 少年일수없고나。

아ᅗᅳ리카狂想曲

숨막히는 毒瓦斯에 썩은떠끝이 쓸려간뒤에
聖都의아츰에 王朝의歷史는 간데없고
어느재 로ㅣ마의 風俗을 단장한 酋長의따님의
숭내내는 國歌의 서투른곡조가 웬일이냐,

급한발길을 행여막으려 다투어던지는
眞紅빛 薔薇의 언덕을 박차며
熱沙를 뿜으며 몰려오는
검은쇠바퀴……검은 말발굽소리……

「아ᅗᅳ리카狂想曲」
＊『朝光』 2권 7호 1936년 7월
1. 아ᅗᅳ리카 : 아시아 다음으로 큰 대륙으로, 대륙 한 가운데 적도가 지나고 있어 무더운 지역이 많다.
2. 毒瓦斯 : 독가스.

헤-불에 쏟아지는 삼펜 의 瀑布。
「소생하는 로-마야 마서라 麒麟의피를………
正義도 象牙도 文明도 石油도 우리것이다」
法王의 鐘들과 라디오가 마을 마을에 요란하다。

다-샨火山에 불이꺼진날
재로 엮인 페-지에 世紀의犯行이 淋漓하고나。
입담은證人인 靑나일이 혼자
舊史를 중얼거리며 埃及으로 흘으더라。

3. 다-샨 화산(火山) : 라스 다산(Ras Dashan) 산. 에티오피아 북부의 산.
4. 淋漓 : 임리. 피. 땀 물 따위의 액체가 흘러 흥건한 모양.
5. 靑나일 : 나일 강의 지류. 에티오피아 고원의 타나 호에서 시작하여 수단의 하르툼에서 백나일과 합류함.

오늘은 三色旗의 行進을 祝福하는
沙漠의太陽。
차―나湖 푸른거울에
五月의 얼골이 태연하고나。

한니발도 짓밟고 칼타고도 불지르고
오늘은 千年묵은 沙漠의 靜寂을 부시고가는
피묻은 늙은 쇠바퀴야
너 달려가는 곳이 어디냐

6. 차-나湖 : Tana 湖, 아프리카 동북부, 에티오피아의 북부 아비시니아 고원에 있는 호수.
7. 한니발 : 한니발(Hannibal, BC 247~BC 183), 카르타고의 정치가 · 알프스 산을 넘은 장군.
8. 칼타고 : 카르타고(Carthago). 티레의 고대 페니키아인이 북아프리카의 튀니스 만(灣) 북쪽 연안에 건설한 도시 및 도시 국가.

連禱

내神은
잠든 아기의 얼골에서 우숨을 걷우는
즐거우려는 자라려는 날뛰려는
망아지와 薔薇를 시들게하는
이邪惡한 비바람을 가장 미워하는 神이리라。

내神은
내마음속의 주착없는 放心과
간사한 衝動과 親하려는 嬌態를
가장 怒하시는 神이리라。

「連禱」
＊『朝光』 4권 4호 1939년 4월
1. 連禱 : 사회자와 회중이 교대로 주고받는 연속적인 응답기도.
2. 내神은
내마음속의 주착없는 放心과
간사한 衝動과 親하려는 嬌態를
가장 노하시는 神이리라(원문)

내神은
沙漠에 꺼꾸러저 웨치는「아라비아」사람들의
캄캄한 마음에 떠오르는 太陽——
埃及의 채죽을 피해서 紅海에막다른
「이스라엘」사람들의 앞에 갑자기 길이던 神이리라。

내神은
내港口도 避難處도 安息도 아니오
내싸움속에서 나를지키고 鼓舞하는 소리리라。
연약하려는 落望하려는 나를 노려보는 엄숙한눈쌀이리라。

금 붕 어

금붕어는 어항밖 大氣를 오를래야 오를수없는 하늘이라 생각한다.
금붕어는 어느새 금빛 비눌을 입었다 빨간꽃 잎파리 같은
꼬랑지를 폈다. 눈이 가락지처럼 삐여저 나왔다.
인젠 금붕어의 엄마도 화장한 따님을 몰라 볼게다.

금붕어는 아침마다 말숙한 찬물을 뒤집어 쓴다 떡가루를
흰손을 天使의 날개라 생각한다. 금붕어의 향복은
어항속에 있으리라는 傳說과 같은 소문도 있다.

「금붕어」
* 『朝光』 1권 2호 1935년 12월
1. 비눌 : 비늘.
2. 향복 : 享福, 복을 누림.
3. 어항속에 있으리라는 傳說과 같은 소문도 있다.(원문)

금붕어는 유리벽에 부대처 머리를 부시는 일이없다。
얌전한 수염은 어느새 國境임을 느끼고는 아담하게
꼬리를 젓고 돌아선다。지느러미는 칼날의 흉내를 내서도
항아리를 끊는 일이없다。

아침에 책상우에 옴겨 놓으면 창문으로 비스듬이 햇볕을 녹이는
붉은 바다를 흘겨본다。꿈이라 가르켜진
그 바다는 넓기도 하다고 생각한다。

금붕어는 아롱진 거리를 지나 어항밖 大氣를 건너서 支那海의
寒流를 끊고 헤엄처 가고싶다。쓴매개를 와락와락
삼키고 싶다 沃度빛 海草의 산림속을 검푸른 비눌을 입고
鱶魚에게 쪼끼댕겨 보고도 싶다

4. 옥도빛 : 沃度는 沃度丁畿에서 유래된 말. 옥도정기는 아이오딘(Iodine), 아이오딘화 칼륨을 에틸 알코올에 녹인 용액. 요오드 팅크. 몸에 바르면 노란색으로 보인다.
5. 鱶魚 : 상어.

금붕어는 그러나 작은 입으로 하늘보다도 더큰 꿈을오므려
죽여버려야한다。排泄物의 沈澱처럼 어항밑에는
금붕어의 年齡만 쌓여간다。
금붕어는 오를래야 오를수없는 하늘보다도 더먼 바다를
자꾸만 돌아가야만 할 故鄕이라 생각한다。

6. 沈澱 : 침전. 액체 속에 있는 물질이 밑바닥에 가라앉음. 또는 그 물질.

힌 薔薇처럼 잠이드시다

힌薔薇처럼싸늘하게
내靑春의 黃昏속에 빛나시는얼골

들뜬 손펵소리……꾸지람……휘황한눈짓에도
당신의 心臟은 다시 뜨거워지는일이없을것입니다

騷亂한世紀의 우지짐은
한갖 당신의귀멋을 스치는 먼 바람결

六六

「힌 薔薇처럼 잠이드시다」
* 『人文評論』 2권 4호 1940년 4월
1. 손펵소리 : 손뼉 치는 소리.
2. 騷亂한 世紀의 : 시끄럽고 어수선한 세기의.

악착한우슴소리 아우성소리에도
일흠빛 나 졍그림없이
아득한 虛無앞에 당신은 合掌을 하셨읍니다

당신은지금 뭇소리와 빛밖에
泰然히 눈을 감으시고
흰 薔薇처텀 잠이 드셨읍니다

虛妄한 生의 行列에 총총히 왔다가는
이윽고는 실없은 나그내처럼 잊어버리워진다합니다
記憶은 가장 믿기어려운 그림자
다만 歷史의經營에 어느구석 일흠없는 돌멩이고저

3. 뭇소리 : 여러 사람이 이러니저러니 하는 말.
4. 일흠없는 : 이름 없는.

겨울의 노래

「망토」처럼 추근추근한 濕地기로니
웨이다지야 太陽이 그리울까
醫師는 處方을 斷念하고 도라갔다지요
아니요 나는 人生이 더 노엽지않읍니다
旅行도했읍니다 몇날서루룬「러엡씬」ㅣ 무척우습습니다
人造絹을 두루고 還故鄕하는 御史道님도 있읍디다
저마다 勳章처럼 傲慢합니다 사뭇 키가큽니다
날들은 참말로 노래를 부를줄 아나배

「겨울의 노래」
* 『文章』 1권 1호 1939년 11월
1. 웨이다지야 : 왜이다지야. 왜 이렇게까지.
2. 러엡신 : Love scene. 영화에서의 섹스장면.
3. 인조견 : 사람이 만든 명주시로 짠 비단.

갈바람속에 우두커니섰는 벌거벗은 허수아비들
어느철없는 가마귀가 무서워할까요
저런 鉛빛한울에도 별이 뜰리있나
薔薇가 피지않는 한울에 별이 살理있나

바람이떼를지어 江가에서 우짖는밤은
絶望이 혼차 밤새도록 내 친한 벗이였읍니다
마지막별이 흘러가도 아모도 소름치지않읍니다
집마다 새벽을 믿지않는 頑固한 窓들이 잠겨있읍니다

4. 頑固한 : 완고한. 융통성 없이 올곧고 고집이 센.

六千年에마른 思想의沙漠에서는 오늘밤도
히미한 神話의 불멸들이
음산한 懷疑의 바람에 불려 깜박어립니다

그러나 四月이오면 나도 이 추근추근한 季節과도 작별해야 하겠읍니다
濕地에자란 검은생각의 雜草들을 불살워버리고
太陽이있는 바다까로 나려가겠읍니다
거기서 벌거벗은神들과 健康한英雄들을 맞나겠읍니다

새벽의「아담」

象牙같은 봉어리에 華麗한과를 묻히고
별을밟으며 가시언덕을 넘어감은
한時바삐 저 묵은歷史와도 訣別함이리라

希望은 또다시 어둠우에 떠오르는太陽
밤이면 그대때문에 거리거리에 나부끼는 홰ㅅ불의「리본」
새벽이슬에 함뿍젖어 오슬거리는
눈방울이 구슬같은「아담」의 뺨을보렴

七一 「새벽의아담」
* 『朝光』 8권 1호 1942년 1월
1. 華麗한 : 화려한.

薔薇보다 찬란한 근심을 지녀
寶石처럼 영롱한슬픔은 靑春의勳章──
새벽行列은 淸楚한 水仙花향기가 도더라

東方紀行

序詩

언제고 이게 내고향이거니하고 맘놓은적은없다。

山넘어 들건너 구룸속에도
永久한時間의 未來속에도 내 찾어갈「約束」은없다。

幸福――너는벌써 나를 誘惑할수도 激勵할수도없이 병신된 꿈이고나。
不幸도 破門도 追放도 인제는 나를 威脅하지는못한다。

戀愛조차도 고칠수없는
이茂盛한 憂鬱을 차라리 웃어버릴까。
絕望을 차고넘어 부질없이 虛無를 꾸짖어본다。

「東方紀行」
「序詩」
1. 幸福-너는 벌써 나를 誘惑할수도 激勵할수도없이 병신된 꿈이고나.(원문)
2. 이茂盛한 憂鬱을 차라리 웃어버릴까
絕望을 차고넘어 부질없이 虛無를 꾸짖어본다.(원문)

나를엄매인 이現在로부터
나는언제고 脫走를 계획한다。
마음이 추기는 진정하지못하는 소리는 오직
「가자 그리고 도라오지마자」

宮島

얼룩진 사슴아。
극진한 호사에 살이 쪘으나
둥근가슴이 鄕愁로 부은줄 내사 모르랴。
고사리가지를 곱게짜서 勳章이라 채워주노니
슯은英雄처럼 널당 섬을 뛰어댕겨라。

「宮島」
1. 宮島 : 미야지마 섬 일본 히로시마 현 남서부에 있다.

鎌倉海邊

함북 비에젖은 나무배 燈불하나

저므는 바다를 오락가락 밥을 쫏니다。

소라 처럼 숨음을 머음고 나도

두터운 沈默의껍질속으로 오무라듬니다。

七六

「鎌倉海邊」

1. 鎌倉海邊 : 가마쿠라 해변 일본 가나가와 현 가마쿠라(鎌倉) 지역의 해변.
2. 두터운 沈默의껍질속으로 오므라듭니다.(원문)
3. 오무라들다 : '오므라들다' 의 함경도 방언. 흐름, 소리, 기세 따위가 약하여지거나 잦아들어가다.

中禪寺湖

한밤 숨을죽이고 엎드린 湖水우에
오시시 가을이추워 등불이 소름친다.
달아래 주붉이 홀죽한 나그내다며
딱한 異國의少女는 기어히
우숨을 두고온데가 어디냐고 물어뗀다.
「祖國이아닌 祖國。면希望의무덤에——」
그림과는少女는 아모래도 「키네마」보다는
자미없는 얘기라 하면서 도라선다.

七七 「中禪寺湖」
1. 中禪寺湖 : 주젠지 호. 일본 도치기 현 닛코 시 닛코 국립공원 내에 있는 호수.
2. 딱한 異國의少女는 기어히(원문)
3. 키네마 : kinema, 시네마(cinema), 극영화 혹은 드라마.

仙臺

이 지리한 장마가 언제나 갤까ㅣ하고 天氣豫報만 뒤저보는날
버려둔鐵筆이 삐뚜루 필통에 꼬처 녹이쓸었다。

기둥이고 싶지는 않었으랴。
날개고 싶지는 않었으랴。
촉뿌리고 싶지는 않었으랴。

보미낀鐵筆을 굴어뜯으며뜯으며
窓밖에 찌푸린 장마를 흘겨보는아츰
新聞엔 또 이웃나라에 난리가 소란타 했다。

「仙臺」
1. 仙臺 : 센다이. 일본 미야기 현의 현청 소재지.
2. 보미 : 녹. 동록.

瀨戶內海

瀨戶內海 이地帶는
「여호와」의 抒情詩。

금방 斷髮한 어린 松林들이
타박머리를 바람에 휘젓는곳
한幅 말숙한 푸른 종이에
갈매기 너는 무슨 樂譜를 그리노。

「瀨湖內海」
* 『文章』 1939년 7월

1. 瀨戶內海 : 세토나이카이, 일본 혼슈(本州) 서부와 규슈(九州) · 시코쿠(四國)에 에워싸인 내해.
2. 타박머리 : 터벅머리, 더벅머리의 거센말.
3. 타박머리를 바람에 휘젓는곳
   한幅 말쑥한 푸른 종이에
   갈매기 너는 무슨 악보를 그리노.(원문)

江之島

淫奔한 제비들이
나러간 뒤에
축축한 모래둔우에는
빨간 두께를한 「컴팩트」와
새깜안 날 짓 과
얼빠진 달이
떨어저 있었다。

「江之島」
* 『文章』 1939년 6월
1. 江之島 : 에노시마. 일본 가나가와 현에 있는 작은 섬.
2. 컴팩트 : 콤팩트(compact). 휴대용 화장 도구.

吳軍港

海灣에 驅逐艦들이
몸 가려운 河豚처럼 딩굴고 있었다.
어디서 戰爭이 부르지나 않나 해서
자꾸만 귀를 주벗거리면서 —

「吳軍港」
＊『文章』1939년 6월
1. 吳軍港 : 일본 히로시마 현 구레 시(吳市)에 있는 군항.
2. 주벗거리면서 : 쭈뼛거리면서.
3. 해안에 구축함들이
   몸 가려운 河豚처럼 딩굴고 있다
   어디서 戰爭이 부르지나 않나해서
   자꾸만 귀를 주벗거리면서-(원문)

菖蒲田海水浴場

그 날엔裁縫師 歲月도
바다얼골에는 주름살을 잡지못합니다그려。
時間이 달려가는 大陸을 비웃는
바다와 쉼임없는 우슴소리。
시드른 내 서른해가 소리처럼 부끄럽구료。

「菖蒲田海水浴場」
* 『文章』 1939년 6월
1. 菖蒲田海水浴場 : 쇼부다 해수욕장. 일본 도쿄 하라주쿠(原宿) 지역에 있는 해수 욕장.

神戶埠頭

할퀴

蒼空으로 열어제낀 窓

輪船들은 방금 눈을뜬 비둘기들처럼

제각기 旗빨을 꽂고

푸른金으로 흐려졌다.

「神戶埠頭」

* 『文章』 1939년 7월

1. 神戶埠頭 : 일본 효고 현의 현청 소재지인 고베(神戶)에 있는 부두.

코끼리

「키플링」氏의 자장가만 듣고
코끼리는 잠만 잘자면 칭찬을 받는다.

「코끼리」
* 『朝光』 1939년 7월
1. 키풀링 : 러디어드 키플링(Joseph Rudyard Kipling, 1865~1936), 영국 소설가, 시인. 1907년 노벨 문학상 수상.

駱駝

됨됨이 천상해야 勤勞階級이다.
「어원」卿 태평합시라고 보낸 한우님의 선물이다.

「駱駝」

* 『文章』 1939년 7월

1. 됨됨이 천상해야 勤勞階級이다
   「어원」卿 태평합시라고 보낸 한우님의 선물이다.(원문)
2. 어윈경 : 1930년 당시 인도 총독.

잉코

밤낮없이 모낭만 내시니

祖國 「에띠오피아」 王朝의 終焉은 모르시나뇨.

「잉코」
* 『文章』 1939년 7월
1. 에띠오피아 : 에티오피아(Ethiopia). 아프리카 동북부 홍해에 연한 공화국.

유리창

여보
내마음은 유리가봐 겨울한울처럼
이처럼 작은한숨에도 흐려버리니……

만지면 무쇠같이 굳은체하더니
하로밤 찬서리에도 금이갔구료

눈포래부는날은 소리치고 우오
밤이물러간뒤면 온빰에 눈물이어리오

「유리창」
1. 여보
내마음은 유리가봐 겨울한울처럼
이처럼 작은한숨에도 흐려버리니……

만지면 무쇠같이 굳은체하더니
八七 하로밤 찬서리에도 금이갔구료

눈포래부는날은 소리치고 우오
밤이물러간뒤면 온빰에 눈물이어리오(원문)

타지못하는 情熱 박쥐들의 燈臺
밤마다 날어가는 별들이 부러워 쳐다보며밝히오

여보
내마음은 유린가봐
달빛에도 이렇게 부서지니

八八

---

2. 타지못하는 情熱 박쥐들의 燈臺
밤마다 날어가는 별들이 부러워 쳐다보며밝히오

여보
내마음은 유린가봐
달빛에도 이렇게 부서지니(원문)

봄

四月은 겨으른 표범처럼
인제사 잠이깼다
눈이 부시다
가려웁다
소름친다
등을 살린다
주춤거린다
성큼 겨울을 뛰어넘는다

「봄」
1. 四月은 겨으른 표범처럼
   인제사 잠이깼다
   눈이 부시다
   가려웁다
   소름친다
   등을 살린다
   주춤거린다
   성큼 겨울을 뛰어넘는다(원문)
2. 겨으른 : '게으른' 의 함경도 방언.

4

쥬피타 追放

(李箱의 靈前에 바침)

芭蕉 잎파리처럼 축 느러진 中折帽 아래서
빼여 문 파이프가 자조 거륵지 못한 圓光을 그려올린다.
거리를 달려가는 밤의 暴行을 엿듣는
치켜 올린 어깨가 이걸상 저걸상에서 으쓱거린다.
住民들은 벌서 바다의 유혹도 말다툴 흥미도 잃어버렸다.
깐다라 壁畵를 숭내낸 아롱진 盞에서
쥬피타는 中華民國의 여린피를 드리켜고 꼴을 찡그린다.
「쥬피타 술은 무엇을 드릴가요?」

「쥬피타 追放」
* 『朝光』 1937년 6월
1. 친구 이상에 대한 추도시.
2. 쥬피타 : 주피터(Jupiter), 주신(主神). 그리스의 제우스(Zeus)에 해당한다.
3. 깐다라 : 간다라(Gandhara), 인더스 강 중류에 있는 파키스탄 페샤와르 주변의 옛 지명. 불교 문화와 그리스 문화가 융합하여 이루어진 독특한 문화가 발달했던 곳.
4. 中華民國의 여린피 : 「아프리카 환상곡」에서 강대국들이 아프리카를 강점하고 나서 축배로 드는 샴페인이 마치 '기린의 피'와 같다는 시귀를 연상시킨다.

「옹 그다락에 언저둔 登錄한 思想을랑 그만둬。
빗은지 하도 오라서 김이 다 빠졌을걸」
오늘밤 신선한 내 식탁에는 제발
구린 냄새는 피지말어」。

쥬피타의 얼굴에 絶望한 우숨이 장미처럼 히다。

쥬피타는 지금 씰크햇트를 쓴 英蘭銀行노오만氏가
글세 大英帝國 아츰거리가 없어서
장에 계란을 팔러 나온것을 만났다나。
그래도 계란 속에서는
빅토리아女王 直屬의 樂隊가 軍樂만 치드라나。

---

5. 씰크햇트 : 실크 해트(silk hat). 예장용의 모자. 원통형의 크라운으로 챙이 비교적 좁게 되어 있으며, 모닝 코트, 연미복 등 최고급의 예장용에 쓰인다.
6. 노오만 : 몬터규 노먼(Montagu Collet Norman, 1871~1950), 영국의 은행가. 1920년부터 1924년까지 잉글랜드은행 총재를 지냄.
7. 大英帝國의 아츰거리 : 세계 최강의 나라였던 영국이 지금에 와서는 아침거리가 없어서 계란을 팔러나왔다는 풍자는 한때 세계의 제해권을 장악하여 영토와 무역 등을 거래하며 군림했던 대영제국의 몰락을 비꼰 것이다.

쥬피타는 록겔라氏의 庭園에 만발한
곰팡이낀 節操들을 도모지 칭찬하지 않는다。
별처럼 무성한 온갖 思想의 花草들。
기름진 장마를 빨아 먹고 오만하게 머리추어든 恥辱들。

쥬피타는 구름을 믿지않는다。 장미도 별도……
쥬피타의 품안에 자빠진 비둘기 같은 天使들의 屍體。
저문 피 엉크런 날개가 輕氣球처럼 쓰러졌다。
딱한 愛人은 오늘도 쥬피타다려 정열을 말하라고 졸르나
쥬피타의 얼굴에 장미같은 우숨이 눈보다 차다。
땅을 밟고 하는 사랑은 언제고 흙이 묻었다。

8. 록펠라 : 존 록펠러(John Davison Rockefeller, 1839~1937), 미국의 저명한 석유 재벌.

아모리 따려보아야 스트라빈스키의 어느拙作보다도
이뿌지 못한 도、레 미、과……인생의 一週日。
은단 와 조개껍질과 金貨와 아가씨와
佛蘭西人形과 몇개 부스러진 꿈 쪼각과……
쥬피타의 노름감은 하나도 자미가 없다。

몰려오는 안개가 겹겹이 둘러싼 네거리에서는
交通巡査 로오랑氏 로오즈벨트氏 기타 제씨가
저마다 그리스도 몸짓을 숭내내나
함부로 돌아가는 붉은 불 푸른 불이 곳곳에서 事故만 아르켰다.
그중에서도 푸랑코氏와 直立不動의 자세에 더군다나 현기ㅅ중이 났다.

9. 스트라빈스키 : 이고르 스트라빈스키(Igor Stravinsky). 러시아 출신의 미국 작곡가. 「봄의 제전」, 「불새」, 「올빼미와 고양이」 등을 작곡.
10. 로오랑 : 로맹 롤랑(Romain Rolland, 1866~1944), 프랑스의 소설가 · 극작가 · 평론가.
11. 로오즈벨트 : 프랭크린 루즈벨트(Franklin Delano Roosevelt, 1882~1945), 미국의 제 32대 대통령.
12. 푸랑코 : 프란시스코 프랑코(Francisco Franco, 1892~1975), 에스파냐의 정치가. 총통

쥬피타 너는 世紀의 아픈 상처였다。
惡한 氣流가 스칠적마다 오슬거렸다。
쥬피타는 병상을 차면서 소리쳤다。
「누더이불로라도 신문지로라도 좋으니
저 太陽을 가려다고。
눈먼 팔레스타인의 殺戮을 키질하는 이 건장한
大英帝國의 태양을 보지 말게 해다고」

쥬피타는 어느날아침 초라한 걸레쪼각처럼 때묻고 해여진
수놓은 비단 形而上學과 체면과 거짓을 쓰레기통에 벗어팽개쳤다。
실수많은 인생을 탐내는 썩은體重을 풀어 버리고
파르테논으로 파르테논으로 날어갔다。

---

13. 팔레스타인 : 영어로는 팔레스티나(palestina). 동쪽은 요르단 강, 남서쪽은 시나이 반도, 북쪽은 레바논, 북동쪽은 시리아에 접한다. 아랍과 이스라엘의 분쟁 지역이다.
14. 파르테논 : 그리스 아테네의 아크로폴리스에 있는 신전.

그러나 쥬피타는 아마도 오늘 세라시에 陛下처럼
해여진 망또를 둘르고
문허진 神話가 파무낀 폼페이 海岸을
바람을 데불고 혼자서 소요하리라.

쥬피타 昇天하는날 禮儀없는 사막에는
마리아의 찬양대도 분향도 없었다.
길잃은 별들이 遊牧民처럼
허망한 바람을 숨쉬며 떠 댕겼다.
허나 노아의 홍수보다 더 진한 밤도
어둠을 뚫고 타는 두 눈동자를 끝내 감기지 못했다.

15. 세라시에 : 하일레 셀라시에(Haile Selassie, 1892~1975), 에티오피아의 황제.
16. 폼페이 : 폼페이(Pompeii). AD79년 이탈리아 남부 나폴리 연안에 우뚝 솟아 있는 베수비오 화산이 돌연 폭발하여 화산재의 잿더미에 파묻혀버린 그리스-로마의 고대 도시.

5

世界에웨치노라

부스러진거리거리 이즈러진陸地에
火藥연기 걷히는날
오래인病席에서 이러나는것처럼
한 새로운世界의얼골은 떠오르리라——
어지럽던 地獄의 地理가 난곳에
어린天國의 寶石대문은 열리리라했더니——
묻노니 歷史여 너는무엇때문에
그렇게도 배부를줄이없이

「世界에웨치노라」

수없는靑春과 또 꿈
博物館과 圖書館과 大學
가장 비싼世界의 재산을 삼켰더냐。
「自由와 그리고 새로운 世界」
그밖에는 이커다란殺戮을 용서할
五色論理로 단장한 아모러한口實도 거즛이리라。

病든꿈에 배인 어두운神話와
사나운熱病에몰린 새民族이
온世界의, 젊은이와太陽을 묻어버렸던
저 식은재와같은 여러해를잊었느냐
無名戰士의十字架에묻노니 그대어깨에걸린것은
누구의自由를위한 꽃따발이냐。

歐羅巴의둥에솟은 해骨의山
「우크라이나」「노르만디」불붙는 화독에
오ㅡ무럭무럭 거기풍성한 여러나라의靑春을 피웠더라。
녹아흐르는불바다 불낄뿜는 섬들
世界의半쪼각에걸처 아직도남아타오르는기름과 硫黃연기。
오ㅡ여러해 꺼질줄모르던 世紀의 火葬터야

저東으로뻐친 살진動脈
여러世紀를두고 한帝國을키어간 貪慾한 피ㅅ줄을보아라
「쫀·뿔」씨의 자치한神經이 거기얽처 떨리지안느냐。
저도코르는사이에 부엌에서 부엌으로 끌려댕기는
獅子의염통 「아쁘리카」를보아라
歐羅巴의「호텔」을부지하는 收入맞는榮養을ㅡㅡ

1. 쫀 · 뿔 : 존 불(John Bull, 1562~1628). 영국의 작곡가 겸 오르간 연주자. 혹은 영국 사람의 별명, 영국을 인격화한 이름 중 하나.

「힘무스타니」는 얼골검은種族에게주라。
女王님。眞珠 모리는 獨木舟選手들의것입니다。
沙漠과 金剛石은 말잘달리는住民에게돌려라。
분주한 文明이라는市場에 그들은 遲刻한罪밖에 없었으니——
地球에 휘감긴 작은사슬을 아직도 지키려는者누구냐。

착한 늙은나라나라에 황홀한夜市일랑 벌리지말어라。
知慧와 일과 우숨만이있으면 그만이다。
粉과비단은「사탄」의얼골을 감추는데만 소용이되리라。
오ー오래인神殿 거룩한大陸에서
장사치의「마캬ー벨리」의 後예를 쫓어버릴
성낸「해부라이」젊은사나이는 어디없느냐。

2. 마캬-벨리 : 마키아벨리(Niccolo Machiavell, 1469~1527). 이탈리아의 정치 사상가.

중천에사모치는 화로불 피우자。
帝國을 떠바치던 骸骨의 석가래 기둥도
호사와 음난을 길 가던 無知와 不德도
화토 에 래 어서 위버려라。
世界에 금을 그은 저 要塞線들과
大砲와 造兵廠파 투구를 ——
戰爭은 벌서 끝나지않었느냐。
帝國도 强國도 다 歷史의가슴에 달린
부질없는 사치한장식이아니냐。

여러誤解와 敵意의 가시덤불에쌓여
한갈래 좁고가는 理解와 知慧의길은
아직도 어둔밤 「푸라티나」머리칼처럼 히미하게 떨릴뿐。
나의 아름다운 世界 현란히 열릴날언제냐。

3. 造兵廠 : 조병창, 병기를 만드는 공장.

오직 하나뿐인世界 금가지않은 世界로향해
「사라센」의휘장처럼
아츰안개 눈부시게 걷힐날은언제냐。

어두운 주검속에서 꽃처럼 피어나는論理。
骸骨의뜰에도 봄바람이 불면
젖은 재떼미우에도 벌거벗은山脈에도
싹은트리니 푸른싹은트리니
이욱고 거기 보라빛 당홍빛 노랑이
무지개같이 가지가지꽃 우거저나부껴
인제 어린「아담」들 눈을부비며 일어나리라。
世界에 웨치노니 어서길을비끼라
저기 새로운날은 녹쓰른사슬을 끄은채
거만한「푸로메디우쓰」처럼 그러나 늠늠히 오지않느냐。

4. 푸로메디우쓰 : 프로메테우스(Prometheus), 그리스 신화에 나오는 티탄족(族) 이아페토스의 아들. 이름은 '먼저 생각하는 사람'이란 뜻이다. 제우스가 감추어 둔 불을 훔쳐 인간에게 내줌으로써 인간에게 맨 처음 문명을 가르친 장본인으로 알려져 있다.

一九四六年四月十八日印刷
一九四六年四月二十日發行

「바다와나비」
【定價三十圓】

版權所有

著者 金起林
서울市梨花町一三四

發行者 新文化研究所
서울市黃金町二丁目一九九

印刷所 光星印刷所
서울市鍾路三丁目一五六
電話光化門③二九三三番

發行所
서울市黃金町二丁目一九九
新文化研究所出版部
電話本局②七〇六八番

金起林詩集

雅文閣版

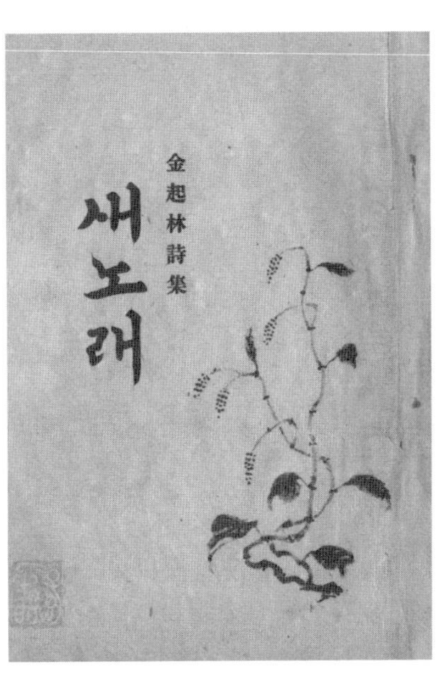
金起林詩集
새노래

나는 새 都市와 새 백성들을 노래하는걸세
참말이지 過去는 한줌 재 일 따름
참말이지 어저께는 지나간 바람결
西天에 진 落日이네
참말이지 세상엔 아모것도 없느니
오직 수없는 來日의 바다 뿐
수없는 來日의 蒼空뿐

── 칼 · 쌘드벅 ──

---

1. 칼 · 쌘드벅 : 칼 샌드버그(Carl Sandburg, 1878~1967). 마국의 시인. 도시 산업사회 속 노동자들의 삶을 형상화한 시를 많이 썼다.

새날에 부치는 노래

I

나의 노래……一二
우리들 모두의 꿈이 아니냐……一四
새나라頌……一七
부푸러오른 五月달 아스팔드는……二三
다시 八月에……二五
바람에 불리는 수천기빨은……二九
人民工場에 부치는 노래……三一

우리들의 握手 …… 三四
눈짓으로 理解하는 戰線 …… 三八
萬歲소리 …… 四一
어렵고 험하기 이를데 없으나 …… 四五
데모크라시에 부치는 노래 …… 四七
波　濤 …… 五〇
壁을 헐자 …… 五七
파도소리 헤치고 …… 五九
아메리카 …… 六五

Ⅱ

戀 歌……七四
肉体禮讃……七七
句節도 아닌 두서너 마디……七九
오늘도 고향은……八一
닥아앉아 가장 그욱한 얘기……八三
童 話……八六
사슴의 노래……八九

希望……………………九一
뜻없이 달이 밝아……………………九四
정영 떠나신다는 말슴……………………九八
길잃은 노루 처럼……………………一〇一
코스모쓰는……………………一〇四
오늘은 悪魔의 것이나……………………一〇七
詩와 文化에 부치는 노래……………………一一〇
센토오로……………………一一三
새해의 노래……………………一一八
새노래에 대하야……………………一二二

I

나의 노래

서투룬 내노래 속에서
헐벗고 괄시받던 나의 이웃들
그대 우룸을울라 아낌업시 울라
憤을 뿜으라

내 목소리 무디고 더듬어
그대 앏은 사연 이루 옴기지 못하거덜랑

「나의 노래」
＊『서울신문』 1946년 4월
1. 우룸을 : 울음을.

내 아둔을 채치라
목을따리라

사치한말과 멋진말루
詩의 貴族도 한량도 아니라
그대 그슨얼골 흙에 튼 팔뚝이 사로워
그대속에 자라는 새날 목노아 부르리라

13

2. 아둔 : 슬기롭지 못하고 머리가 둔함.
3. 채치라 : 채치다, 일을 재촉하여 다그치다.
4. 그슨얼골 : 그슬다, 불에 겉만 약간 타게하다. 그슬린 얼굴이란 뜻.

우리들 모두의 꿈이 아니냐

順이 준 꽃병과 팔뚝의 크롬時計사 내것이지만
아— 저 푸른 넓은 하늘이야
蘭의것도 英의것도 내것도 아닌
우리 모두의 하늘이 아니냐

들을 보아라 그러고 바다를
海棠花 수놓은 白沙場

「우리들 모두의 꿈이 아니냐」
1. 크롬시계 : 외장이 크롬(chrome)으로 처리된 시계.

넘실거리는 보리이삭 벼초리
아청 바다에 연이은 초록빛 벌판은
아— 英의것도 蘭의것도 아닌
우리들 모두의것이 아니냐

하루ㅅ밤 무엔가 한없이 아름다운
꿈을 꾸다가 눈을 떴더니
무슨 眞珠나 잃은것 처럼 몹시도 서거품은
모두 즐겁고 살지고 노래하고 나물하지않는 곳이었기
때문

2. 벼초리 : 벼의 끝 부분.
3. 아청 : 鴉靑. 검푸른빛.
4. 서거품 : 서글픔.

아— 그것은 蘭의것도 英의것도 내것도 아닌
우리들 모두의 꿈이었고나

바다도 山도 꿈도
아— 저 넓은 하늘이야 말할것도없이
우리들 모두의것이 아니냐
모두 즐겁고 살지고 노래하며
英이도 蘭이도 順이도 나도 함께 살 나라의
하늘과 들과 바다와 꿈이 아니냐

새나라頌

거리로 마을로 山으로 골짜구니로
이어가는 電線은 새나라의 神經
일홈없는 나루 외따룬 洞里일만정
빠진곳 하나없이 기름과 피
골고루 도라 다사론 땅이 되라
어린技師들 어서 자라나

「새나라頌」
＊『文學』1권 1호 1946년 7월
1. 외따룬 : 외딴. 다른 것과 잇닿아 있지 않고 홀로 떨어져 있는.
2. 다사론 : 다사로운. 다사롭다는 '따뜻한 기운이 조금 있는' 의 뜻.

굴뚝마다 우리들의 검은 꽃무꿈
연기를 올리자
김빠진 工場마다 動力을 보내서
그대와 나 온백성의 새나라 키어가자

山神과 살기와 염병이 함께사는 碑石이 흔한 마을 마을에
모―터와 電氣를 보내서
山神을 쫓고 마마를 몰아내자
기름친 機械로 運命과 農場을 휘몰아갈
希望과 自信과 힘을 보내자

18

3. 꽃무꿈 : 꽃묶음. 꽃다발.
4. 마마 : 두창(痘瘡)을 전염성이 강하다는 뜻에서 이르는 말.

熔鑛爐에 불을켜라 새나라의 心臟에
鐵線을뽑고 鐵筋을 느리고 鐵板을 피리자
세멘과 鐵과 希望우에
아모도 흔들수없는 새나라 세워가자

녹쓰른 軌道에 우리들의 機關車 달리자
戰爭에 해여전 貨車와 트럭에
벽돌을 실자 세멘을 올리자
애매한 支配와 屈辱이 좀먹던 部落과 나루에
새나라 굳은터 다져가자

『다이나모』 아침부터 잉々거리는 골짝

『파이프』 팔들어 떠바친 젊은 山脈들은

希臘 廊下의 목이굵은 女神들

海拔三千尺 湖水를 끌어안은 당돌한 댐

알루江 五千年의 神話를 말렸다 불렸다가

音樂을 울리렴 새나라의 노래 부르렴

『드부르샤크』의 哀憐한 新世界가 아니다

거리거리 마치소리 안개속 떨리는 汽笛

電氣로 도라가는 논밭과 물레방아

5. 다이나모 : 다이너모(dynamo), 전류를 지속적으로 발생시키는 기계.
6. 希臘 : 희랍, 그리스의 음역어.
7. 알루江 : 압록강(鴨綠江)의 중국식 명칭.
8. 드부르샤크 : 안토닌 드보르자크(Antonin Dvorak, 1841~1904), 체코슬로바키아의 작곡가.

그대와 나의 놀라운『씸포니』울려라

어린 새나라 하나 시달린 꿈을깨여 눈을부빈다
東海 푸른물 허리에 떨며 이러나는『아프로디테』
모두가 마지하자 굳이 잠긴 마음의 門을 열어
피흐르는 가슴과 가슴을·섞어 새나라 껴안자

---

9. 씸포니 : 드보르자크의「신세계 교향곡」산뜻한 멜로디와 경쾌한 리듬을 통해, '교향곡은 심각하고 재미없는 음악' 이란 편견을 무너뜨린 채코 출신 작곡가 드보르자크의 교향곡 제9번「신세계로 부터」를 말한다.
10. 아프로디테 : 그리스 신화에 나오는 사랑과 미와 풍요의 여신으로 영어로 '비너스' 라고 지칭한다.

부푸러오른 五月달 아스팔트는

부푸러오른 五月달「아스팔트」는
우리들 소리소리 노래부르며
어깨걸고 나가기 좋은길이다
「로타리」환이 티어 활개치고 가기 일맞다
비취빛 한울이 둥그러 우리들노래 울리기좋다
충마다 窓이 뚫려 팔을 휘저어 꽃송어 던지기 한창이고나

22

「부푸러오른 五月달 아스팔트는」
* 1947년 메이데이절(노동절)
1. 일맞다 : 알맞다

이길을 일찌기 王과 정승의 행차 호통을치며 지나갔다
다음에는 원수의 軍隊와 경찰이 호기피우며 휘돌든길
아리랑 웅어리며 새벽서리 밟고 젊은이들 戰爭으로 끌
　려가든 길

오늘은 네줄씩 각지낀 人民의 行列이 온다
이마가 그스러 뼈대굵은 노동자의 行進이다
그옆에 가는것은 메투리 행견친 農軍이 아니냐
事務員과 教員과 記者도 그곁에 있고나

23

---

2. 메투리 : '미투리' 의 함경 방언. 삼이나 노 따위로 짚신처럼 삼은 신.

오늘은 뚫어진 몬지길이나
來日은 「아스팔트」 고루다저 물뿌려두고
백성의 行列을 모두들 기다리리

이길은 백성의 길 노래부르며 구루고 가기가 좋다
그러나 支配者의 軍隊와 그들의 앞재비만은
두번도다시 이길을 지나게해서는 아니된다
이길은 오직 백성의 길 勝利로가는 백성의 길이다

(一九四七 · 메이데이節에)

24

3. 앞재비 : 앞잡이.

다시 八月에

만사람 눈동자에 한순간 빛나던 별찌야
일만가슴 한데얽던 신기한 音樂아
뱀과 박쥐와 올뱀과 구렁이 서렷던 그늘진땅에
불길처럼 이러서며 찾던 백성들의 나라와 꿈
눈뿌리 마다 뜨거운 이슬 방울방울 뭉쳐

「다시 八月에」
* 『독립신문』 1946년 8월 2일
1. 별찌 : 매우 빨리 지나가거나 떨어지거나 흐르는 불빛을 비유적으로 이르는 말. 눈앞에 번쩍하고 어른거리는 불빛.
2. 올뱀 : 올뱀이, 올빼미

샘속에 피어나던 旗빨아

별과 구름아래 젊은이를 몽여 戀愛보다도
안타까히 가슴조리며 고대하던 나라

지금 상서롭지못한 우지즘 숨가뿐 아름소리
눈보래 비바람 우뢰소리 몰려옴온
새나라 가는길 더욱 다짐이리라
우리모다 바뜨는 自由 白玉같은 몸둥아리

26

3. 바뜨는 : 받드는.

점점이 뚫린 상채기마다 장미꽃 피리라
돌팔매 자욱자욱 구슬과 眞珠 맺히리라

백성들의 슬픔 노염 몸부림 속에서
시시각각 커가는 꿈 백성의나라
地層을 흔들며 파도치며 그는 거기
우리들곁에 닭아 오지않느냐

가슴마다 노래를 기르자
불독아니처럼 세차게 타오르자 별가까히 닥아서자

27

---

4. 불독아니 : 불도가니. 쇠가 녹아 몹시 뜨겁게 단 도가니. 높은 열정으로 세차게 일어나는 기세나 상태.

어둠지튼 까닭에 홰불은 도리혀 그뭄밤이 곻읍지않으냐
磐石처럼 밀물처럼 時間의 수레에 밀려
그는 地動치며 오지않느냐

5. 곻읍지않느냐 : 곱지 않느냐.
6. 地動치며 : 땅이 흔들리며.

바람에 불리는 수천 기빨은

바람에 불리는 수천기빨은
蒼空에 쓰는 人民의 가지가지 呼訴라

소리소리 웨치는 노래와 歡呼는
구름에 사모치는 백성들의 홰ㅅ불
한울한울 올리는 八月의 홰ㅅ불

29

「바람에 불리는 수천 기빨은」

『아스팔트』 흔들며 밀려서오는
발자욱의 조수는
어둔밤 설레는 파도소리냐 아니
닥아오는 새날의 발울림이냐

人民工場에 부치는 노래

검은 煙氣를 올려
銀河라도 가려버려라
그러나 새ㅅ별만은 남겨두어라

窓마다 뿜는 불길은
어둠을 흘기는 우리들의 눈짓
지금은 한구석이나

「人民工場에 부치는 노래」
* 『文學評論』1권 3호 1947년

머지않어 모두가 돌아가겠지
다만
제일 소중한것을 저버리지만 않으면 그만이다
八月이 가저왔던 저 큰 希望말이다

그대옆에
熔鑛爐는 깨지지 않었느냐
그대앞에
화통은 달은대로 있느냐
그것이 깨지면 우리들의 心臟도 깨진다

旋盤에 닥아서자
希望곁에 가까이 있자
皮帶와 齒輪마다 우리들의 體溫을 돌리자
힘있게 살고있으며 자라난다고
새벽에 싸이렌을 울리자
동트기전에 뚜ㅣ를 울리자

1. 皮帶 : 피대. 벨트.
2. 齒輪 : 치륜. 톱니바퀴.

우리들의 握手

一萬 가슴인데
萬으로 千 萬인 가슴인데
한갈래로 울리는 신기한 울림은
막울래 막울수없는 울림은 무엇이냐
별보다도 확실한 거름거리
보이지않는 그러면서도
구필수없는 鋼鐵의 軌道를 굴르는

「우리들의 握手」

쇠바퀴리라

「함부르그」「룩쌍부―르」
「로―잔느」
「카이로」「칼캇타」「하노이」
「쉬카고」와「에딘바라」
距離를 無視하는 날랜 電波
피ㅅ줄과 같이 화끈한것은
黃昏에 빛나는 한떨기 薔薇같은 우숨
來日에 부치는 約束이리라

묺어저가는 帝國
關節이 부은 資本主義
「피샤」의 塔을 지탕하는 物理學도
드디어 건질수없는
기우러지는것들의 運命이다
萬가슴 萬萬가슴을
견딜수없이 구루는것은
未來로 뻗은 두줄기 빛나는 鋼鐵
보라빛 未明에 감기운 길이다

8. 묺어저가는 : 무너저 가는.
9. 피샤의 塔 : 갈릴레이가 낙하의 법칙을 실험했다는 이탈리아 피사 대성당의 종주.

우리들의 握手는
來日
한바퀴 地球가 도라간곳에서 하자

눈짓으로 理解하는 戰線

「샨·오케시」의 「가닥과별」올 읽은 날 밤에
愛蘭軍隊를 꿈에 맛났다
公會堂이라고 하는곳에 목이굵고 눈이둥근 젊은이들이
우중충 앉어있었다
나는 흰軍服올 입은 司令官과 서로
異邦사람이 아니라는드시 눈알림으로 인사했다

「눈짓으로 理解하는 戰線」
1. 샨 · 오케시 : 숀 오케이시(Seàn O'Casey, 1880~1964), 아일랜드의 극작가.
2. 가닥과별 : 숀 오케이시의 희곡 「쟁기와 별」을 뜻하는 것 같음.
3. 눈알림 : 눈짓.

말이없는 軍隊
구피지않는 軍隊
사술을 용서하지않는 軍隊

印度軍隊를 맛나면
아마도 손아귀 으스러지라 틀어쥐리라
安南軍隊를 맛나면 껴안고 빰을 비々며 로서아 춤추듯
돌아가리라

손을 버리자

4. 구피지않는 : 굽히지 않는.
5. 安南軍隊 : 안남군대. 베트남 군대.

自由찾는 불ㅅ길이 이는곳마다
우리들의 동무는 있다
말이 아니라
눈짓으로 理解하는
戰線이 있다

萬歲 소리

하도 억울하야
부르는 소리 피섞인 소리가
萬歲였다
총뿌리앞에서 칼자욱에서 채찍아래서
터저나오는 民族의 소리가
萬歲였다

「萬歲 소리」

무엇이라 형언할수없어
그저 부르는 소리가
萬歲였다

눌리다 눌리다
하도 기뻐 어안이 벙벙하야
그저 터저나온 소리도
萬歲였다

萬歲는 손을 들어 함께 부르자

萬歲는
自由를 달라는소리
꿈이왔다는 소리
못견디겠다는 소리
다시 이러난다는 소리
네소리도 내소리도 아닌
우리들 모두의소리

民族과 歷史와 원한과 소원을 한데묶은
터질듯 含蓄이 너무 무거워

걷잡을수없는 소리
爆竹처럼
별과 구름 사이에 퉁기는 소리였다

어렵고 험하기 이를데 없으나

어렵고 험하기 이를데 없으나
이렇게 유쾌한 길이 어대있으랴?
自由와 빛나는날로 통하는길이기
이보다 보람있는 行軍이 어대있으랴?
「파씨스트」에게 진정 일러주노니

「어렵고 험하기 이를데 없으나」

너는 어림없이 엉뚱한 꿈을 꾸느니라

이렇게 보람있고 떳떳한 길이기
묵묵히 우숨띠우고 모다들 部署로 나가는것이리

데모크라시에 부치는 노래

나라를 판것은 언제고 백성이 아니라
벼스라치오 勢道댁이었다

四千年 오랜 세월을 두고
이겨본일이없는 백성이다
떳々이 말해본적이 없어
참고 견디기에 소처럼 목만 부었다

「데모크라시에 부치는 노래」
1. 벼스라치오 : 벼슬아치요.

지금백성은 무엔가 말하고싶다
백성의입을 막아서는 아니된다
백성의 소리는 구수하고 眞心이 들어 좋다
그들의 머리우에서 한울과 太陽을 가리지마러라
三韓 新羅적 부터도 남의것아닌
본시 이나라 백성의 별이오 한울이 아니냐
인제사 그들의 역사가 시작하려는것이다
이번은 백성들이 이겨야 하겠다

백성을 이기게 해야 하겠다

波濤

좀먹는 王宮의 기둥뿌리를 흔들며
『웰』街 한울닷는 집들을 휘돌아
배미는 문짱을 제끼며 窓살을 비틀며
향기와 같이
潮水와 같이
音樂과 같이
바람과 같이

『波濤』
1. 문짱 : 문장(門帳), 창이나 문에 치는 휘장.

또
구름과 같이
모―든 그런것들의 波濤인것 처럼
아― 새 世界는 다닥처 오는구나
일홈지을수 없으면서도
그러나
抗拒할수도 없이
확실하고
뚜렷하게

51

2. 다닥처 : 서로 마주 닿거나 부딛쳐. 일이나 사건 따위가 가까이 이르러.

아—모 妥協도 여유도
허락지 않으면서
시시
각각으로
모양을 가추면서 닥아오는것
아—波濤여 너는 온 地平線을 골고루 펴저오는구나
어둠침々한 山峽을지나 낭떨어진 벼래를 스처 들을건너
개나리
벗지

3. 山俠 : 두메. 도회에서 멀리 떨어져 사람이 많이 살지 않는 변두리나 깊은 곳.
4. 벼래 : 강가나 바닷가에 있는 벼랑.
5. 벗지 : 버찌.

진달레
나리 창포꽃 일々히 삼켜가며 여러 밤과 밤
쏟아지는 별빛을 녹여 담아가지고
江은 지금 둥그렇게 구비치며 파도처온다
여러 陸地와바다 뒤덮으며 휘몰려 온다

벌서
너도 아니고 나도아닌
너나 나나
출렁이는 波濤의 지나가는 波紋일뿐

얼키고설킨 波動의 이구비 저구비 일뿐
아—지금
波濤는 굴러온다
믆어진다
쓸어진다
떼민다
박찬다
딩구나보다

이
호랑한 汎濫속에
모ㅣ든 우리들의 어저께를 파묻자
찢어진 기억을 쓸어보내자
지금 波濤를 막을이 없다
그는 아모의앞에서도 서슴자않는다
波濤는
먼
來日의 地平線을
주름잡으며

새노래 · 428

抗拒할수 없이
점점
닥아올 뿐이다

壁을 헐자

壁을 헐자
그대들과 우리들 사이의
그대들속의 작은 그대들과 또 다른 그대들 사이의
우리들속의 작은 우리들과 또 다른 우리들 사이의

아마도 그것은
金과 銀과 象牙로 쌓은 恥辱의城일지도

「壁을 헐자」

모른다 그러면 더욱 헐자

낡은 장벽을 묺어버린우에 거기
새날의 大路를 뽑자
그대들과 우리 다
함께 갈 大路를 뽑자

파도소리 헤치고

꽃바다
기빨바다
파도소리 헤치고
밀물처 들어온다
떠끌쓴 機動部隊 解放의 兵士들이
傲慢한要塞線과 鐵條網
失色한捕虜 꺾여진 총칼 떼미 박차흩으며

「파도소리 헤치고」
＊『新文藝』 1권 1호 1945년 12월

잃어버렷던 祖國의아츰이다
눈물겉고 처다보아라 兄弟들아
山脈과 거리와 마을마다
毒蛇처럼 서렷던 사슬도 돌壁도 쇠창살도
民族의 피쭐에 깊이 박혓던 표독한 이빨도 발톱도
갑갑하던 火藥연기와 함께 하로아츰 슬어젔다
화려한 아츰
고대하던 太陽이다
한울까에서

60

1. 피쭐 : 핏줄.

먼나라에서
獄中에서
채찍아래서 창끝에서
일흠없는 戰場에서
눈감지못한채 꺼꾸러진 兄弟들
인제야 모다 한번식만이라도 얼골 돌려
뚫어진 眼孔에 빛외는
풀리운 祖國의 이러서는모양 바라보라
악물린 이빨버려 웃어보라

피엉킨 句節 句節
떨리는 글장
삐뚤어진 歷史의 여울물소리
亞細亞의 밤중에 사모친지 몇몇해냐
잠겼던 바다 바다
오늘은 侵略의 吸盤이아닌 港口마다
解放하는艦隊 自由의兵士들이 들어온다
노래소리
파도소리
목매인 萬歲소리 헤치며

거리거리
마을마다 埠頭마다
꽃바다
기빨바다
만백성 흐렷던 마음에 떠올으는
다시 돌아온 그립던 모습
우슴떠우는 祖國의 얼골아
아청빛 비단폭에감아
새時代의 길앞에 바뜰어올리는
꽃무꿈하나

2. 아청빛 : 검은빛을 띤 푸른빛.
3. 바뜰어 : 받들어.
4. 꽃무꿈 : 꽃묶음. 꽃다발.

청초히 나부낀다

(一九四五·聯合軍을歡迎하야)

아메리카

아득한 바다건너 한없이 넓은 한울아래 홍성한 나라가 있어
아모의 權威도 믿지않는 自由와 높은 한울과 들과 일을
죽엄보다 사랑하는 한 싱싱한 백성들이 거기산다 고한다
만나기도젼부러 그대들 무척 반겼음은
우리 또한 억매임없는 넓은 大氣와 살림 限없이 그리웠
기 때문
모―든 낡은權威 믏어저 부스러저야함을 알었기때문이다

『아메리카.』
1. 죽엄 : 죽음.
2. 믏어저 : 무너져.

사슬과 抑壓을 잠시도 용서않으며
포악과 侵略을 가장 미워하는 그대
弱한者의 곁에 서있기를 늘 좋아하는 그대
自由와 또 前進만을 노래하는 詩의傳統을가진
「휘트맨」의나라 백성이기에
그대 손목을 우리는 한없이 뜨겁게 잡으리라하였다

아! 잊힐리없는 一九四五年九月 義로운 우리들의동무
王없는나라 貴族없는나라 人民의나라 젊은戰士들은
바다로 하늘로 구름가티 덮여온다하였다

3. 휘트맨 : 월트 휘트먼(Walt Whitman, 1819~1892), 미국의 시인.

壓制와 虐殺과 脅迫에 짓밟히고 찢긴 땅에서
毒蛇의 무리와 그 앒잽이들 모조리 우리
채찍높이휘들러 쫓아내리라하였다
그대들 또한 우리옆에 예루살렘神殿의 성낸 젊은이처럼
서있으리라 하였다

그러나 그대는 젊은朝鮮의 불타는 눈초리를 알지못했다
우리가 바라는것이 한 革命임을 알지못했다
連續이 아니라 斷絕을 推移가 아니라 淸新한 飛躍이야말로
젊은 朝鮮의 希望이었음을

지나간날은 너무나안타까이도 캄캄했던까닭에
너무나 歷史에게 버림받었던까닭에
그러므로 우리는 커ㅣ다란 새날만을 바라섰다

一九四五年八月은 바로 우리들의 一七七六年七月이고저하였다
모ㅣ든 不合理와 謀叛과 사슬에 대한 불붙는抗議
偉大한 人民의 權利와 自由의 宣言이고저하였다
그대는 우리들의 「七年의싸음」을 거지반 도맡어 四年을
싸웠다
그대는 우리들의 百萬의 「라파이엣트」

4. 一七七六年七月 : 1776년 7월, 미국의 독립일인 7월 4일이 들어 있는 달.
5. 七年의 싸움 : 7년 전쟁, 슐레지엔 영유를 둘러싸고 유럽대국들이 둘로 갈라져 싸운 전쟁(1756~1763). 미국의 독립혁명의 배경이 되는 전쟁.
6. 라파이엣트 : 라파예트(Lafayette, 1757~1834), 프랑스의 정치가, 혁명가, 군인. 미국 독립전쟁이 일어나자 독립군에 참가했고 삼부회 소집의 주창자가 됨. 국민

감옥과 地下의 우리들의 戰士의 굳은同盟軍—
인제 그대들 우리곁에 있거늘
여기는 오직오래인 가난과 不潔과 懷疑와 연기
모두가 倭敵이 남기고간 상채기뿐
그대손 너무 높은데있어 도시잡기가 어렵고나
「푸록코—트」도 「쌀롱」도 우리는없다
卑屈이나 아첨이나 禮服은
오직 오래 입어본 치들만이 얼른 다시 뒤집어 썼건만
우리는 느꼈다 그는 도리혀 義로운 戰士를 대접하는 禮
儀아님을—

의회에 미국의 독립선언과 비슷한 '인권선언안'을 제출했고 바스티유 함락 후 입헌왕정을 실현하려 했다.

祝杯를 들자 七月초나흘을 위하야―自由로운「아메리카」의
聖스런 싸움에 빛나는 지나간날과 오늘과
또 平和와 希望의 負債 무거운 來日을 위하야―
「워싱톤」「제퍼―슨」그리고「프랑클린」의나라
무엇보다도「에부라함·링컨」의나라
그무엇보다도「푸랭클린·로―즈벨트」의나라 이기에
그대에겐 있겄만 아직도獨立없는
우리의 아품을 아―누구보다도 그대가 잘알리라
自由위한 싸움터우 다만 理解와 尊敬과 높은理想으로 만

우리들의 굳은握手를 맺자
장미를 던저라 저 偉大한 一七七六年의 七月을 위하야
우리모다 祝杯를 들자
또하나 祝杯는 우리들것으로 남겨두자

(一九四六・七・四・美國獨立記念日에)

Ⅱ

戀歌

두빰을 스치는 바람곁이 한결 거세어 별이 꺼진 한울
아래
즘생처럼 우짖는 都市의소리 피해오듯 돌아오면서
내마음 어느새 그대곁에 있고나
그대마음 내게로 온것이냐
陸路로 千里 水路 千里

74

「戀歌」
* 『협동』 1947년 1월

오늘밤도 소스라처 깨우치는 꿈이 둘
街路樹 설레는 바람소리 물새들 잠고대····
그대아름소리 아닌것 없고나

그대있는곳 새나라오노라 얼마나 소연하랴
병지닌 가슴에도 薔薇같은 希望이피어
그대 숨이가빠 處女처럼 수다스러우리

회호리바람 미친 밤엔 우리 어깨와 어깨 지탕하야
찬비와 서리빨 즐거히 맞으리

자빠저 김나는 몸둥아리 하도 달면 이리도 피해 달아나리
새나라언약이 이처럼 화려커늘
그대와나 하로사리 목숨쯤이야
빛나는 하로아츰 이슬인들 어떠랴

肉体禮讚

움켜잡으면 그대 더운피 가슴까지 화끈 쏴오는구나
여러싸움과 모함과 迫害속을 헤치고온 매디진손아
아름다운 眞理와 높은일 위하야는
물불 헤아리지않고 뚫고온 펴진어께야
나라와 백성에게 바치는뜻 밖엔

77

딴마음 하나없이 낮과밤새워 달리던 세찬다리야
慾으로 가자 그대손아귀 더오래 잡고있자
꽃피는구름 향기론 새벽
동터오는 한길이 그대와함께 보이는데로 가자

그대 얼골에 칼자욱 있어 더욱 빛나는 半달이고나
근심이 차 부어올라 가슴이 둥글어
그대 타는 눈동자 어둠을 뚫고 별틈에 있고나

句節도 아닌 두서너 마디

句節도아닌 두서너마디 더듬는 말인데도
나의머리 수그리게하는 한량없는 뜻은 무엇일까

潮水에 뜬 별처럼 黃昏에 더욱 빛나는 눈동자
도시 처다볼수없어 눈둘데 몰라 멍서리게함은 무엇때문일까
이슬젖은 구술처럼 눈물이 어려 한결 빛나
내마음 피뚫어 휘젔는 금빛 화살아

79

「句節도 아닌 두서너 마디」
＊『開闢』 9권 1호 1947년 8월
1. 멍서리게 : 망설이게.

귀막고 눈을 감으면 潮水처럼 그욱히 밀려와
내가슴하나 가득이 넘치는것은 무엇일까

雄辯보다 깊은뜻 다문입술기
말보다 무거운 눈초리들에 지탕되어
초라한 작은 生涯가 보람이 있어
진달레 우거지는 언덕과 들 한없이 사랑하며
내 이 들에 즐거히 땀흘리리라

오늘도 故鄕은

오늘도 故鄕은 千里요 또 五百里
뜻하지않은 緯度가 銀河로구나

사랑스런 살부치들
쟁々한 목소리 아물거리는 얼골
도시 허위잡을수없이
구름만 北으로 밀려가는구나

「오늘도 故鄕은」
1. 살부치 : 살붙이. 혈육으로 가장 가까운 사람. 보통 부모와 자식 관계에서 쓴다.

여러十年 하로같이 모다들 고대턴것
눈앒에 얼른거리면서도 종내 나사서지않어
동무와 안타까운소식 이야기하며 밤을 새우며
목이말라 가슴이타 냉수를 켜며
이달도 손때밴 字典을 팔아 즐거히 살아가리

82

닥아않아 가장 그윽한 얘기····

닥아 앉아
가장 그윽한얘기 낮에 듯지못하던 가장 깊은데를 스치는
얘기를 들려주게
오늘밤 내가 아마 몹씨 약해서 그런가보이
파도치는 바다를 잠재우는 바람처럼
네 가장 슲은곳과 앏은 고장을

83

「닥아않아 가장 그윽한 얘기…」
1. 닥아않아 가장 그윽한 애기 : 다가앉아 가장 그윽한 애기.

情이배인 눈초리로 쓰다듬어 주렴

내 본시 한없이 약하고 허물많은 俗된 人間일 따름
호걸도 영웅도 아무것도 될수없음을 구지 후회치 않으나
다만 착하게 人情의 그늘에 서로 의지해 삶이 소원이네

不義와 싸울적엔 표범처럼 强하라 채찍을치라
혹은 사특한 利害로하야 발길이 주춤거림은 아닌가
아첨과 위협때문에 허리가 주추러들믄 아닌가
자빠지기 쉬울적에야 말로 그대 한마리가 무쇠기둥이었네

---

2. 주추러들믄 : 움추려드는 모양을 뜻하는 듯.

그러나 오늘밤만은 그 거센 얘기일랑 그만두고
저 가슴속 제일깊은 구석구석까지 슴이는 그런얘기를 들
려주세
人間以上인것처럼 성울 내면 도모지 무서우이
저 가장 약하고 슲은 즘생처럼
눈물이 고여 그대 눈방울이 더욱 영롱하이

3. 슴이는 : 스미는.

童話

흰 모래눈과 구름으로 선을 친
바다까에는
한낮이면 少年과 海棠花가
일제히 피었다
「코발트」 층계를 기어올라가다도 말고
숨이 가빠 멈취서면은

「童話」

비둘기같은 발꼬락 아래서 바다가
風琴처럼 갑까기 소리나기 시작한다

꿈과 대낮의 지경이 분명치않은
이 마을에서는
조약돌과 조개껍질과 힌 海圖가
제일큰 財産이였다

이슬어린 눈동자는 간밤
珊瑚수풀에서 주어온 眞珠

87

1. 갑까기 : '갑자기'의 오기(誤記).

소라이냥 오무린 귀는
먼 바람소리에도 金屬처럼 울었다
자조 겨드랭이가 앒어옴은
보이지않는 죽찌가 자라는 까닭
끓는 血管은 필시
바다 파도에 연이었나 보드라

(舊作)

88

---

2. 소라이냥 : 소라인냥의 오기. 소라인 양.
3. 앒어옴은 : 아파옴은.

사슴의 노래

가락입 뒤덮인 샘을 찾어 나려옴은
하로밤 어지런 꿈으로 단 이마를 적시려함이라
높은 思想의 化石을 머리에 바뜬채
여러 얽힌 白樺숲 안개바다에 지치었음이리라
구름도 기어넘는 한울다온 嶺마루는 하로밤주막

89

『사슴의 노래』
1. 白樺 : 자작나무.

오늘도 삼가 내ㅅ가외 雜草는 씹지않으리라

(舊作)

希望

希望——
「갈리레오」가 이저버린
또하나
별의 일홈

숨이 가뿐 봄밤
젊은이 꿈속에 줄겨뜨는

「希望」

기이한 버릇을 한
별아

오늘밤도
네 引力의 限界를 스치어
자조 삐뚤어지는
서투른 抛物線들

온갖 회호리바람과 誘惑과 脅迫에 휩쓸려
시달리는 運命우에

1. 抛物線 : 포물선. 원추 곡선의 한 가지. 한 정점과 직선에 이르는 거리가 같은 점의 궤적.

히미하게 걸리는
圓光

아ㅡ나는 오늘
차디찬 隕星의 무덤을 디디고
나의恒星 나의希望
가장 멀면서도 가장 가까운데있다

뜻없이 달이 밝아

뜻없이 달이 밝아
한울이 맑아
울어도 씨언치않은
八月이 얼어드러 뼈가 시리다
꿈이라기엔 너무나 뚜렷이
한낮 한울을 구르며 온 소식

「뜻없이 달이 밝아」

팔이 빠지라 휘저어
목이 터지도록 박기던 일홈아

自由를 달라
生活을 달라
政府를 달라
아——希望을 달라

여러十年 주린 소리
땅뚜깽 지르고 올라오다도 말고

흙발에 짓밟혀
뭉개지던 소리
骸骨 쌓인 「골고다」에서 오던 소리
피고인 들에서 소사나던 소리
구룸닷는 돌담을 기어넘어
창살을 새여 흘러오던 소리
폐들에 이슬지며
노래하듯 웅어리던 소리야

1. 골고다 : 골고다(Golgotha)는 예수가 십자가에 못 박혀 처형된 예루살렘 교외의 언덕.
2. 소사나던 : 솟아나던.

달이 둥그러 구룸이 빛나
노래 나올듯 올듯 목에 걸리는 八月
꿈이 너무 무거워 다리가 휘청거려 겨우
벗과 의지하야 새벽거리에 서다

정영 떠나신다는 말슴

정영 떠나신다는 말슴
그대 손아귀 돌보다 차구려
이렇게 고약한 세상에선
하로바삐 싸움속으로 가심이 옳겠지요

거센 밤바람 차오는 들길
여러 갈대밭 돌멩이길 또 구렁챙이

「정영 떠나신다는 말슴」
1. 구렁챙이 : 구렁텅이.

분명 어두운 地域 이리다
별이 없이 가기는 어려운 곳이리다

감옥과 來日은 좋은곳이라 우숨떠우며
내손에 남기신 물고기같은 찬기
인제 갈바람 몰여드는 저무는 네거리에
그대 눈과 두볼이 노을보다 붉구료

어찌다 맛나면 떠내보낼일 먼저 근심이더니
떠날적엔 다시 맛날일 앨써 믿으리다

2. 앨써 : 애써의 고어.

새노래 · 472

갈바람에 부처서라도 기에 믿으리다

(舊作)

길일은 노루 처럼

길잃은 노루처럼 살아왔기에
바다가 바라다 보일적마다 숨이차 볼이 다랐다
銀杏나무와 포프라 와 나는 그러기에
가을이면 누구보다도 먼저 단풍이 들었다
미듬과 향복의 테누리만 도라
갈꽃 날리는 새ㅅ길이 비탈리기만 했다

101

「길일은 노루 처럼」

발에채는 한송이 들꽃과 별찌에 조차 가슴이 떨렸다

다사론 인정이 얽힌 양지바닥에
한량없이 믿으며 의지해살리라
등을 구우며 빰을움켜 녹여주며
모닥불까에 옹기종기 옛말처럼 피리라
메마른 들에는 눈물과 땀을 뿌려
즐거히 이웃끼리 도아가리라

1. 별찌 : 별똥별. 유성의 다른 이름.

길이 멀어서야 못갈데 있으랴
서름을 벗하여도 살아온 마흔 해어던
히망과함께 라면 날이 날 마다
신기한 얘기 아닐날 있으랴

코스모쓰는

코스모쓰는
부디 귀뚜리 울다간 섬돌밑이 좋아서 피는게냐
코스모쓰는
하필 고향과 꿈이 모두 아득히 먼 아츰에 피는겔까
코스모쓰는

104

「코스모쓰는」

좋은날 기다리기에 목이 자즈러진 나라 백성이 못니치어
도라서며 도라서며 피나부다

코스모쓰는
서리ㅅ바람 일일히 견디노라니 목이 저리 가느럿지
다듬다 물러앉은 分院白磁에도
어느새 연지처럼 코스모쓰 물이 드렀네

코스모쓰는

1. 못니치어 : 못 잊혀.

필시 「크로이첼・쏘나타」 쏟아지는 피아노 우에 쏟어질걸
코스모쓰는
獨立을 기다리다 목이 라 죽은 새무덤에
안고가 피워 주자

2. 크로이첼 · 쏘나타 : 크로이처 소나타, 1802년 베토벤이 작곡한 〈바이올린 소나타 9번〉의 별칭.

오늘은 惡魔의것이나

門이 아니라 壁인것같다
바위가 아니면 벼래
또 밀없는 골자구니

길이 너무험하야
두고가는 무덤이 자저
진달레와 두견새 우름소리 슮을날 아직도 많을가부다

107

「오늘은 惡魔의것이나」
1. 골자구니 : 골짜구니, 골짜기의 방언.
2. 슮을날 : 슬플 날.

뭇 사라지는것들의 亡靈인것 처럼
이즈러진 電車와 강아지와 거지가
악을쓰며 쫓겨댕기는 거리
모두가 헐벗고 춥고 배가고파
악이오른 찌푸린거리
쓰레기 쌓인 골목을 돌아
열 스무번 다시 이러나 가야할 길

이길 을 돌아가야만
바다가 트인 平野로 나간다 한다
地球는 부질없이 돌아가지는 않으리라
아모리 그뭄밤일지라도 저기 별이있어 좋지않으냐
薔薇와 무지개 가득차 우리 가슴이 부풀어 좋지않으냐
오늘은 惡魔의 것이나
來日은 우리의 것이다

詩와 文化에 부치는 노래

손을 벌이면 山넘어서 바다건너서
四方에서 부짭히는 뜨거운体溫
初面이면서두 맛나자마자 가슴이 열려
하는얘기가 眞理와 美의 근방만 싸고돎이 자랑일세
그대帽子 구멍이 뚫려 襤褸가 더욱좋구려
거즛 과 義롭지못한것우에 서리는 눈초리

「詩와 文化에 부치는 노래」
＊『新文藝』1권 1호 1945년 12월
1. 부짭히는 : 붙잡히는.
2. 맛나자마자 : 만나자마자.

怒염속에 감추인 人情의 불독아니
나라나라마다 우리들소리 외롭지않어 미뿌이

나기前부터도 詩의脈으로 이낀 어리석은種族
피아닌系譜가 寶石처럼빛나서 더욱玲瓏타
陶淵明과 韓龍雲 과 魯迅과 「타골」
「단테」와 「뽀들레르」와 「고리키」와 「오닐」

砲台와 國境을 비웃으며 마음마음의 고집은 뚜껑을 녹이며
江처럼 季節처럼 퍼저오는 拒否할수없는 物理

---

3. 불독아니 : 불도가니.
4. 단테 : 알리기에리 단테(Alighieri Dante, 1265~1321), 이탈리아의 시인. 예언자, 신앙인.
5. 뽀들레르 : 샤를 보들레르(Charles Baudelaire, 1821~1867), 프랑스 시인. 대표작「파리의 우울」,「악의 꽃」.

메마른 沙漠을 추기는 샘 어둠속에 차오는 빛
世界와 古今에 넘처흘으는것 아―詩여 文化여

6. 고리키 : 막심 고리키(Maxim Gorkij, 1868~1936), 러시아 사회주의 혁명가이자 작가.
7. 오닐 : 유진 오닐(Eugene O'Neil, 1888~1953) 미국의 극작가. 1936년 노벨 문학상 수상.

센토오르

「센토오르」는 원래가 말다리말굽을한 怪物이었으나
大幸으로 웃몸은 人間의형상을 하였드람니다。
「센토오르」는 그래서 어디서 牧羊神의 수염을 얻어붙이
고 天使「미하엘」의 갑옷을 슬쩍 훔처다 입고는
(혹은 古物商에서 사입었거나 그 흔한 戰場판에서 주어
왔는지도 모르지만)

「센토오르」
1. 센토오르 : 그리스 신화에 나오는 반인반마(半人半馬)의 괴물 켄타우로스.

봄바람을 휘々감으며 송아지 망아지 틈에 뒤섞여
꽃밭에 달려들었읍니다。

하는말이——
사과밭 무우밭 딸기밭 가꾸기란 내가 天下에 第一이지。
어린家畜 맡어보는데야 날 당할者있나?
한옛날부터도 그게 神이 저민 내 天職인데야——

그러나
『센토오르』 지나간데마다 진탕이 되고 『센토오르』 댕겨간

곳에 도야지 송아지 병아리 짓밟힌 죽엄만 쌓였고나。

——『센토오르』
어늬 숫羊의털을 몰래뽑아다 맨든겐지는 몰라도
그 銀실수염을랑 떼버리견 어때?
아모리보아야『산타·클로쓰』비슷도 않더라。
당홍 투구와 저고리는 치자가 아니라 어늬 戰場텀 피
샘에서 물드린게지。
金絲『레ㅡ쓰』밑의 그 마디굵은 馬脚이사 어찌한담——

아이들아 거기 챗직을 가지오너라。
「센토오르」 때문에 아예
못살구나겠구나。
이러다가는 금년가을도
또 虛事가 될가부다。
사과밭
딸기밭
개나리
진달레 꽃밭에서

동굽을한 「센토오르」를
훠얼 훨
몰아내자。
아이들아 거기 챗직을 가저오너라。

새해의 노래

歷史의 復讐 아직도 끝나지않었음인가
먼데서 가까운데서 民族과 民族의 아우성소리
어둔밤 파도 알른소린가 별 무수히 묺어짐인가?
높은 구름사이에 앨써 마음을 부처 살리라 한들
저자에 사모치는 저 웅어림 닿지않을까보냐?

「새해의 노래」
* 『自由新聞』 1948년 1월 4일

아름다운 꿈 진임은 언제고 무거운 짐이리라。
아름다운 꿈 버리지못함은 분명 刑罰보다 앒은 슲음이
리라。
「이스라엘」헤매이던 二千年 꿈속의 故鄕
「시온」은 오늘 도라드는 발자곡소리로 騷然코나。
꿈엔들 잊어쓰랴? 우리들의「시온」도 統一과 自主와 民
主우에 세울 빛나는 祖國。

1. 시온 : Zion, 예루살렘 성지의 언덕.

우리들 落葉지는 한두살픔이야 휴지통에 던지는 꾸겨진
쪼각일따름
사랑하는 나라의 테누리 새年輪으로 한겹 굳어지라。
새해와 希望은 몸부림치는 民族에게 주자。
새해와 自由와 幸福은 괴로운 民族끼리 난우어가지지。

새노래에 대하야

世界와 人生에 대한 생각을 끊임없이 하나로 組織하고 바로잡으며 또 거기 옳고 굵고 늠々하게 살아가는 마음의 態勢를 가추어 가야한다는것은 사람으로서의 한 무겁고 번거로운 負擔일세옳다。 짐이 너무 무겁고 앞뒤가 하도 막々할적에 우리는 때로는 차라리 저 들즘생의 生活의 無心하고 순々함을 부러워하기도 한다。 詩는 내게 있어서는 이러한 스스로의 살아가는 問題의 調整의

121

「새노래에 대하야」

手段에 지나지 않는다。詩人이란 사람의 사람으로서의 짐을 남달리 깊이 意識하고 自進하야 그것을 걸머지고가는 무릇 미련하고 못나고 줄난 種族인것 같다。버서버릴려면 못버릴것도 없다。편한길은 얼마던지 있는것이다。즘생의生活에 한거름씩 더 가까히만 가면 그만일터이다。하지만 모두가 짐을 잊어버리고 또는 일부러 버리고 가는것만 같애서 世俗의 行列에서는 가장 뒤떨어진 곳에 精神의 무거운 負擔을 끄은채 時代의 거센 물구비를 간신히 헤치고 나갈밖에 없다。사납고 어지러운 時代일스록 그는 더 疲勞하고 슲으고 노엽고 초라하고 上氣해야 하나보다。그러므로 그는 항용 창황히 짐을 꾸리는 버릇이있다。까닭모를 出發이 그를 몰아세는 때문이다。辱스런 過去와 現在에 대한 끈임없는 訣別——그것은 藝術의 成長을 위한 倫理인듯도 하다。跳躍 그것이야말로 가장 소중한 精神의 體操일지도 모른다。모다 떳々하고 훌륭하게 살아갈려는 몸짓이다。

우리는 일쩌기 센티멘탈 로맨티시즘의 洪水속에서 詩를 건저냈다。저 野獸的인時代에 感傷에 살기가 싫었고 좀더 透明하게 살고싶었던것이다。俗談대로 죽어가면서도 제精神만은 잃지말고저한것이다。그러나 건저내놓고 보니 그것은 淸潔하기는 하나 피가 흐르지않는 한낱「미이라」였다。詩의 蘇生을 위하야는 역시 사람의 흘린 피와 더운 입김이 적당히 다시 서겨야 했다。하지만 벌서 한날 精神의 形而上學은 아니라할지라도 또 단순한 肉体의 動悸일수도 없었다。그러한것을 實踐의 叡知와 情熱속에서 統一하는 한 **全人間**의 소리라야 했다。生活의 現實속에서 우러나와야 했다。떨어저 나간 한 孤獨한 영혼의 獨白이 아니라 **새歷史**를 맨드러가는 **民族**의 베일래 베일수없는 한토막으로서의 한사람의 무엇보다도 노래라야 했다。詩를 읽는것만으로는 아고도 만족하지 못했다。

무척 노래하고 싶었던것이다・・・

하지만 모—든것을 한꺼번에 내던지기란 그리 쉬운 노릇이 아니다。 비록 낡은 때요 찌라 할지라도 제게 묻은것이기때문에 거기 그저 멍서리기 쉬운것이 사람의마음의 연약한 버릇인것 같다。 모—든것을 잊어버리라는 말은 피차에 慰勞나 激勵의 말로 항용 쓰기는 하나 히는편에서도 그리 효과에 기대를 가지는것은 아니다。 다만 긴장한 對話의 틈을 메우기위한 수단인 경우가 많다。 사실 離別을 간단히 해치우기 위하야는 『괴테』처럼 약간의 熟練이 필요할런지 모른다。 사는데 있어서도 藝

術에 있어서도 斷乎하게 斷乎하게해야할 일이면서도 그저 주저주저하는 동안에 사람들의 半身은 언제까지고 적당히 過去라는 진흙탕 속에 잠긴채 좀체로 소꾸어나지 못하고 마나보다。 더군다나 지금 우리가 막 다닥친것은 전에 없던 風浪이 아니냐? 아모쪽에도 쓸데없는것이라면 어서어서 배ㅅ장밖에 팽개치자。 약간의 生理와 習性의 未練이라면 우리들의 경쾌한 航海를 위하야 그만 斷念하면 어떨까? 到處에 離別이 있어야 하겠다。 藝術에있어서도 人生에있어서도——이옥고 새로운 來日을 마지하기 위하야——。

(1947·8 1)

西紀一九四八年四月一〇日 印刷
西紀一九四八年四月一五日 發行

새노래 臨時定價 二〇〇圓

著者 金起林
서울市義州路一街二一番地

印刷處 朝鮮單式印刷株式會社
一九四七·九·二〇 登錄番號第一二五號

서울市公平洞一二一番地
發行處 雅文閣
一九四七·九·二八 登錄番號第一八二號

새로 찾은 시 75편 (1930~1950)

저녁별은푸른날개를흔들며

片石村

늙은港口의 밤에달리는修道
院의女僧들의 염주를헤이는
소리소리소리──

메말은계절의 잠든寢床에몸
멍어[illegible]베고 미꾸라지는『가
르랑 가르랑』 텅빈창자를어
쥔다 天氣豫報에는 아직도
비이야기가업다

깊은空氣의 堆積앞에잡바진
거리우를 葡萄酒의물결이흐
른다 조개의가벼운속삭임──

『비은자인』처럼 透明한바다
풀의誘惑──바다는 푸르다

사람들은──本能的인 어린魚
族의무리들은 그물을뚫고시
든心臟을놓고 바다의싸늘한
바람으로 뛰어나온다

꿈의조악돌을 [illegible]담은『바스켓』을
들고 푸른날개를흔들며天使
와가[illegible]『[illegible]』의 [illegible]한집웅
우를나려오는 초서녁별──

어서와요 푸른天使여나의꿈
은지금 나의차되찬寢室에서
시드렀읍니다 찌구러진나의
花瓶에 당신의薔薇의 꿈을
피우려아니옵니까──

「저녁별은푸른날개를흔들며」

*『朝鮮日報』 1930. 2. 14

1. 가르랑 가르랑 : 목구멍에 가래 따위가 걸려 숨을 쉴 때 자꾸 가치작거리는 소리.

2. 천기예보 : 일기예보.

「슈ー르레알리스트」

G 

거리로 지나가면서 당신은 본일이업슴니까
가을볏으로싼 장삼을둘르고
갈대고깔을 뒤ㅅ덜미에 부친사람의
어리꾸진노래들——
怪常한춤맵씨를——
그는 千九百五十年 最後의市民——
佛蘭西革命의末裔의 最後의사람입니다
그의눈은『푸리즘』처럼 多角입니다
世界는 석구도 彩光되여 그의白色의『카메라』에 잡버집니
다
새벽의 항울울리는 발자국소리에 그의귀는 기우려지나
그는 그뒤를뎌를수업는 가엽슨절름바리외다
資本主義第三期의『메리·고ー라운드』로
出發의前夜의 伴侶들이 손목을잇그나
그는 차라리 여기서 홀올로서서
남들이모르든 수상한 노래에마추어
혼자서 그의춤을 춤추기를 조와합니다
그는압니다 이윽고『카지노폴리』의 奏樂은疲困해쓰치나고거
리는잠잠해지고말것을 생각지마르세요 그의노래나춤이즐거
운것이라고그는 슬퍼하는人形이외다
그에게는 生活이업슴니다
사람들이 모ー다生活을가지는때
우리들의『피에로』도 쓸어집니다

「슈-르레알리스트」
＊『朝鮮日報』1930. 9. 30
1. G W : 김기림의 초기 필명
2. 슈-르레알리스트 : 쉬르레알리스트(surrealist), 초현실주의자.
3. 어리꾸진 : 불란서혁명 말기 최후의 사람. 김유중 교수 책에는 어리궂은, '어리궂다' 는 '매우 어리광스럽다' 라는 뜻으로 설명.
4. 메리 · 고-라운드 : 메리 고 라운드(merry-go-round), 회전목마.
5. 카지노폴리(casinopoly), 도박장과 생음악, 사교춤이 공존하는 클럽 혹은 술집을 의미하는 듯. 카지노와 폴리(poly Rhythm)를 합쳐서 작명한 가게라 생각됨. : 김유중 교수의 책을 보면 박태원 소설 〈사흘 굶은 봄ㅅ달〉『新東亞』(1933.4)에서 카지노폴리에서 째즈가 들려왔다. 라는 구절을 예로 들어 설명함.
6. 奏樂 : 음악을 연주함.

屍體의흘음

G W

曠野는 그無限속에
情熱에타죽은靑春의 죽엄을
파무덧다
火葬場
아모도 記憶하저안는죽엄을
하나
曠野에 심것다——
生長하여라 曠野여
滿洲의한울은
娼婦의배人가죽처럼
풀어저드리워잇다
午後의太陽이
별거벗은 샛밝간心臟을들고
彼女의灰色의寢室을 차저단
닌다
『우스리』깁흔下水道속에
午後의太陽이
혼자서 빠저죽엇다
大地에서 뛰여나온 어린아
회가
갈매기를못잡고
물속에떨어진 黎明의太陽을
낙시질한다
갈매기를못잡고——
그는 들가에서
꾀리단胡賊의大將을못잡엇다
『걸어오는 太陽을 본일이잇
느냐』
胡賊의머리꾀리가 胡賊의작
은꿈과가티돈다
그의발길에채여
사나희의屍體가 흙을떨며大
地에뒹군다
——四肢는 들어 부텃스나
머리가업다——
머리업는귀신이며
머리업는귀신이며
『너는地獄에서 너의戀人의얼
골을 보아도몰으겟지』
『오호츠크』의 健康한물결이
따뜻한마음을가지기始作한다
『오호츠크』의桃色의心臟에서
華氏三〇度의바람이
따뜻한 『키쓰』를담은 바구
미를들고 말려부튼生物들
손실하며 거츤들우를나려온
다
한저울동안 監禁되엿든 눈
아래파뭇친눈物의녯집에 잘
잇거라』를 고하고
太陽은어린아이와가티 어려
부튼江面을 구르며싸단인다
無邪念한解放된『큐핏트』여굴
작에잔긴 집흔잠에서 놀라
깨여간 시검언江물은『憤怒』
와가티 밀려나온다
黑龍江의五月——
떠나려오는 어름덩이 사이
에서
沙工은 올을자버서께서른넘
곰번재의 죽엄과對面햇다고

「屍體의흘음」
*『朝鮮日報』 1930. 10. 11

안해의마음너흔 배人상(寢
床)에도 도라안지안는밤沙
工의마음을 밤올밝히며 낫
모를죽엄을 에워싸고 江을
나려간다

이옥고 그의몸은 물박휘처
는黑龍江우헤서
또다른죽엄에 부대처 깨여
낫다
그것은 그自身이엿다 ——그
는스시로를 의심햇다
『다음날 그는 도라올가?』

우리들의沙工은 벌판으로뛰
여나왓다 길가에서 ××軍
의대장의『카—키』빗군복을붓
잡엇다
『자네무엇하려……자네의『모젤』
옷흘로
××人의『노—른만』코에 저
누고잇는가 잡버진놈의心臟
속에 자네의『모젤』옷흘 적시
여내는때 자네의人生에무엇
을『불러쓰』햇는가?』
또다른모퉁이에서 부들부들
이들가는 젊은兵士의손목을
쥐엿다
『보앗시? 자네의會社의 二
層의社長室의空氣가 몰려가
는 社長의배人장때문에 壓
縮올늣길때 자네는빗나는白
銅훈장을 드리운가슴을 내
밀고 자네의부러진다리를끌
고서 자네의國土를 밟겟지
아에 자네들의 自[illegible]피가흔
『××主義』는 자네들의背後
속에 집어넛케』

이른날새벽 동트기전에
묵어운구두소리가 江가의새밧
흙을쓸고간다
沙工의기ㅣ ㄴ녯이야기와 남은
이야기들을 당은거적이 江우
에 떠저젓다 ——도라서는발자
취소리
『다음날그는도라올가?』 기다
리는안해의 작은오막사리로黑
龍江에는 五月이 도라왓다

詩論

片石村

—여러분—
여긔는發達된活字의最後의層
階올시다
單語의屍體를질머지고
日本조희의
漂白한얼골우헤
석구러져
헐덕이는活字—

『뺌』을手術한
白色無記號文字의骸骨의무리
—
歷史의가슴에매여달려
죽어가는斷末魔
詩의샛파란입술을
죽여줄『참표』는업느냐?

公同便所—
오래동안市廳의掃除夫가니저
버린窒息한똥통속에
어나곳『쎈티멘탈』한令孃이흘
리고간
墮胎한死兒를
市의檢察官의
三角의귀밝눈이낙시질햇다
—詩다—쌕라보—

나기를넘우일즉히한것이며
생기기를넘우일직히한것이며
感激의血管을脫腸當한
죽은「言語」의大量產出洪水다
死海의氾濫—警戒해라

詩의宮殿에——骨董의廢墟에
詩는窒息햇다
『안젤러쓰』여
先世紀의
오랜廢人
詩의吊鐘을
울여라
千九百三十年의들에
藝術의무덤우에
우리는홁을파언자

『哀傷』의賣淫婦가
悲壯의法衣를도적해두르고
거리로굴고간다
모—든슬픔이
藝術의일홈으로
大膽과
바다—
모—든목숨의
王座를짓밟는다

「詩論」
*『朝鮮日報』 1931. 1. 16
1. 조희 : 종이. 경남 · 충남 방언.
2. 墮胎 : 낙태. 복약(服藥)하거나 기타의 인위적인 수단에 의하여 생명력 있는 태아(胎兒)를 분만기(分娩期)가 되기 전에 모체(母體)밖으로 떨어지게 함.
3. 안젤러쓰 : 앤절러스(angelus), 삼종기도. (삼종기도 시간을 알리는) 종소리.

濁流—濁流—濁流
『센티멘탈리즘』의洪水
크다란어린애하나가
花岡채人죽음휘둘른다
무덤을맛피운
救援할수업는荒野
醫術의祭儀을휩쓸어버리려고
僞善者와
느림챙이—『어쩌게』의詩들이
여
잘잇거라
우리들은어린아히다
『삼볼리즘』의
朦朧한形容詞의줄느림에서
醫術의손을잇글자

한개의
날뛰는名詞
곱을거리는動詞
춤추는形容詞
(이건괴죽이 본일업는奇異한
生物이다)
그들은詩의다리(脚)에서
生命의불을
뿜는다
詩는탄다　百度로—
빗나는『푸라티나』의光線의불
길이다
모—든律法과
『모랄리틔』
善
判斷
——그것들맛게　새詩는탄다
『아스팔트』와
그러고커기『렐』우에
詩는呼吸한다
詩—당구는單語

4. 삼볼리즘 : 시를 愛玩하자는 태도. 『동아일보』 1956.7.14일에서 인용.
5. 렐 : 레일(rail).

木馬를타고온다던새해가

片石村

灰色의밤이다
灰色의『베드』다
灰色의『커텐』이다

『어머니
太陽이어데잇슴니까?』
鉛板과가튼밤의가슴이
灰色의목소리를싸러버렷다
反響도업는灰色의목소리

『어머니
『커텐』을미러주세요
砂金의물결이창살을스첩니다
太陽의옷기슭이아님니까』

간호부의작는石膏의발놋실은
『슬립퍼』가『마호가니』[1]의 바
다를노질해간다
그의발은 高雅한풍금을탄다

『어머니나는 날개가 에말르
게가지고십허요
창밧게世上은무척이도자라서
넓겟지요
등우헤뛰여다니는 바람과함
께나는춤추고십허요

어머니 새해는 木馬와長靴
와랍금과『핑크』를한아름 가
득이담은바구미를들고 커컴
컴한들가로부터온다구햇지요
오ㅣ지금총총하게문을두다리
는소리가남니다
어서문을여러주어요 어머니
아마도 커것은그의손인가봄
니다』

어린것은 지금꿈을뭇잡고구
름사히로옥갓다 오컨베시ㅣ
경쾌한彈丸
모ㅣ든 [illegible] 焦燥와 [illegible]想
의花瓣우에 [illegible]亂하엿다
검은말발굽이
아츰의曠野의微笑를 짓밟고
지나간다

날개여
오ㅣ生命의피에커즌 모ㅣ든
瞬間을
바람의날개로나러가는차듸찬
손길이여ㅡㅡ

反抗의악착한宣言이 瞬間과
瞬間의뒤를니어걸리엇다
그最後의瞬에生의『에네르기』
의慘敗를告하는한개의悲劇이
멈춰서서 그것을지여버렷다
『오ㅣ 너는안심하여도 조타
너의작은얼굴과 밉과가튼너
의포동포동한몸집과
그러고 네가人生에서흘리고
간수업는작은이야기와 우숨
을위하야
우리들의記憶의속에 작은오
막사리를짓겟다ㅡㅡ
너는언제든지 우리가실흘때
너의오막사리로도라오겟지
그러고 [illegible] 흔[illegible]의빼물타
고 네가그일홈을부르든기를조
와하던ㅡㅡ태양파실증이나도
록『키쓰』하렴으나ㅡㅡ』

「木馬를타고온다던새해가」
*『朝鮮日報』1931. 3. 1
1. 마호가니 : mahogany, 열대 아메리카산의 상록수.

撒　　水　　車

片　　石　　村

大學病院의 섬죽집의 時計가
아츰 아홉 時ㅡㄴ데

망할자식——
太陽은 街路의 上空에 잡바저 빨가케 성이낫다

最近의 그자식도 성만나면 地球를 성가시게 구는 病이 잇서서
아주 엇질줄 모를 막난이야

오늘도 府의 烙印을 걸머진 撒水車는 주착업시 오줌을 싸고간다
이큰길을 午前아홉時부터 午後다섯시까지『바네』온가티 撒水車夫의 궁뎅이로 쪼추며 쉴새업시 往復한다

鐵路를 노앗스면 하도록
그것은 끗이업는길이다 그의人生도 每日의일도

撒水車夫의 몸동아리는 쌔여진『라듸에ㅡ터』다
冷靜을 일허버린 그의皮膚의 分泌物은 도라오는길에는 엿팔러가는 인해에게 고무신을빌려준 벌거버슨 그의 발바닥에 鄕愁와가티 달러붓는다

언제던지『라무네』와가티 싀늘한 그길을
番號를단 검은쇠리를 내저으며가는『씨보레ㅡ』는 전혀 賣淫婦다

그內部의 包藏物을 列擧하면
爲先 眼鏡이잇다 그러고 若干의 原書와 구두와 蛋白質과 石灰와 水分等으로 構成된 蠢動物이잇다

놀라운일은 이것들의 合成物인 博士라는 存在는 어데서 배왓는지 時計를 켜다 보고는 放送時間의 切迫을 늣겻다

畢竟 그物質의 內部에는 눈물이업스리라는데
우리들 觀衆의 意見은 一致되엿다

오늘도 撒水車夫는
이거리우헤 섬과물의 液體의씨를 뿌리며간다 말업시 大地우헤 코를박고
언제 거둘지도 모르는 農事를——

하지만 害鳥인 太陽의 타는 주둥아리는
떠러도 지기전에 그것을 다 집어먹는다

六月을 잡아서는
망할자식 太陽의 두뺨은 썰룩하기만하다
어느때가되면 그자식의 病은 달너날가?

「撒水車」
＊『三千里』3권 7호 1931. 7
1. 바네 : ばね, 용수철, 스프링.
2. 라무네 : ラムネ, 일본의 청량음료. 물에 설탕과 포도당 용액을 첨가하고 라임이나 레몬향을 첨가한 탄산음료.

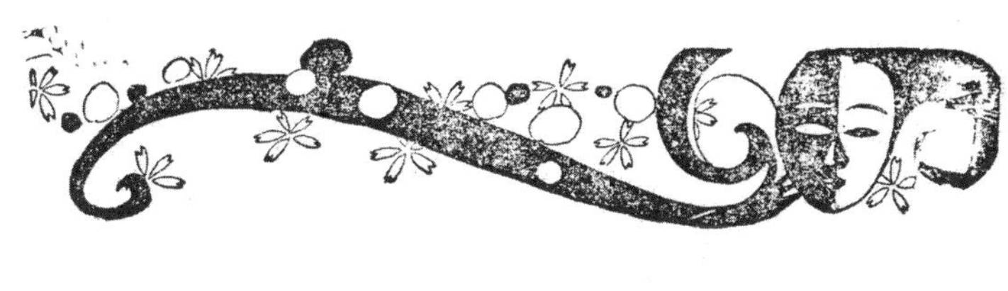

自由詩

片 石 村

苦 待

園丁이여——
수업는 별들이피는 밤의花壇우헤
節季를따라 비를주던 당신의오래인 日課를 回復하지안흐렵니까?
더위에다 쐬여진목을 축여주는비를 苦待하는 우리들의希望은 永久히殘忍한 誘惑에 不過합니까?
平和는 지금은 傳說속의 全然無害한 임검(王)이되여 大英博物館의 陳列壇우헤 勳章을차고 졸고잇다고합니다。
오늘도 어적게도 그적게도——
가엽슨 亞細亞의地圖는 太平洋의 검은니빨에 씹혀서 비치업습니다。
비여——
의다리로써 마른한울을 구르며 달려오는 너의훌륭한 발자곡소리로
이들우헤 죽음과가튼 靜寂을 짓밟으려 오지안흐려늬。

날개만도치면

大連行의 旅客運輸機는 彈力的인 어린 曲藝師입니다。
楕圓形의 飛行場의 가슴우헤서 썩々한『레―몬』의 아츰空氣를『푸로페라』로 휘저으면서 포근포근한 구름의 휘장속으로 뛰여들어갑니다。
善良한 할아버지인 해는빗나는 金빗의 손짓으로 이작난군의 銀나래를어르만지며 벙글거립니다。
地平線을 나려가는 希望의새여。
孤獨한『미이라』인 우리들의『生活』을 건저가지고 이옹색한 宇宙의博物館에서 우리도뛰여 나가련다。
우리들의등덜미에 날개만도치면 우리들도出發하련다。
地平線저쪽의「아지못할날」에로向하야 우리들의 날개를 펴련다。

「苦待」, 「날개만도치면」
*『新東亞』 1권 1호, 1931. 11
1. 大連 : 중국 랴오닝성(遼寧省) 랴오둥(遼東) 반도 남단부에 있는 도시.

어머니 어서 이러나요

어머니―
어서 이러나요 오래인 瘻病의 이불을 차버리고…… 지금 새해는 말등에 채질하며 동트는 들우흘 쏴―옵니다 오랫동안 뷔여잇든「希望」과「憧憬」과「不滿」의 모든 당신의 항아리들을 채워 줄 온갓 선물을 가지고―
어머니―
어서 문을 여러요 떨리는 팔다리에 힘을 주세요
지금 새해는 당신의 집 문아페 말을 세울 것이외다 太陽이 버리고 간후 오랫동안 당신의 집을 채우고 잇던 참참한 어둠을 불살으기에 넉넉한 홰ㅅ불을 들고 그는 옵니다
어머니―
눈물 속에 빗나는 구슬과 가튼 당신의 微笑를 보혀주어도 조흔 때가 왓습니다
부러진 죽지에 진 피를 어르만지는 서러운 일은 그만 끈치세요 당신의 상처의 아픔을 씻서버리기 위하야 그는 東方의 샘속에서 밋그러운 香水를 함북 기러가지고 옵니다
時間은 지금―
오랫동안 그가 엉크러온 文明의 온갓 실마리를 이 땅우에서 가룩을 낼때를 당하야 줌저리고 잇습니다 그는 어머니의 품속에 감추어둔 그가 매여주고간 오래인「마디」를 도루 푸러주려 도라옵니다
오―어머니―
그 귀찬은 우름을 거두고 드르소서
저 嶺 마루턱의 눈길을 차이르키며 달려오는 말발굽 소리가 아니들립니까?
바다의 음악과 가치 훌륭한 저 소리가―
어머니―어서 이러나요 문을 여러요
새해는 우리의 것이외다

「어머니 어서 이러나요」
*『東亞日報』1932. 1. 9
1. 瘻病 : 구루병, 비타민D의 결핍으로 일어나는 뼈의 병이다. 비타민D가 부족하면 뼈에 칼슘이 붙기 어려워 뼈의 변형(안짱다리 등)이나 성장 장애 등이 일어난다.

오- 어머니여

어머니여- 당신의 녜ㅅ성은 지금 검은 눈포레가 날랜 채ㅅ직을 휘드르며 벌판을　　는 속에서 불도 업시 붉은 몬지테미 파뭇겨 잇는 글을 암니다.

나는 당신에게로 가야할터인데 나는 엇지면 이러케 먼곳에 잇슴니까?
이 먼 구름속의 소란한 잔채로 누가 나의 손목을 잇끌고 저 아득이 노픈 층층대를 올라왓슴니까?
이 깁흔 곳에 나를 가두어두고 문을 잠그고 도라서간 이는 누굼니까?
지극히 먼 이 나라에서 부르는 나의 노래는 끗업시 외롭고 슬픔니다
밤마다 나의 꿈은 논포레- 속을 뚤코 나려가서 미친이의 머리칼 가티 찌여진 당신의 집웅우헤 나래를 펴고 이슴니다
이 화려한 문명의 거리에 나의 마음을 파러비리라고 달큼이 속살인 것은「이브」의 배암이의 부르운 목소리가 아님니까? 그러치만 나는 당신에게로 가야하겟는데-
오- 악마여 나의 교양이여 내게서 물러가라 어머니- 당신의 품에서 내가 떠날 때 새ㅅ발간 벌거승이가 아니엿슴닛가 그런데 지금 나의 몸은 무거운 쇠부치로 빗나게 꿈인 찬란한 갑옷 밋테서 헐덕임니다 당신의 붉은 몸둥아리에는 당신이 손수 짜신 무명이 감겨잇슬터인데-
오- 나는 문명이 내게 준 무거운 이 옷을 어서 버서버리고 새ㅅ발간 벌거숭이로 타오르는「개쓰」에 수수낀 이목을 밋그러운 당신의 것으로 축이려 당신의 품속으로 도라가야 할터인데?
나의 가슴을 나리누리는 보석의 훈장에 경예하는 사람들에게 이 옷을 버서주고 나는 눈포래 속의 당신에게로 가야할터인데 오- 악마여 나의 교양이여 내 손목을 노아라

「오- 어머니여」
*『新東亞』 4호, 2권 2호, 1933. 2

잠은 나의 배를 밀고

公會堂 꼭댁이ㅡ
時計의 時針은「12」우흘 분주하게 구르고 감니다

불을 끔니다
그러면 작은 風船인 나의 寢室은 밤의 埠頭를 떠나감니다

피 석긴 눈동자 흘기는 눈자위 칼날가튼 微笑 오ㅡ 잘잇거라
나의 대낫을 찬란하게 달리던 것들이여

잠은 나의 배를 밀고
地球를 멀리 떠나감니다

밋업는 어둠의 물박휘 속에
물거품처름 딍구는 地球를 버리고
멀리 멀리 나의 배는
별들의 노래에 잇끌리며
푸른 꿈의 바다 우흘 드놀며 밋그러저 감니다

「잠은 나의 배를 밀고」
*『三千里』4권 4호, 1932. 4

오ㅡ汽車여

(한개의實驗詩)

片石村

긴쏘리를 가진것을 자랑으로 삼는 긴쏘리를 가진 汽車는
긴쏘리를 휘젓는 長距里選手랍니다
그의 年代記의 第一『페이지』는 말함니다ㅡ
千七百六十九年『잉글랜드』의 平凡한 어느날『왓트』의 茶人
물쏘리는 주전자에서 가엽슨 김을 뿜으면서……云云ㅡ
國民들은 들에서 깨여진 북소리와 목쉰 웨침을 노피어『올
림피아』보다도 더 華麗한××의 祝祭를올리고 잇슴니다 바
로 이러한때 汽車여
윔즉이(그것은一八三〇年이라고 歷史는 말한다)『스티븐슨』
의 實驗室을 나와서는『리배풀』에서『만체스터』를 오락가락하
던 네가(오ㅡ汽車여)
지금 땅우에 가는곳마다 검은『렐』을느리고 달른다 달른다
달른다 너는ㅡ

「오ㅡ 汽車여(한개의實驗詩)」

*『新東亞』 2권 7호, 1932. 7

1. 왓트 : 제임스 와트(James Watt, 1736~1819). 영국의 기계기술자. 1769년 증기기관을 발명함.
2. 스티븐슨 : 조지 스티븐슨(George Stephenson, 1781~1848), 영국의 증기기관차 발명가. 1824년 스톡턴~달링턴 간의 세계 최초의 여객용 철도가 부설되

푸른독수리의 忠實하기 짝이업는 鋼鐵의 傳令아 너는 지금 모―든 들우헤서××의 祝祭의第一列에 參與하기 위하야 모―든 人口속에서××의 불길을 치질하기위하야 큰나팔을 불이미여지게 불며 너의 수만個의 다리는 벌판을 주룸잡으며 성큼성큼 뛰여간다(오―汽車여)

너의닷는곳마다 鐵橋는업디여 江을 건누어주고『턴넬』은 바위를뚤러 네길을 여러준다

地球는 鋼鐵의『렐』의 거미줄속에서 샛파랏케 쏘그리고 밤마다 나러다니는 별들을처다보면서 貪慾한검은『렐』의 투덜거리는 쉰임업는소리의 心臟을두기고 잇슴니다

긴꼬리를 가진것을 자랑으로 삼는 긴꼬리를 가진汽車는 푸른독수리의 凱歌를 부르면서

國境에서 또 다른國境에로 쉰칠줄모르는 競走에 參加하는 長距里選手랍니다

어, 1825년 그의 공장에서 제작한 개량형 기관차 로커모션호를 달리게 함으로써 철도수송의 시대가 개막되었다.

3. 턴넬 : 터널(tunnel).

暴風警報

片石村

東北─
一萬八千『길로』米突의地點─
暴風이다。
사나운 몬지와 불길을 차이르키며
暴風을뚤코 나가는 散兵線。
살과 살의 부대침 번젹이는 불꽃─
群衆의 굼틀거림─ 웨침。
투닥 탁 탁
『져兵丁 정신 차려라。
총알이 너의귀밋 三「인취」의 空間을 날지안니?』
亞細亞의 地圖는 戰慄한다。
투닥 탁 탁
으아─ㅇ 앙
르르르르르르르
라당。
탕─

『平和올시다 平和올시다。』
예、『라우드스피ㅡ커』를 부는 자식은 누구냐?
미친소리。
『제네바』의紳士는 거짓말쟁이다。
너는『발칸』의 녯날을 니저버렷느냐?
『홀름바이르』의 上空에서
피에저즌 구름 장이 떠돈다。 또저기─
沙漠을 짓밟는 大蒙古의 進軍을보아라。
東北─
一萬八千『길로』米突의地點─
또暴風이다。暴風이다。
투닥 탁 탁
이兵丁 정신 차려라。
用意─ 突擊。

「暴風警報」
*『新東亞』2권 12호, 1932. 12
1. 인취 : 인치(inch).
2. 라우드스피-커 : 라우드 스피커(loudspeaker), 전기적인 신호의 변화를 인간이 들을 수 있는 음향의 진동으로 바꾸는 장치.

아롱진記憶의 옛바다를건너

金起林

당신은 암니까。
해오라비의 그림자 거구로 잠기는 늙은江우에 주름살
자피는 작은 파도를 울리는것은 누구의 작난입니까。
그러고돗슴니까。 골작에 싸인 빨갓코 노란 떠러진입새
　들을 밟고오는 조심스러운 저 발자취소리를——
『클레오파트라』의눈동자처럼 情熱에불타는『루비』빛의
林檎이 별처럼 빗나는 입사귀드문가지에 스치는 것은
또한 누구의 옷자락입니까。
지금 가을은 印度의 누나들의 珊瑚 빛의 손가락이 짠
羅紗의 夜會服을 발길에끌고 나의아롱진 記憶의 녯
바다를 건너옴니다。
나의 입술기에 닷는 그의 皮膚의觸覺은 石膏와가 티
허고 水晶과가티참니다。
殘忍한 그의 손은 수풀속의 푸른 宮殿에서 잠자고잇
는 귀뚜라미들의 꿈을 흔드러 깨우처서 그들로하여곰
슬푼『쏘푸라노』를 노래하게합니다。
지금 불란서 사람들이 조와한다는 검은 포도송이들이
『사라센』의 또장에 노인綿처럼 종용이달려잇는 덩
굴미테는 먼祖國을 이야가하는 異邦 사람들의 작은
잔채가 지터감니다。
당신은 나와함께 殉敎者의 찌여진 心臟과 가티 갈라
진 果肉에서 흐르는 붉은피와 가튼 液體를 빨면서
우리들의 먼옛날과 니저버렷든 殉敎者들을 이야기하며
우스며 이야기하며 울려 저 덩굴 미트로 아니오렴
니까

「아롱진記憶의 옛바다를건너」
＊『新東亞』2권 12호, 1932. 12
1. 작난 : 장난의 잘못된 표기. 장난의 어원이 作難이라는 한자어라 종종 쓰이는 경우임.

구 두

片石村

1 구 두

航路없는 이배는 어대로 가나?
지금은 詩人의哀愁를실고
눈물흘리려 漢江으로 나가는길이랍니다。

船長들이 上陸한뒤면 배는
마루의 埠頭에서 말없이 다음의 航行을
기다립니다。온순한 강아지여。

길가의 구두修繕人의『똑크야ㅣ드』에서까지 拒絶을 당하면
傷處를 걸머진 그러나 한때는 화려하던『에나멜』혹은『킷드』의軍艦들은
『기리스도』의寬大한마음을가진 쓰렉이통이 삼켜버립니다。

2、람 푸

밤과함께 나의 침실의 天井으로부터 쇠줄을 보삽고 니려오는『람푸』여
꿈이 우리를 마중올때까지 우리는 서로말을 피하며 이孤獨의 잔을 마시고마실가?

3、街 燈

눈물에저즌 그 눈동자를 처다봅니까?
그는 나그내의 鄕愁만을 바라보는일에 아주 지처서 지금은 색々 하폄만합니다。

「구두」
*『新東亞』3권 3호, 1933. 3
1. 기리스도 : 그리스도.
2. 람푸 : 램프(lamp).
3. 하폄 : 하품의 평북 방언.

古典的인處女가 잇는風景

片 石 村

할머니 이애야 그년석이 언제도라온다고그러니?
처 녀 바다를 건너서도 사흘이나 불술기(汽車)를 타고가는데란다。
　　　 그러치만 그이는 꼭도라옴니다 。
할머니 무얼 도라온다구 그러니
　　　 녯날부터도 江東군이란 간날이 막날이란다。
　　　 그놈만 밋다가는 조흔시절을 다노친다。
　　　 아에 내말대로 마음을 돌려라。
처 녀 (초마자락으로 눈을가린다)
　　　 꼭 도라오신다고 햇는데요 十年이라도 기다려야하지요 다른데로 옴겨안즐
　　　 몸이못된답니다
할머니 (새빨개진 얼굴을좀보시오)
　　　 무얼 엇저고엇재? 그러면 그놈에게 몸을 허락햇단말이냐?
처 녀 아니 그런일은 없어요
할머니 (담배ㅅ대를 다시집는다)
　　　 그러면 그러치 아모일도없다 내말대로해라。
처 녀 (동글한 주먹이 입술가의 눈물을씻는다)
　　　 그러치만 할머니 그러치만。
할머니 ?
처 녀 나는 그에게 마음을 주어보냇서요。

「古典的인處女가잇는風景」
*『新東亞』 3권 5호, 1933. 5
1. 초마자락 : 치맛자락. 초마는 치마의 함북, 량강, 강원, 충청, 전남의 방언.

噴水

—S氏에게—

起林

배암이의살갈을가진
찬噴水들의축축한손
힌손 손 손
나의皮膚우훌 기여댕기는
조심스러운너히들의愛撫—
나는너에게대하야 全然한마리
의강아지밧게아니다

◇

늙은寶石商인한우님은
오늘밤도 그의가게에 寶石상
자를펴노코그의顧客인詩人들을
부르고잇다
집업는바람들이검은天幕을드리
우고잠이든다음에—

◇

기—ㄴ世紀의 歐羅巴市民들과
東洋의 佳民들의 下水道인나
의腦髓의河床의堆積—
실로公開된몬지뭉테를씨처줄洗濯
쟁이는 아니오려누

◇

나는이孤獨을바리고
도망질칠수는업슬가 그러나
孤獨—
나의「쌔퍼—드」여
噴水들이눈물을흘리는곳에서
내부를우헤 머리를얻고귀를드
리운너—
엉크리는視線 쓰러안는視線마
조처불타는視線
『나의 靈魂이 다라날가보아그
럼니까
派守兵丁閣下
자—모자를버스럿간』

「噴水－S氏에게」
*『朝鮮日報』 1933. 5. 9

詩

遊覽뻐쓰

金起林

動物園

『스토―브―』

厭世主義者들의 修道院이올시다 날마다사람들의 얼골만구경하는일에 아주失戀해버린野獸들은 내일은아마도園長님의게 이 십흥나는 觀光團은 차라리 解散하면엇더냐고 忠告할가하고 생각합니다

『오―라이―』

光化門

스토―브―

산양개를 일허버린 늙은포수의『포―스』는 全혀歷史的입니다

慶會樓

우울한것은 白鳥는 노래를하자안습니다 빗방울에게 어데 맛지안는 푸른잇기를 뵈운 숨소리업는 水面을 씻고 魚族의 叛逆者들은 大氣속에 生命의樂譜를 그리고 는잘잇습니다 여기는란간에 기대여어둑들의 동을어르만커주려모여오는 快活한 바람들의노래립니다

光化門

『나의사랑하는개들은 대체어대가 헤맴니까』

하고 이늙은 포수는 흙은손님의 소매에 매달릴른지도모름니다

어쉬다쉬요

『오라―잇』

『파코다』公園

『스토―브』

쓰며어둥의 쉬일곳을가진업는사람에 마나님들은 에헤로 쓰메에기를 듯고 이곳으로 나옵니다 午後가되면 한우님은 틈에로 必要치안은 第大日의 靈感들을 어쓰며어둥에 모아노코는 嘆息하는 習慣이잇습니다

「오라―잇」

南大門

얼빠진交通巡査나리는 大門이되엿슴으로 푸른服裝을가려입엇습니다

그러나당신의눈은 가엽시도直線이올시다 그러기에 『하이칼라』한 쎌렁들이 그의엇게미트로『시보레』『따카―드』를색어올리며다고드러와서는 그의오래인동무인납작집들을 이러밀고저리밀어서市內는아주混雜을이굴두고잇는줄도모르고 버려고만서고엇지요

漢江人道橋

『스―톱』

勝日의戰跡이올시다 에헤로 일자업는모자들이 란간에걷러서는『人生도잘잇거라』고 바람에펄럭거립니다

그럼으로 기동미테는아가씨들을위하야 커―다란눈물쌋기가 노혀잇습니다

그러나 孔子님의最後의弟子인 바쥐랄이는어쉬타쉬요

木鮮는말합니다 『잠간만기다리시요』

아마도戶籍調査나 遺物處分에내한이야기겟지요

水夫들이 라고와서는써버린배은배연구두짝들이 도라오지안는船長님을기다리고잇기에忠實합니다

船長님은도라오려누?

「**遊覽뻐스**」 動物園 光化門(1) 慶會樓 光化門(2) 南大門, 漢江人道橋.

*『朝鮮日報』 1933. 6. 23

한여름

金起林

貪慾의 季節이올시다。
情慾에 다른 풀닙사귀의 푸른입김이
地球의 全表面을 征服하려는 意志로써 태웁니다。
수업는細胞의堆積인 植物의斷面은
地殼을 涸渴시키려는 野心을煽動합니다。
그러치만 率直한 季節이올시다。

「한여름」
*『카토릭青年』 1권 3호, 1933. 8

林檎밭

金 林

능금나무의 잎사귀들은
연(鉛)빛의 호수인 공기의 경사면에, 멈춰섯다。

허디한 론리(論理)의 모래방천에 걸앉어
머리 숙으린 『쏘크라테쓰』인 버드나무。

비는 오후네시의 시골 한울을 적시며
잎사귀들의 푸른 사면(斜面)을 미끌어 진다。

불평가인 바람은 (오를드) 알지못할 말을 중얼거리며
매암이들의 푸른 잔등을 어르만지면서 숲속을 쫘댕긴다。

나무밑에서 작은 머리를 갸웃거리며

「林檎밭」
*『新家庭』1권 9호, 1933. 9
1. 매암이 : 매미.

호린한울에 슬픈 노래를 쓰는참새——
『레인코—트』도 없는 나의 즉흥시인이어。

땅을저누는 수없는 비의화살 들의 틈을채우며
어둠들이 산ㅅ밥을 넘어 홀려온다
조수——나루에서는 바다의 『빠쓰』가 굵어진다。

나의 마음의 사막을 추기며오는 기억의비
잔인한 비는 개울을 지우고 여울을 채우며
검은 날개와 이ㅅ발을 가진 홍수를 사막우에 몰아보낸다。

똑——똑——똑——시름없이
눈을 감으면 마음의 벽을 따리는소리。

나는 침묵의 바다밑에서 익사체가된 내자신을 굽어본다(웃어주어라)
어대서 『뉴—톤』의 눈을 놀래인 훌륭한 능금의 붉은 시체는 떨어지
지않누。

戰慄하는 世紀

金 起 林

『警戒해라』
信號를 실고 가는 電波·電波·波·波
×
江西가 붉어젔다고
世界의 白色××主義者들의
「토라홈」症勢의 눈알들이
코걸이 眼鏡 넘어서 동그래져 굴른다
×
『뉴욕』의 埠頭
뒷골목 四十五層 지붕 밑에서
『컴뮤니스트』『재크』의 붉은 葬式이
붉은 눈물 속에 새벽으로 向하야 떠나갔다。
그래서 『아메카유니언』의 最高의 警察部는 六百七十
二名의 경관을 動員했다
×
『프르이드』에 依하면
『무솔리니』의 굵은 눈 붉은 바다 밑에서 새파랗게
떨고 있는 모양이다
恐怖
恐怖
恐怖
×色恐怖
×
허어지지 않는 것은
帝國 警官의 모자레와
비 거리의 『끄오스톰』과
그리고 絞首臺의 이슬과 —
×
허어지지 않는 것은
帝國 警官의 모자레와
네거리의 『끄오스톰』과
그리고 絞首臺의 이슬과 ——

「戰慄하는 世紀」
*『學燈』 1933. 10

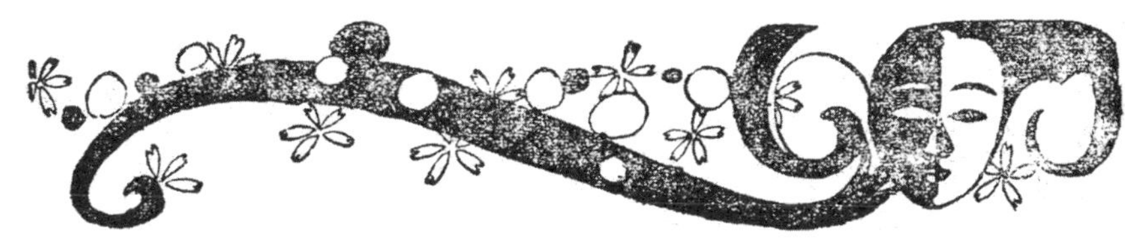

編輯局의 午後한時半

片 石 村

編輯局의 午後
한時半
모—든 손가락이
푸른原稿紙에
肉迫한다
突擊한다

가을해의
삐뚤어진
노—란얼골이
주름잡힌
『커—틴』을 밀고
編輯局의
마루판에
잡바저
낫잠잔다

씨륵
쌔륵
찰각
철걱
工場에서는
活字의悲鳴!

「編輯局의 午後한時半」
*『新東亞1』 3권 11호, 1933. 11

社會部長의 귀는
일흔두 개다
젊은 見習記者의 손끗은
조히 우흐로 滿洲의 戰爭을 달린다
憑玉祥
蔣介石
動員令
霰彈의 비ㅅ발
투덜거리는 機關銃
彈丸과 生命의 抱擁
땅을 할튼 二等兵의 最後의「키쓰」
『어머니인 大地. 아—멘』
『一將軍의 神聖한 名譽를 위하야. 아—멘』

分娩의 數分前
다름박질하는 輪轉機
벙글거리는 齒輪
다리꼬고 의자에 잡바저
나는 눈을 감고 網膜 우헤 그려본다
汽車는 驛마다
우리의 아들— 신문지를 뿌리워 주겟지
全朝鮮의 수그러진 머리 우헤서
웨치는
딩구는
그 자식의 모양을

---

1. 조히 : '깨끗이'의 옛말.
2. 馮玉祥 : 펑위샹(1882~1948), 중국의 군인 · 정치가. 중국국민당에 입당하고 서북국민연합군 총사령관으로 북벌에 협력했으며, 반장(反蔣)운동을 펴다 실패했다. 항일전쟁 중 국공합작 이후 국방최고위원이 되었다.
3. 蔣介石 : 장제스(1887~1975), 중국 정치가. 1949년 내전에서 완전히 패퇴하여 본토로부터 타이완[臺灣]으로 정부를 옮겨 미국과의 유대를 더욱 강화하고, '자유중국' '대륙반공'을 제창하며 중화민국 총통과 국민당 총재로서 타이완을 지배하였다.

밤外二篇

金起林

1 밤

땅우에남은 빗의 最後의 한줄기조차 삼켜버리려는 검은 意志에타는 검은
慾望이여…
나의 자근房은 燈불을켜들고 그속에서 눈보라속의 배와가치 흔들리고잇다。
유리窓넘에서 흘기는 어둠의 검은눈짓에 소름치는 슬픈 나의房아—
문틈을 새여 흐르는 거리우의 여름빗의 물결을적시며 흘러가는 발자국들
의 박石를따리는 자근音響조차도 어둠은 기르려고 하지안는다。
아름다운 푸른 그림자마저 내쌔앗긴 거리의 詩人「포풀라」의 怯을낸몸뚱아
리가 거리가 쑤부려진곳에서 떨고잇다
「아담」과「이브」들은
「우리는도시 어둠을밋지안는가」고 입과입으로 중얼거리며 억개를겻고 층층
대를 나려간다
地下室에서는 떨리는 우숨소리 잔과잔이 마조치는소리—

「밤」「飛行機」「새벽」
*『朝鮮文學』1권 4호, 1933. 11

꿈들을 내려보내는것조차 니저버린별들이 絕望을안고 조을고잇다
나는 불시에 나의방의 작은 속삭임소리에 귀를기우렷다
……『밤이 새는것을 보고십다』
……『새날이 오는것을 보고십다』

2 飛行機

파랑날개를 팔락이는 어린飛行機는 日曜日날아츰의 유쾌한樂士라오
새벽이 새여간뒤의 아츰 한울은 『폴라리나』의 줄을느린 『하르프』― 그줄을 따리면서 훌륭한 音樂을하는 『푸로페라』는 『싸포―』의 손보다도 입분손 瀟丘月의 바람보다도 더가벼운손 새벽한울을 수놋는눈송이보다도 더흰손을 가지고잇소
나의 가슴의 鋪한城壁에 물결처넘치는 音樂의 潮水―구름박그로 나를실고 가는 흰날개를 가진音樂을 타는그대의흰손이여

3 새벽

발자취들은 밧비밧비 窓미틀지나갓다 길바닥을 극는 수레바퀴의 이빨갈리는소리(그자욱은 언제던지 군소리뿐이야)
날근 절의 게으른 鐘이 갑작이 우려야할 그의義務를 記憶햇나보다
자―나는 들窓을 여러야하지 김거리의雜音을 마시고 시퍼하는 작은입을―

날개를 펴렴으나

-새해 첫 아츰에 드리는 詩-

잔
디
밧
별
들의
寢室의

漆黑의 벨벳트휘장을 분주하게 거두는 太陽의 무수한 손들

窓 머리에는
햇볏의 噴水에 沐浴하는
水仙花의(마돈나의) 裸體 하나

우리들의 금순아

「날개를 펴렴으나」
*『朝鮮日報』 1934. 1. 1

너는 너의 잇는 모-든 곳에서
工場에서 學校에서 골방에서 카페에서 부엌에서 病室에서 들창을 열렴으나

너는 그늘 속의 고사리가튼 女子다
標本室의 眞空甁 속에서 웃는 힌 꼿이다

지난 밤 너는 어두운 속에서
수지와 가치 꾸겨진 너의 『一年』을 펴보앗지

그러고 그 속에서 窒息해 버린 너의 캐나리아의 葬式에 대하야 너는
생각하고 잇는 것을 나는 안다

너의 番地는
樂園洞 또는 國境의 東족 거리 二丁目의 一百八十九番地라고도 하엿다

지금 푸른 天幕의 기둥 끄테는 힌구름이 걸려 잇다
금순이의 가슴속에는 죽지가 부러진 『希望』의 屍體가 잔다

그러나 한울은 그의 머리 우혜

한 끗이 업는 푸른 돗
그 우헤 달린 한 개의 『빵』인 太陽
금순아
너의 꿈은 끗이 업는 綠色의 잔디밧이고 지난 밤 거기서 太陽에의 食慾이 움직인 것을
나는 안다
지금 잠자는 噴水들은
너의 어린 풀들을 추겨주려 黃金빗의 비빨을 뿌리고 잇다

너는 뜰에 나와서 거기서
식어버린 카나리아의 心臟을 시처라

그러고 너의 날개를 펴라

李節을 輕蔑하는 너는 날개 도친 水仙花가 아니냐

航海의 一秒前

잠을 어르만지던
저근 바람과 가튼 추근한 어둠의 愛撫
는 갓다

눈포래가 빠져 간 뒤의 寂寞 속에 남겨진 나의 皮膚에 기여드는 虛無한 느낌
거리.
工場들의 붉은 벽돌집
(이스라엘의 牧者들의 最後의 種族)들은
잠 깨지 안흔 한울에 행하야 그들의 角笛을 분다(그들은 또한 새벽의 使節의 一行인가)
어둠이 구비처 흐르는 거리의 江邊에서는
羊떼들의 우름이 우지 안는가 健康한 山脈들 사히에는 꾸여진 힌 들이
傳說을 배고 누어 잇고

風信機의 方向은

「航海의 一秒前」
*『朝鮮日報』 1934. 1. 3

西 北

大中華民國의 將軍들은 勳章과 軍刀를 가튼 풀무에서 빗고 잇다
아마 兵士들의 骸骨들이 肋骨에 걸고
天國의 門을 쉽사리 通하기 위해선가보다
太陽에 食傷한 患者의 寢室에는 『國聯』의 衛生部長 『라잇히만』君이 往診을 갓고
太陽에 營養不良이 된 『그린윗치』마을에는 府의 慈善團이 向하엿다
놀라운 『뉴-Tm』의 洪水, 行列, 洪水……
파랑 帽子를 기우려 쓴 佛蘭西領事館의 꼭댁이에는 三角形의 旗빨이 붉은 金붕어의 꼬리
처럼 떳다 地中海에서 印度洋에서 太平洋에서 모-든 바다에서 陸地에서
펄
펄펄
旗빨은 바로
航海의 一秒前을 보인가
기빨 속에서는
來日의 얼골이 웃는다

來日의 우숨 속에는
海草의 옷을 입은 나의 『希望』이 잇다

褪色한 藍色의 寢室인 바다에서는 오래인 悲劇의 看守인 아츰해가 긴 기지게를 켯다

日記冊을 펴럼으나
그러고 아직 畢하지 아니한 悲劇의 다른 幕을 읽어라

아츰해가 黃金빗의 기름을 기우려 부어노은 象牙의 海岸에서는
푸른 한울에 向하야 날지 안는 나의 비닭이의 붉은 다리를 싸매는 나는 늙은 水夫다

散步路

이깔나무의 情熱은 푸른빛임니다.
이깔나무 숲속의 꼬부라진 길은
푸른 그늘에 손수건처럼 저저잇슴니다.

「**散步路**」
*『文學』1권 1호, 1934. 1
1. 이깔나무 : 잎갈나무, 소나무과의 낙엽교목.
2. 저저잇슴니다 : 젖어있습니다.

초승달은 掃除夫

오늘밤도 초승달은
珊瑚로 짠 신을 끌고
노을의「키ー」를 밟고 나려옵니다
구름의 層層대는 바다와 가티
유랑한 손風琴이라오

어서오시오 정다운 掃除夫ー

그래서 그는 왼종일 내 가슴의 河床에 깔안즌
文名의「엔진」에서 부스러진 티끌들을
말숙하게 쓰러주오

그러고는 나에게 命令하오
그가 조와하는 詩를 써보라고ー
(요곤 주제넘게 詩를 꽤 안다)

그러면 그와 나 손을 마조잡고
바다ㅅ가로 나려감니다
疲困할 줄 모르는 舞蹈狂인 地球에게
우리의 시를 들려주려

鍍金칠한 팔둑時計 대신에
薔薇의 이야기를 파러버린 겁모르는 말광양이에게
故鄕의 노래를 들려주려ー

「초승달은 掃除夫」
*『文學』1권 1호, 1934. 1
1. 掃除夫 : 소재부. 청소부.
2. 河床 : 하천(河川)의 바닥.

나의聖書의 一節

金 起 林

生은 다만 死에의 冒險이 아니고 무엇이랴?

生活— 現代에 잇어서는 大部分 그것은 自己의虐殺이다 (結局 申叔舟가 最高의生活哲學者엿다)

사람은 무엇이고 믿지않고는 견디지못한다。 그것은 사람의 永久한疾病이다。

아마 하나님도 創造의 前夜까지도 사람이 이다지 慾心쟁이 일줄은 짐작도 못햇을것이다。

그는 自己의 하는일에 最大의魅力을 느낀다。

同時에 自己하고는 全然다른 世界에도 그의興味는 움직인다。

「나의聖書의 一節」

*『朝鮮文學』 2권 1호, 1934. 1

1. 申叔舟 : 신숙주(1417~1475), 조선 초기의 문신으로 영의정을 지냈으며 4차례 공신의 반열에 올랐던 인물. 字는 범옹(泛翁)이다.

小兒聖書

나의 祖先은 어린 아이엿다。나는不幸이도 어느새 어린아이로부터 어른으로 자라나 버렷다

어린마음이 그것은 世界의 心臟이다。宇宙의 焦點이다。藝術의肥料다。

아이들의 世界에는 戀愛가없다。잇는것은 愛情이다。그러니까 幸福할밖에 잇소?

아이의 理智는 시끄러운論理를 모른다。그것은 道德觀念과 法律條文과 規律의習慣과 批判을 超越한곳에서 無明속의 寶石과같이 차게 빛난다。

事實을말하면 『메-텔링크』도 수염은 갈라붙엿어도 어린애가 되고 싶어서 『파랑새』를 쓴게라고 自白하지는 못하고 죽엇다。

『마티쓰』가 세상에서 참말로 부러 워한것은 翰林院의 椅子가 아니고 『어린애의 눈』- 바로 그눈이엿다。

어린애는 작난할때에만 때때로 本來의天使의 얼굴로 도라간다。

모-든 사람이 참말로 사람이되려면 演說工夫를 해가지고 國際聯盟으로 가기전에 純全한 어린애로부터 다시 出發하는것이 좋앗을것이다。

人類를 그早老에서 救援하는 方法말인가? 간단하다 이地上에 永遠한 幼稚를 汎濫 시키는일이다。

兒聖書」
朝鮮文學』 2권 1호, 934. 1
先 : 조상. 선조.
-텔링크 : 마테를링크 Maurice Maéterlinck, 862~1949), 벨기에의 인, 극작가, 수필가.
랑새 : 마테를링크가 는 희곡. 나무꾼의 두 어 린 남매가 행복을 상징 하는 파랑새를 찾아 멀 리 여행을 떠나지만 어 디에서도 파랑새를 찾지 못하다가 자기집에 돌아 와서 집문에 메달린 새 장 안에서 그 파랑새를 찾게 된다는 스토리.
티쓰 : 앙리 마티스(Henri Matisse, 1869~1954), 프랑스의 화가. 그가 주도 한 야수파(포비슴) 운동은 0세기 회화의 일대 혁 명이며, 원색의 대담한 병렬(竝列)을 강조하여 강렬한 개성적 표현을 기 도하였다. 보색관계를 교 묘히 살린 청결한 색면효 과 속에 색의 순도를 높 여 확고한 마티스 예술을 구축함으로써 피카소와 함께 20세기 회화의 위 대한 지침이 되었다.

거지들의「크리스마쓰」頌

片石村

어머니인 大地여
당신의 피쭙을 흘으는
十二月의 피는 어려서 참니다
당신은 언제붉어 우리들의 이붓어머님이니까
여름에
당신은 별로 수놓은 찬란한 이불을 가지고
우리몸을 가리든것을 기억하오
가벼운바람의 부드러운 손깃이
우리들의 벌거버슨 가슴을 쓰다듬어 주엇지요
그때에(어머니인 大地여)
당신의사랑은 우리들의잠의 忠實한派守兵인것을 우리는 기뻐햇소
지금(「크리스마쓰」날밤이라오)
벽돌 담장넘어서는
끝흔 기름이 빗는 豪華한芥藥이 달큼하오
때々로 높은부엌문이 비스듬이 입을열고 닥고기의냄새를 비위사납게 자랑하오
그런데검은 담장밑에는
우리들의 꺼그려진여섯얼골이 피엇소 서리마즌해바리기라고 詩人은노래하겟지요
(죄없는창자여 나는참말이지 너를이다지도 虐待할意思는 없엇다)
「크리스마쓰 츄리」에 힌솜의배꽃이 피엇다고 애들이 손벽을따리오

그러고 애기앞에서 그것을눈이라고 부르는 어른의소리가 들리오
아가 참[illegible]이지 너는 다스한눈을 믿지마러라
우리들의 [illegible]찬타 크로쓰」늙은이는 심술구저서
그가펴주고간힌눈은 어름보다도차단다
敎會堂에서는
붉게다른 난로에 녹은讚美歌가 흘려오오
市長의집에는 연회가 잇다나
그러나 우리는 어둠의벗
우리들의이마를 할코잇는 추추근한感觸은 밤의 겁은허빠닥이라오
우리를 親하려는 바람아
네가 때를써르는 찬입김만 가지고 잇지않다면
우리는무슨일에 이쓰레기통구석으로 너를避하엿겟니
개나리옷고춤추든때
五月의잔디발옹에서
너는 우리의 친한벗이 아니엿니
三月이 오면
大地인어머니 어머니인大地의 慈한마음도 풀리라고하더구나
그러면 그가슴을 흘오는地溫에 내몸을던지리
오늘밤 우피를 여섯얼골을 밝히는것은 조려워하는街路燈이다
그러나 노할줄모르는 한심한街路燈아 溫氣를 감추는吝嗇한 街路燈아

「거지들의「크리스마쓰」頌」

*『形象』1권 1호, 1934. 2. 6

1. 그러나 노할줄모른 한심한街路燈아 溫氣를 감추는 吝嗇한 街路燈아(원문)

2. 吝嗇 : 인색. 체면을 돌보지 안고 재물을 지나치게 아낌.

惡魔外三篇

金起林

惡魔

밤중에
불을켯다
자느냐?
나의惡魔야
차디찬 悔悟의 時間에 살여
나는 永久히 잠들줄몰으는 작은惡魔ㄴ가?
또
불을 꺼보앗다

詩

善良한 惡魔는
때때로 嘆息한다

詩

發熱한 腦細胞의
不潔한 排泄物……

그러나 예엽집에는 없음으로
잇는집 마나님이 사가기도한다

除夜詩

조심없는 歲月아
오늘밤 너는 아버지의 門문앞을 지난네
부듸 소리없는 비단신을 바꾸어신어라

「惡魔」「詩(1)」「詩(2)」「除夜詩」
*『中央』2권 3호, 1934. 3

港口

午后의 조려운 「벤취」 에서는
히푸른 鄕愁를 뿜는
「마도로쓰 파이프」[1]………
埠頭에서는
「離別」
「相逢」
사람들은 露骨한 俳優들이다。

煙突

건방진 자식이다
그래도 「孤獨」을 理解한다나

金起林

구름 속에 목을 빼어들고
푸른 하늘에 검은 筆跡을 그리는 그 자식
나는 본 일이 없다
거리를 기여가는 성양개비 電車와 우그러진 지붕들을
그 자신의 눈이 나려다 보는것을………
건방진 자식이다
그 자식의 가슴은 구름을 글저 마신다나

「港口」
*『學燈』 4호, 1934. 3
1. 마도로쓰 파이프 : 담배통이 크고 뭉툭하며 대가 짧은 서양식 담뱃대의 하나. 뱃사람들이 주로 사용한 데서 유래한다.

님을기다림

片石村

님이 오신다기에
나는 어저께
쌓이고 가쁜 설움과 한숨의 침탑
화로불에 던저 버렸서요
모다……

그러고 님에게 보이자던
슬픈「페이지」로 엮인 일기책과
고대에 라는 나의눈이
날마다 처다보던 그「카렌다」도……

풀덤이속에 파 묻힌 울타리라고
님의 발길이 행여나 문밖에서 돌아서지나 않을가
찢어진 치마폭 때고인 옷자락이
호수와 같은 님의눈동자를 흐리우지나 않을가보아。

어저께 무너진 울타리를 꿰매노라고
가시에 찔리고 갈라저 터진손이
텡뷘 이 농속을 넋없이 휘저어 보았으나……
캄캄한 이방에 잔치상도 없이
어여뿌신 님의행차를 어떻게 뫼시고

「님을기다림」
*『新家庭』2권 3호, 1934. 3
1. 텡뷘 : 텅빈. 아무것도 없이 빈.

바다와 같이 맑고도깊은 님의 풍금소리를 들려달라고
참어 나의입이 벌려질수가 있을가。

그러나 님의손길은 새벽안개와 같이 부드러우리
그손에 부대치면 불으터 갈라진 내손도 녹으리
굽어매고 덧붙인 나의 남루도
님의 눈물의 구슬방울로 꿰매면
공작의 날개 라도 비웃으리。

님이어 지난밤 저어가
눈포래와 싸우며 들우에 닦아 논 석고의길은
대리석의 살갗처럼 미끄러웁니다
그우에 빛나는 해 별 의 금사포를 밟으시고
기다림에 졸음잡힌 이작은 뜰앞으로 어서 오시지 않으렵니까。」

그래서 무딘 대지의 가슴을
우렁차게 때리는 님의말발굽 소리를 들려주서요
물결과 같이 굴르는 님의목소리로
시들은 나무 닢 같이 들우에 드리운 하늘을
뒤흔들어 놀래 주서요。

그러면 나는
낡은 「카렌다」가 걸렸던 그자리에는
어린 수선화의 화병이나 걸어둘까요。
　잔인하게도 더딘 걸음으로
나의 마음을 몹시굴던 「카렌다」더니……

2. 불으터 : 부르터.

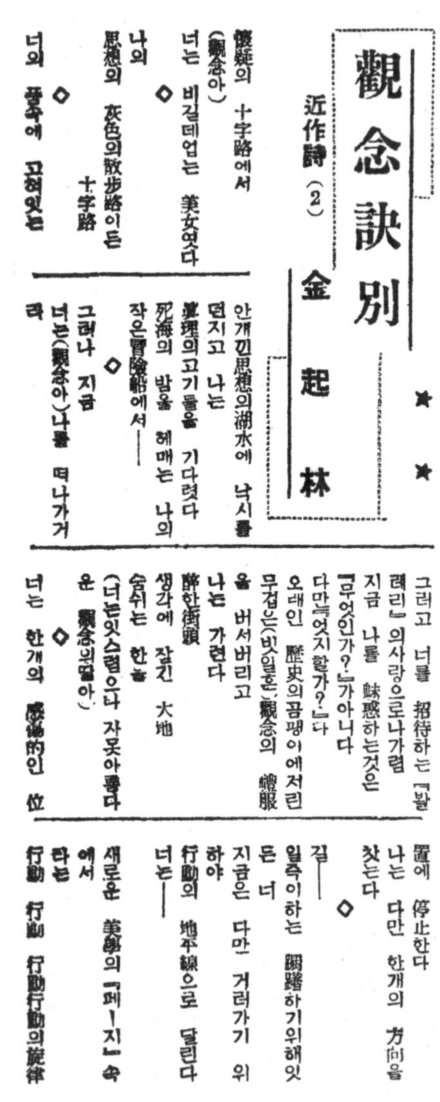

觀念訣別

近作詩 (2)

金起林

★ ★

懷疑의 十字路에서
(觀念아)
너는 비길데업는 美女엿다
◇
나의
思想의 灰色의散步路이든
十字路
◇
너의 품속에 고혀잇든
안개낀思想의湖水에 낙시를
던지고 나는
眞理의고기들을 기다렷다
死海의 밤을 헤매는 나의
작은冒險船에서——
◇
그러나 지금
너는(觀念아)나를 떠나가거
라
그러고 너를 招待하는 『발
레리』의사랑으로나가렴
지금 나를 魅惑하는것은
『무엇인가?』가아니다
다만『엇지할가?』다
오래인 歷史의곰팡이에저린
무겁은(빗일흔)觀念의 禮服
을 버서버리고
나는 가련다
醉한街頭
생각에 잠긴 大地
숨쉬는 한숨
(너는잇스럽으나 자못아름다
운 觀念의무덤아)
◇
너는 한개의 感傷的인 位
置에 停止한다
나는 다만 한개의 方向을
찻는다
◇
길——
일즉이하는 躊躇하기위해잇
든 너
지금은 다만 거러가기 위
하야
行動의 地平線으로 달린다
너는——
새로운 美學의『페—지』속
에서
타는
行動 行動 行動行動의旋律

「觀念訣別」
＊『朝鮮日報』 1934. 5. 15
1. 폴레리 : 폴 발레리(1871~1945), 20세기 전반 프랑스의 시인 · 비평가 · 사상가. 말라르메의 전통을 확립하고 재건, 상징시의 정점을 이뤘다. 20세기 최대 산문가의 하나로 꼽힌다.
2. 낙시 : 낚시.

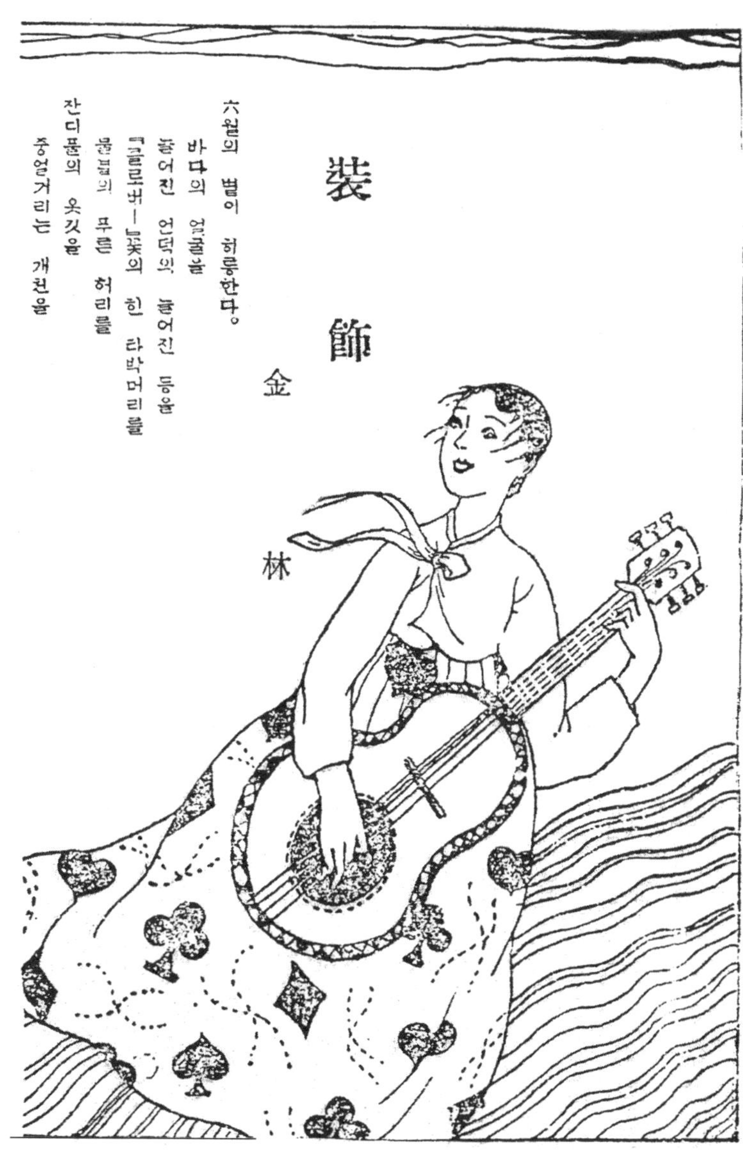

裝飾

金 林

六월의 별이 허룽한다。
바다의 얼굴을
늙어진 언덕의 늙어진 등을
「클로바―」꽃의 흰 타박머리를
물결의 푸른 허리를
잔디풀의 옷깃을
중얼거리는 개천을

「裝飾」
*『新家庭』 2권 18호, 1934. 8

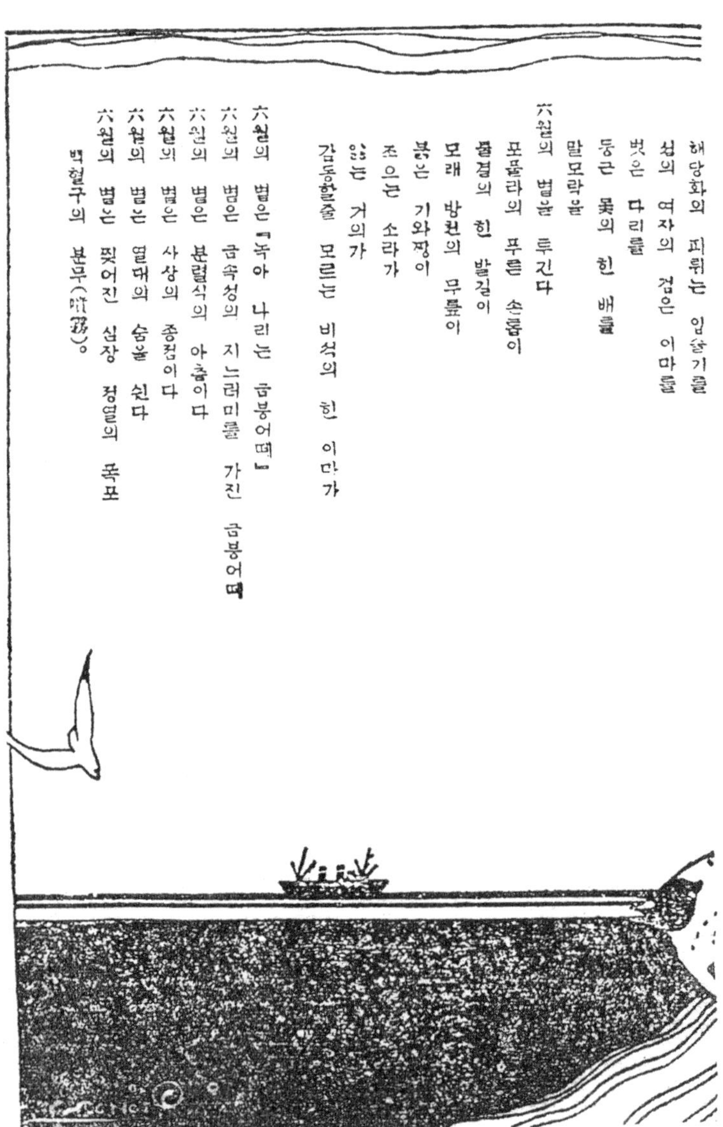

해당화의 피뤄는 입살기를
섬의 여자의 검은 이마를
벗은 다리를
둥근 몿의 흰 배를
말모락을
六월의 별눈 투긴다
포플라의 푸른 손톱이
물결의 흰 발길이
모래 방천의 무릎이
붉은 기와짱이
조으는 소라가
읽는 거의가
감동할줄 모르는 비석의 흰 이마가

六월의 별은 『녹아 나리는 금붕어떼』
六월의 별은 금속성의 지느러미를 가진 금붕어떼
六월의 별은 분렬식의 아츰이다
六월의 별은 사상의 종점이다
六월의 별는 열대의 숨을 쉰다
六월의 별는 찢어진 심장 정열의 폭포
벽혈구의 분무(噴霧)。

光化門通

金起林

電車들은 目的地의記憶을 닛지안는 優等生의 標本이요。
國防展覽會의 門前에 늘어서는 小學生들의 시끄러운行列。

光化門通下水道밑에서는
쪼껴간비가 중얼대오

洗手한『아스팔트』의 얼골에서
흘기는 붉은『스톱』
픠웃는 푸른『꼬ㅡ』

『오ㅡ토바이』는 明朗한 短距離選手인체 하나
우울한『깨솔린』의 嘆息을뿜소
(그여석 失戀햇나봐)

도야지가 탄 수레를 조심스럽게 끌고가는 精肉商의 심부름군들,
屠殺場行의도야지에게 비치는人間의最後의親切。帽子버슨。

이윽고 府의掃除夫가 간밤의 遺失物들을 실으려
수레를끌고 公園으로 갈테지。
멋쟁이아가씨의 『핸드빽』。休지쪼각。
(거지들은잠을깻슬가? 오늘은제발 行旅病死者를보지말엇스면ㅡ)

活潑하게 한울을 블드리는『호텔』의 굴둑이뿜는 검은비누방울。
洋人들은 픠으나 작난군인가봐。

建築場의 起重機국덕이에걸려 찌저진 한울은 해여진 손수건。
아마도구름속에서 비가 앓라보다。

나는 松橋다리의 欄干에기대서
世界의 橫死를 꿈번한 실업쟁인가。

「光化門通」
*『中央』2권 9호, 1934. 9

戲畵

金起林

초저녁달은 작난군
바다ㅅ가의 모래둔에
나와같은 그림자를 墨칠해놓고는
빙긋웃는다
나도웃는다

마 음

여기에 한 젊은사나히
그의 存在마저 잃어버리고
흐르는 江물속에서
宇宙의 마음을 차즈려하오

밤

『요-마이』의『아스팔트』를보고
도라오는길——
어두운거리
말없 는 발자국소리 소리 소리

몽마르뜨로 고호 作

「戲畵」「마음」「밤」
*『카토릭青年』2권 11호, 1934. 11
1. 『요-마이』의『아스팔트』: 요에 마이가 감독한 독일의 무성 영화. 1929년에 출시되었고 보석을 훔친 요염한 여자의 죄를 간과하는 경관에게 일어나는 비극을 그린 영화이다.

窓

金起林

바다가 바라보이는 窓이잇는
二層으로 올라간다…………

어데서든지 出發의 命令이 떨어지기를기다리는
안타까운 이집의귀인것처름
나는南쪽으로 물린 그窓을 열어제치며………
그렁고는 바다에억매여 흘러갈줄을모르는섬들을 비우서줄게다。
또 해뻘의 愛撫를 받기를바라는 주린고양이와 시드른菊花꽃들을

「窓」
*『開闢 續刊』2권 1호, 1935. 1

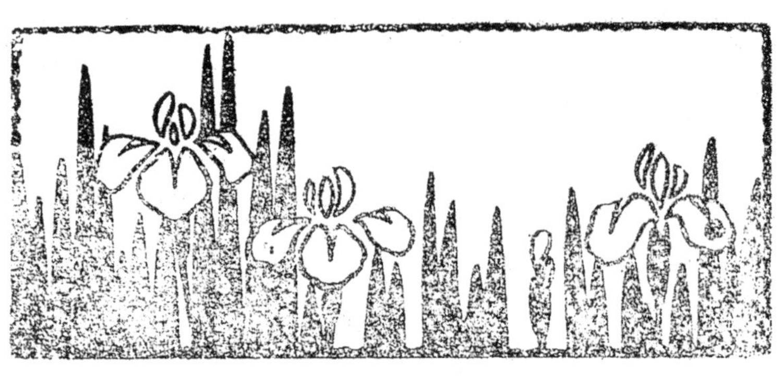

오늘도 露台에옴겨놓자。

天使의 심부름꾼들인 비닭이들이 날어와본
일도 날어가본일도없는 窓。
『커ー텐』의 이쪽에서는 幸福이 자본일도없다。

나는 그窓에 기대여 꾸짓는다。
―人生아
나는 네가 나를 놀래여 기절시키려고하야
수없는 不幸과 殘忍을
이季節의 담벼락 넘어서 陰謀하고잇는것을안다。

올에도 나는 醫師의격정을 기처본일은없다。
지금너의打擊에 꺽구러지지않기위하야
나는 나의마음에향하야 武裝을命한다。―

층층계

金起林

美術館의 壁에 기댄 『마돈나』의 허ㅣ연 表情이
窓살 넘어 여위어가는 바다를 바라본다。
다람쥐와 고숨도치들은 그들의 地下室에서
버ㅣㄹ서 털外套를 바꾸어 입었겠지。

어느새 마음속에 쭈그리고 들어앉은 흰沈默의 坐像을
드디어 쫓아내지못하고 나는 층층계의 中間에서
季節의 體重에 지치어 문득 멈춰선다……

俳優

自働車속에서
떨리는 女子의 말소리는 『엔진』소리 보다도 날카로웠다。
『여보 인젠 俳優라는 職業은 그만둬요』

「층층계」「俳優」
*『詩苑』 1권 1호, 1935. 2

(사나이의 눈은 대답이 없었다)
『당신의말과 몸짓이 大體 어디까지가 演劇인지 참말인지 알수없어요』

나는 생각한다。
俳優를 男便으로 가지는 안해는 不幸할게다。
俳優를 안해로 가지는 男便는 不幸할게다。
俳優를 벗으로 가지는 벗은 不幸할게다。

업드러져 흔드는 女子의 등덜미에 우물거리는 힌봄빛
푸른 光線이었더면 더 効果的일번 했다。

아! 언제나 이 演劇이 끝이 날까?

膳物 外一篇 金起林

膳物

사근사근
이빨에 씹히는
올사과 한쪼각—
千里밖 흙냄새를
숨겨서왔구료。

모물오물
입안에 녹이는
복숭아 어린살갈—
버려먹은 어금니가
故鄕의傳說을 깨물었소。

戀愛

그女子가 나는당신을사랑합니다고 말한것은 아마 바다ㅅ가인것같다。그러나 나는 아모러한反應도 이르킬줄모르는 한장의便紙에 不過했다。

힌들창에색여진 그女子의表情은 石膏의「비ー너쓰」처럼 失色했다。나의눈으로부터는 一萬燭光의探照燈이 겨우 三十七度五分밖에 달지아니한 女子의心臟으로향하야퍼졌다。여러게도 解釋하는그女子의사랑은 透明치못한 푸른波濤였다。

나는 그女子의편지를받아서 봉투를짖이않은채 책상우에던졌드니 하도 손에거뒤처이므로 다음에는 原稿紙틈에 접어둔것같은데 大淸潔때에는 어느새 쓰레기통속에있었다 。그뒤에는 아마 府의馬車가 실어갔을게다。

…………………

나는 오늘도 그날戀愛를 하지못한것을後悔할수가 없다。

「膳物」「戀愛」
*『中央』3권 2호, 1935. 2
1. 모몰오몰 : 입안에서 우물우물 대는 모양을 뜻함.
2. 버레먹은 : 벌레먹은.
3. 나는 오늘도 그날戀愛를 하지못한것을後悔할수가 업다.(원문)

나

그 女子의 팔은 나를
그의 寢臺로 끌었다.
그 門前에서 나는 주저한다.
『들어갈가? 그만둘가?』
드디여 決心 못하는 사이에
꿈은 깼다……

간밤의 설합 우에서
林檎은 암고양이처럼 孤獨하다
나는 如前히 인색한 지붕 밑에서 떠는 한거루 寒帶의 植物이다……
꿈 속에서조차 卑怯한 나……
드디여 한 愛人도 못되는 나……
드디여 한 아들도 못되는 나……
드디여 한 아버지도 못되는 나……
드디여 한 犯人도 못되는 나……

나는 내 미운 가죽 밑에서
굼틀거리는 늙은 구렁이와 談判한다.
『早晩間 우리는 갈라지자
네가 가든지 내가 떠나든지……』

「나」
*『詩苑』1권 2호, 1935. 4
1. 한거루 : 한그루.

生活

한 장의 白紙인 나의 낮과 나의 밤.
어느새 독수리가 푸른「잉크」를 빨어버렸다.
不潔한 詩가 겨우 白紙의 한구석을 지꾼다.

「生活」
*『詩苑』1권 2호, 1935. 4

習慣

지렁이는 어느새 한울을 처다보지 않는 習慣을 길렀다.
商人의 家族들의 입은「비싸다」는 말의 發音을 잊어버렸다.
府會議員의 아들의 이마에는「씰크, 햇트」의 자리가 남었다.
林檎 열매는 아마도 그 몸에 가시를 부치지 않고는
天使의 노리개가 될 希望이 없을게다.

「習慣」
* 『詩苑』 1권 2호, 1935. 4
1. 府會議員 : 일제강점기 부회를 구성하던 의원.

바다의鄕愁

金起林

1

날마다 푸른바다대신에
꾸겨진 구름을 바라보려
『엘레베이터—』로
五層꼭대기를올 라간다…

2

파랑의『파라솔』들쓴
汽船會社의 旗빨과
파랑。〃파라솔〃을쓴
〃아라사〃의아기씨들이
玉色의손수건을흔드는埠頭의거리에서는
바다는 海關의집웅보다도
노픈곳에 잇섯다。
기—ㄴ〃세멘트〃의築港을 도라가면
갑작이 머리우에서
물결의 지저귐이 시끄러웟다。

고집은 조각지들이
아직도 밤을 깨물고노치안는 모래불에는
까치들이 모혀와서
아모도 모르는
祖國의 녯方言을 지꺼리고
남빛목도리를 둘은섬들사히를호고
힘選手의 복장을입은 蒸氣船들이
다다다다다다다다
바다의등을 향용 기여올라갓다…

3

오늘도
푸른바다대신에 꾸겨진구름를 보라보려
『엘데베이터』로
五層꼭대기를올라간다
거기서 우리들은
될수잇는대로 머—ㄹ리 故鄕을떠나잇는것처롬
서투른 손짓으로 인사를 바꾸고
그러고는 바다까인것처롬
소매를 훨신거둬올리고 欄干에 기대서서
동그라케 담배연기를 뿜어올린다。

「바다의鄕愁」
*『朝鮮日報』 1935. 6. 24

奇蹟

金起林

마지막 『뻐스』속에서는 여러가지目的地가 흔들리우면서 저마다 城밖으로 나간다。乘客들은 아모러한 共通된話題도 없는드시 對話의興味는 아주 잃어버렸다。

奇蹟은 일즉이 아마도 東方의 어느거리에서 시작되리라는 소문이 어데로부턴가 안개처름 흘러드러와서 興奮하는거리를 둘러쌋다。

『이스라엘』의 안해와 누의들은 다만 『예수』가 奇蹟을 행하였다는 소문 때문에 『마리아』의 不貞을 용서하였다。

그날부터 수없는 七面鳥들은 얼골을 찡기면서도 눈오는밤에 廚房으로 끌려갈밖에없엇다。奇蹟을위하여서는 우리도 작고 큰所望의 병아리들을 屠殺場으로 보내리라。이고약한 어둠도 용서하리라……

지금 밤도 모ㅣ든 화려한 爆竹의 化粧과 우슴소리를 팔아버리고 街路樹 그늘에서도 記念碑의 아래서도 奇蹟을 이야기하는 소리를 들을수가없다。아모데서도 奇蹟을 믿는

「奇蹟」
*『三千里』7권 9호, 1935. 9

듯한 얼굴을 맞날수가없다。希望을 盲臟처럼 사람들의 體內의 한不隨意筋[1]으로 굳어버렸다。

그러나 奇蹟은 역시 있어야 할것이다。우리들의 單調로운 日記를 놀래여주기 위하야 그것은 대낮의 反抗에도 不拘하고 한울을 채우고도 넘치는 어둠처름 어느새 우리들의 옛거리로 왔어야할것이다。어느坑道를 새여기여오는 지도 몰은다。

날이새기전에 우리는 東方의 거리로가서 거기서 奇蹟이 도적처름와서 꿈을일흔 사람들을 우끼는것을 보고싶다。

奇蹟아 너는 시악써처름 수집어만말고 大膽하게 이거리를 걸어오너라。사람들은 집집마다 그들의 긴 고닯음과 슯음과 분노와 후회로짠 오래인 보료를 충계에 걸어놓고 너의 발자곡 소리를 기다릴것이다。奇蹟에 대한 소문이 또다시 潮水와같이 떽딱진거리를 휩쓸것이다。

1. 不隨意筋 : 불수의근. 사람의 의지에 따라 움직임을 조절할수 없는 근육.

戀愛와彈石機

片石村 金起林

(1.) 戀愛와彈石機

戀愛인것을 깨닷자 마자
나는慌忙히 달아날 姿勢를 갖인다。
性急한 彈石機는
戀愛의 附近에서 멍서릴수없다。
이 해여진 『빅토ㅣ리안』의 『레인코ㅣ트』는
어서 버서버려야지。 그래야지。

(2.) 어떤 戀愛

실없은 習慣을 또배웟지。

「戀愛와彈石機」「어떤戀愛」
*『三千里』 8권 1호, 1936. 1

다타버린 담배 꼭지와함게 비앗아버렷다。

그女子는 오늘 어더선가 써원한慧星일게다。

(3.) 祝 電

結婚式은 結婚式처름 기껏 華麗하려므나。

인제 세상은 安心해도 좋을게다。
自由를 주고산것이 너무비싼것을 깨닷는날까지
두사람은 서로 얼골을 찡그려가며
쓰더쓴 幸福의거죽을 핥틀게다……。

히고 검은褸衣에쌓인 希望을실고
꽃自動車가 떠나간뒤에서
一同은 자못정중하게 最敬禮를 하였다。

「祝電」
1. 最敬禮 : 가장 존경하는 뜻으로 정중히 경례함. 또는 그런 동작.

除夜

光化門 네거리에 눈이 오신다.
꾸겨진 中折帽가 山高帽가 「베레」가 조바위가 四角帽가 「샤포」가
帽子 帽子 帽子가 중대가리 고치머리가 흘러간다.

거지아히들이 感氣의 危險을 列擧한
노랑빛 毒한 廣告紙를
軍縮號外와 함께 뿌리고 갔다.

電車들이 주린 鱇魚처럼
殺氣 띤 눈을 부르뜨고
사람을 찾어 안개의 海底로 모여든다.
軍縮이 될 리 있나? 그런건
牧師님조차도 믿지 않는다드라.
「마스크」를 걸고도 國民들은 感氣가 무서워서
酸素吸入器를 携帶하고 댕긴다.

「**除夜**」
*『詩와 小說』 1936. 3
1. 베레 : 베레모.
2. 조바위 : 부녀자가 쓰는 방한모.
3. 샤포 : 샤포(chapeau), 프랑스식 군모. 챙이 달려 있으며, 주로 나사(羅紗)로 만든다.

언제부터 이 平穩에 우리는 이다지 特待生처럼 익숙해 버렸쓸까?

榮華의 歷史가 이야기처럼 먼 어느 種族의 한쪼각 부스러기는
조고만한 醜聞에조차 쥐처럼 卑怯하다.
나의 外套는 어느새 껍질처럼 내 몸에 피어났쑤나.
크지도 적지도 않고 신기하게두 꼭맛는다.

市民들은 家族을 위하야
바삐바삐「데파-트」로 달린다.
(그 榮光스러운 遺傳을 지키기 위하야……)
愛情의 牢獄 속에서 나는 언제까지도 얌전한 捕虜냐?
안해들아 이 달지도 못한 愛情의 찌꺽지를
누가 목숨을 내놓고 아끼라고 배워주드냐?
우리는 早晩間 이 기름진 補藥을 嘔吐해버리자.

아들들아 여기에 준비된 것은
어여쁜 曲藝師의 敎養이다.
나는 차라리 너를 들에 노아보내서
獅子의 우름을 배호게 하고십다.

4. 데파-트 : 일본어 단어 デパート, 백화점.
5. 牢獄 : 뇌옥. 죄인을 가두는 옥.

컴컴한 골목에서 우리는 또
차디찬 손목을 쥐었다 놓을게다.
그리고 뉘우침과 恨嘆으로 더러펴진
간사한 一年의 옷을 찢고
피묻은 몸뚱아리를 쏘아보아야 할게다.

戰爭의 요란소리도 汽笛소리도 들에 멀다.
그 무슨 感激으로써 나에게
「카렌다」를 바꾸어달라고 명하는
「바치칸」의 鐘소리도 아모것도 들리지 않는다.

光化門 네거리에 눈이 오신다. 별이 어둡다.
몬셀卿의 演說을 짓밟고 눈을 차고
罪깊은 복수구두 키드구두
강가루 고도반 구두 구두 구두들이 흘러간다.
나는 어지러운 安全地帶에서
나를 삼켜갈 鱇魚를 초조히 기다린다.

---

6. 바치칸 : 바티칸, 이탈리아의 로마 북서부에 있는 가톨릭 교황국.

關北紀行斷章

❶

起林

1 夜行列車

샛바람에 달아떠는
거리에 드러서자
汽車는 추워서 앙 우럿다。」

2 機關車

나의 終點은 어디이냐?
나는 이처럼도 늘
餘力을 浪費해야 하는
焦燥한 機關車냐?

3 山驛

두茂山이 여기서 十里란다。
붓두막엔 이글이글 드덕굼도 타리라。
나려서 아즈머님네와 감자를 버끼며 이야기하며
이야기하며 버끼며 이밤을 새고 가고십다。

「關北紀行斷章」
*『朝鮮日報』 1936. 3. 14~3. 20

關北紀行斷章 ②

起林

3、마 을 (가)

물레방아가 멈춰선날밤
아버지는 번연히 도라
도라오는 꿈을 꾸면서 눈을감엇단다

마을에서는
꾸두소리가 뜰악에 요란하든 그날밤일도
불빛이휘황하든會館의일도 모르는아히들이
어머니의 잔소리만 드르면서 자라낫다。

4、마 을 (나)

"풋뽈"대신에 소膀胱을 굴리다가도
끗내 어머니가 저녁을먹으라고 부르지안키에
아히들은 지처서 도라와서 새우처름 꼬부라저잠이든다지。

1. 번연히 : '번히' 의 본말. 어떤 일의 결과나 상태 따위가 훤하게 들여다보이는 듯이 분명하다.

5, 마 을 (다)

조고만한 소문에도
마을은 엄청나게 놀랏다。

소문은 언제든지 열매를매저서
한집두집 마을은 여위여가고──。

間島소식을 기다리는 이웃들만 그뒤에남어서
사흘건너오는 郵遞군을 반가워햇다。

2. 郵遞군 : 우체부.

關北紀行斷章 ③

起林

7 故鄕 (가)

이려케 친구의 이얘기가 아까운밤에는
눈이나 오시지。
눈이라도 함박눈이 쏘다저나려서
窓박게 바뿐밤의 거름을 멈춰나주지。

8 故鄕 (나)

佐野學의 轉向聲明을
스무번읽어도 알수업드라는 靑年에게 이끌려
못먹는술을 곱배기로 석잔을 넘기다。

9 故鄕 (다)

아버지의 친구를 擁護햇다는 그惡德한少年도
″루바슈카″를입은 얼골이힌靑年도 맛날수업서서
北쪽의 十二月이 이마에차다。

---

3. 佐野學 : 사노 마나부, 공산당의 대표적 인물이었던 사노 마나부는 전향의사를 1933~1945년에 밝혔는데 이를 의미.
4. 루바슈카 : rubashka, 러시아인들이 입는 민족의상.

關北紀行斷章 ④

起 林

10、豆滿江

大陸은 이가사한 허끗이 보기시혀서
슴우나무밭 江물로 갈라 노앗다。
그럴바엔 아주 바다에나 집어떤지지。
그랫드면 오늘와서 딴소리는 업섯슬것을——。

11、國境

저러케 털모자를 쓰고나서면
幌馬車 엽후려에 자고시퍼。
저러케 다러글근 아거네가 목도리를감아주면
어마를 눈포래엔 幌馬車도 달려러랴。

---

5. 幌馬車 : 황마차. 포장을 둘러친 마차.

一關北紀行斷章一

⑤

紀林

12、國境(가)

車에서 나리자마자
언-새 寒氣가 코를 문다。

13、國境(나)

살진 華僑가 나무床에 기대서 「라듸오」를 틀어노코
祖國의 騷亂을 걱정스레 엿듯는 거리—。

14、國境(다)

地圖를 펴자
꿈의 距離가 갑작이 멀어지네。

15、밤중

잠이 떠든 客窓밖게서는
별을 쫏는 바람소리만
山峽에 빠르고나。

16、東海의 아츰

눈보래가 멋자
지치인 山脈들은 바다ㅅ가에 모여들어 머리를박고
진한 간숨을 드리켜다。

◇

政治的陰謀도 업다。
海流의 變節도 업다。

◇

으슴아츰 바다는 진정
간밤의 눈보래를 뉘우치나보다。

---

6. 國境(나) : 살진 화교가 나무상에 기대서 「라디오」를 틀어노코 조국의 소란을 걱정스레 엿듣는 거리.(원문)
7. 國境(다) : 지도를 펴자 꿈의 거리가 갑자기 멀어지네.(원문)

關北紀行斷章 ⑥

起林

18、肉親(가)

〃이것두 먹어라〃 〃저것두 먹어라〃고
집어 노호시는 바람에
이번에도 또 배탈을 내가지고 도라왔다。

19、肉親(나)

담요를 둘러쓰고 十里를 온
누이의 눈섭에는 고조가 달렸다。
어려온 두발을 부억에 땡겨다가 주물려 주며
갈나진 손등의 부스럼 자곡을 헤여 본다。

20、出程

두고떠난 그날밤은
食堂의 茶人맛도 유달리 쓰드랑。

餞別 I

웃어 보일랴고 앨써 꾸미는 네 입술인데
웨「安寧히……」도 채 이루지 못하고
벌써 깨물리기만 하느냐?

急行列車야 너도 情을 아드냐?
참아 내닷지 못하고
그저 머뭇머뭇 거리는구나

「餞別 I」
*『女性』4권 9호, 1939. 9

餞別 II

너 다려 떠날때 채 맞날 날을 일르지 못한 것은
그 모진 歲月에게 어떻게 우리들의
무거운 기약을 부탁할 수 없었썼던 까닭이다.

「餞別 II」
＊『女性』 4권 9호, 1939. 9

年輪

믆어지는 꽃이파리처럼
휘날려 발아래 깔리는
서른나문해야

구름같이 피라던 뜻은 날로 굳어
한금 두금 곱다랗게 감기는 年輪

갈매기처럼 꼬리 떨며
珊瑚 핀 바다 바다에 나려앉은 섬으로 가자

비취빛 한울 아래 피는 꽃은 맑기도 하리라
믆어질 적에는 눈빛 파도에 적시우리

초라한 經歷을 陸地에 막은 다음
주름자피는 年輪마저 끊어버리고
나도 또한 불꽃처럼 熱烈히 살리라

「年輪」
*『春秋』 3권 5호, 1942. 5

靑銅

녹쓰른 靑銅그릇 하나
어두운 빛을 허리에 감고
현란한 世紀의 골목에 물러앉어
흡사 여러 歷史를 산 듯하다

도도히 흘러온 먼 歲月
어느 여울까에 피어썼던
가지가지 꽃 香氣를
너는 담어쓰느냐

「靑銅」
*『春秋』 3권 5호, 1942. 5

한 旗ㅅ발 받들고

피 묻은 旗빨인데
갈래갈래 등지고 가는 行列은 웬 일이냐.

너무나 急한 걸음
주저할 줄 모르는 매몰한 발길아.
골수에 매친 사슬 자욱 아직도 아물지 않었건만―

三月 초하루
눈물어린 太陽이 그리 무섭지 않아
거기 바삐 갈려는 十字길 부름아.

발길이 떨리지 않었드냐
큰 근심 지닌 무거운 마음이라면서
너무나 가벼운 몸짓 어찐 일이냐.

티 하나 없는 三月 첫 하늘
다사론 피 어듸서고 도모지 흐르지 않어
얼음보다 식어 뼈 저리고나.

찢어저 퍼덕이는 旗빨
가슴 앞은 손짓 쳐다보자.

傷하고 지친 나라의 백성이어늘
도라와 피 묻은 한 旗빨
껴안고 울지 않으려니.
함께 바뜰고 가지 않으려니.

「한 旗ㅅ발 받들고」
*『人民評論』 1946. 7

哭 白凡先生

살 깍고 피 뿌린 四十년
돌아온 보람
금도 보석도 아닌
단 한알의 탄환

꿈에도 못 잊는
조국통일의 산 生理를 파헤치는
눈도 귀도 없는 몽매한 物理여!

동으로 동으로 목말라 찾던 어머니인 땅이
인제사 바치는 성찬은 이뿐이든가

저주받을세 옳은 민족이로다
스스로 제 위대한 혈육에
아로새기는 박해가 어찌 이처럼 숙련하나

「哭 白凡先生」
*『國都新聞』1949. 6. 30

위태로운 때
큰 기둥 뒤 따라 꺾여짐
민족의 내일에
빗바람 설레는 우지즘 자꾸만
귀에 자욱하구나

눈물을 아껴뒤 무엇하랴
젊은 가슴마다 기념탑 또하나 믆어지는 소리
옳은 꿈 사랑하는 이 어던 멈춰서
가슴 쏟아 여기 통곡하자

눈물속 어리는
끝없는 조국의 어여쁜 얼굴
저마다 처다보며
꺼꾸러지며
그를 넘어 또다시 일어나 가리

百萬의 편을 잃고

—夢陽 先生 을 잃고

당신은 自動車를 싫어하셨다.
自動車보다는 버스를
버스보다는 몬지 낀 길바닥을 것기를 좋아하셨다.
거기 띠끌을 쓰고 가는 우리들 곁에 늘 오시고 싶은 때문이었다.

당신의 곁에는 銃칼 찬 親衛隊도 아모것도 없었다.
그런 것은 卑怯한 팟쇼의 大將들의 짓이라 하셨다.
백성에게 自由가 없고 억울한 죽음이 그들 앞에 나날이 뒹굴 적에
호올로 安全한 곳에 당신은 도시 앉었쓸 수가 없었다
쓰러질지라도 다만 괴오운 人民의 속에 있기가 소원이셨다

「百萬의 편을 잃고」
*『朝鮮中央日報』 1947. 8. 7
1) 몽양여운형(夢陽呂運亨, 1886~1947), 한국의 독립운동가 · 정치가. 초당의숙(草堂義塾)을 세우고, 신한청년당(新韓青年黨)을 발기하였다. 고려공산당(高麗共產黨)에 가입하여 한국의 사정을 세계에 알리는 역할을 하였다. 2005년 건국훈장 대통령장에 이어 2008년 건국훈장 대한민국장이 추서되었다.

당신은 언제고 젊은이들의 벗
가난한 이웃과 불상한 사람들의 친구
아이들과도 공 차고 달리기 좋아하는 진정한 스포-츠맨이었다.
그러기에 당신과는 참말 民主主義를 얘기할 수 있었고
마음놓고 政權도 맡기리라 했다.

언제고 群衆의 歡呼 속에 나타나던 당신 성낸 獅子처럼 壇上에서 怒號하실 적에도 우리는 西山을 쳐다보며 뻑뻑 담배를 빨 수가 있었다
야단맞고 벌벌 떠는 것은 팟쇼의 大將들과 人民의 敵들이고
우리가 아니었기 때문이다

시달리는 백성을 등에 돌리고 反動 앞에 당신이 가로막아 섰을 때
우리는 참말이지 성이 났었다
그러기에 당신의 일홈과 함께 人民이 부르는 萬歲 소리는
가슴과 뱃장에서 아니 발톱에서 머리끝까지 울려나왔다
당신은 벌써 당신 自身이 아니요
모-든 人民의 당신이었다
뚫어진 車에 실려 소리 없이 鐘路로 도라오실 적에
골목의 과일 장수도 신기우려도 어멈도 女店員도

기구와 저울과 수판을 내던지고 엉엉 울었다
記者는 연필을 팽개쳤으며 늙은이와 少年은 壁報 앞에 그만 주저앉았다
그들은 그분의 곁에서 百萬의 편을 한꺼번에 잃었던 것이다
지금 전에 없이 사나운 反動의 회오리 속에서 아우성치는 人民의 곁에 아모리 도라보아
야 당신이 안 계시다
오늘은 雄辯 대신에 무거운 침묵으로써 가리키시는
勝利로 가는 싸움의 길이 萬 사람의 눈앞에 눈물에 어려 빛날 뿐
피로써 당신이 헤치신 人民共和國의 길이 횃불처럼 별처럼 떨리고 있을 뿐

재산

落花 三千을 거느리고도
또 九重宮闕을 차지하던 王이여
내가 지닌 모-든 것은 아마도 당신 내키는 대로 하시리다만은
이 마음 속 五臟보다도 깊은 데 감춘 큰 슬픔이사 빼앗지 못하시지

마음대로 勢道를 쓰시지 호강을 하렴 하시지
衣冠을 뽐내시렴 女子와 口錢을랑 다가치 가시지
그러나 다만 내 襤褸에 싼 어리석은 우숨만은 어쩔 수 없으리다

田莊도 貯金도 旅券도 분명 없사외다
登錄할 수 있는 모-든 것은 당신과 당신의 신하의 것이리다

그러니 물 쓰든 근심을 뿌려 낭비하며
희망을 홀로 내 재산이라 간직할 밖에

「재산」
*『民聲』제4권 7 · 8합병호. 1948. 8. 20

부록

김기림에게 보낸 편지 \ 李箱

김기림에게 보낸 7통의 편지

1

기림 형.

인천 가 있다가 어제 왔소.

해변에도 우울밖에는 없소. 어디를 가나 이 영혼은 즐거워할 줄을 모르니 딱하구려! 전원도 우리들의 병원이 아니라고 형은 그랬지만 바다가 또한 우리들의 약국이 아닙니다.

독서하오? 나는 독서도 안 되오.

여지껏 가족들에게 대한 은애(恩愛)의 정을 차마 떼기 어려워 집을 나가지 못하였던 것을 이번에 내 아우가 직업을 얻은 기회에 동경 가서 고생살이 좀 하여볼 작정이오. 아직은 큰소리 못하겠으나 9월중에는 어쩌면 출발할 수 있을 것 같소.

형, 도동(渡東)하는 길에 서울 들러 부디 좀 만납시다. 할 이야기도 많고 이 일 저 일 의논하고 싶소.

고황을 든, 이 문학병을…… 이 익애(溺愛)의, 이 도취의…… 이 굴레를 제발 좀 벗고 표연할 수 있는 제법 근량 나가는 인간이 되고 싶소. 여기서 같은 환경에서는 자기 부패작용을 일으켜서 그대로 연화

(煙花)할 것 같소. 동경이라는 곳에 오직 나를 매질할 빈고가 있을 뿐인 것을 너무 잘 알고 있지만 컨디션이 필요하단 말이오, 컨디션, 사표(師表), 시야, 아니 안계(眼界), 구속, 어째 적당한 어휘가 발견되지 않소만그려!

태원(泰遠)은 어쩌다나 만나오. 그 군도 어째 세대고(世帶苦) 때문에 활갯짓이 잘 안 나오나 봅디다.

지용(芝溶)은 한 번도 못 만났소.

세상 사람들이 다 제각기의 흥분, 도취에서 사는 판이니까 타인의 용훼(容喙)는 불허하나 봅디다. 즉 연애, 여행, 시, 횡재, 명성–이렇게 제 것만이 세상에 제일인 줄들 아나 봅디다. 자, 기림 형은 나하고나 악수합시다. 하, 하.

편지 부디 주기 바라오. 그리고 도동 길에 꼭 좀 만나기로 합시다. 굿바이.

2

기림 형.

형의 그 구부러진 못과 같은 글자로 된 글을 땀을 흘리면서 읽었소이다. 무사히 착석(着席)하였다니 내 기억 속에 '김기림'이라는 공석이 하나 결정적으로 생겼나 보이다.

구인회는 그 후로 모이지 않았소이다. 그러나 형의 안착(安着)은 아마 그럭저럭들 다 아나 봅디다.

사실 나는 형의 웅비를 목도하고 선제공격을 당한 것 같은 기분이 들어 우울했소이다. 그것은 무슨 한 계집에 대한 질투와는 비교할 것이 못 될 것이오. 나는 그렇게까지 내 자신이 미웠고 부끄러웠소이다.

불행히, 혹은 다행히 이상도 이달 하순경에는 동경 사람이 될 것 같소. 그러나 그것은 어디까지든지 형의 웅비와는 구별되는 것이오.

아마 이상은 그 '속이 빤히 들여다보이는' 문학은 그만두겠지요.

『시와 소설』은 회원들이 모두 게을러서 글렀소이다. 그래 폐간하고 그만둘 심산이오. 2호는 회사 쪽에 내 면목이 없으니까 내 독력(獨力)으로 내 취미 잡지를 하나 만들 작정입니다.

그러든지 지금이라도 늦지 않았으니 서둘러 원고들을 써오면 어떤 잡지에도 지지 않는 버젓한 책을 하나 만들 작정입니다.

「기상도(氣象圖)」는 조판이 완료되었습니다. 지금 교정중이오니 내 눈에 교료가 되면 가본假本을 만들어서 보내 드리겠사오니 최후 교정을 하여 보내 주시기 바랍니다. 동시에『시와 소설』도 몇 권 한데 보내 드리겠소이다.

그리고 '가벼운 글' 원고 좀 보내 주시오. 좀 써먹어야겠소. 기행문? 좋지! 좀 써보내구려!

빌어먹을 거, 세상이 귀찮구려!

불행이 아니면 하루도 살 수 없는 '그런 인간' 에게 행복이 오면 큰일 나오. 아마 즉사할 것이오. 협심증으로…….

'일절 맹세하지 마라' '아무것도 믿지 않는다고 맹세하라' 의 두 마디 말이 발휘하는 다채한 패러독스를 농락하면서 혼자 미고소(微苦笑)를 하여 보오.

형은 어디 한번 크게 되어 보시오. 인생이 또한 즐거우리다.

사날 전에 〈FUA 장미신방(薔微新房)〉이란 영화를 보았소. 충분히 좋습니다. '조촐한 행복' 이 진정의 황금이란 타이틀은 아노르도황 영화에서 보았고, '조촐한 행복' 이 인생을 썩혀 버린다는 타이틀은 장미의 침상에서 보았소. "아, 철학의 끝도 없는 낭비여!" 그랬소.

'모든 법칙을 비웃어라' '그것도 맹세하지 말라' . 나 있는 데 늘 고기덮밥을 사다 먹는 승려가 한 분 있소. 그이가 이런 소크라테스를 성가시게 구는 논리학을 내게 띄워 주는 것이오.

소설을 쓰겠소. '우리들의 행복을 하느님께 과시해 줄 거야' 그런 해괴망측한 소설을 쓰겠다는 이야기요. 흉계지요? 가만 있자! 철학공부도 좋구려! 따분하고 따분해서 못 견딜 그따위 일생도 또한 사死보다는 그래도 좀 재미가 있지 않겠소?

연애라도 할까? 싱거워서? 심심해서! 스스로워서?

이 편지를 보았을 때 형은 아마 뒤이어「기상도」의 교정을 보아야 될 것 같소.

형이 여기 있고 마음 맞는 친구끼리 모여서 조용한 '「기상도」의 밤'

을 가지고 싶던 것이 퍽 유감되게 되었구려. 우리 여름에 할까? 누가 아나?

여보! 편지나 좀 하구려! 내 고독과 울적을 동정하고 싶지는 않소?

자, 운명에 순종하는 수밖에! 굿바이.

—6일 이상.

3

기림 형.

어떻소? 거기도 덥소? 공부가 잘되오?

「기상도」되었으니 보오. 교정은 내가 그럭저럭 잘 보았답시고 본 모양인데 틀린 데는 고쳐 보내오.

구(具) 군은 한 1,000부 박아서 팔자고 그럽디다. 당신은 50원만 내구 잠자코 있구려. 어떻소? 그 대답도 적어 보내기 바라오.

참 체재도 고치고 싶은 대로 고치오.

그리고 검열본은 안 보내니 그리 아오. 꼭 소용이 된다면 편지하오. 보내 드리리다.

이것은 교정쇄니까 삐뚤삐뚤한 것은 '간조'에 넣지 마오. 그것은 인쇄할 적에 바로잡아 할 것이니까 염려 마오. 그러니까 두 장이 한 장 셈이오. 알았소?

그리고 페이지 넘버는 아주 빼어 버리는 게 좋을 것 같은데 의견이 어떻소? 좀 꼴불견 같지 않소?

구인회는 인간 최대의 태만에서 부침중이오. 팔양(八陽)이 탈회했소. 잡지 2호는 흐지부지요. 게을러서 다 틀려먹을 것 같소. 내일 밤에는 명월관에서「영랑시집」의 밤이 있소. 서울은 그저 답보 중이오.

자주 편지나 하오. 나는 아마 좀더 여기 있어야 되나 보오.

참 내가 요새 소설을 썼소. 우습소? 자, 그만둡시다.

—이상.

4

기림 형.

형의 글 받았소. 퍽 반가웠소.

북일본 가을에 형은 참 엄연한 존재로구려!

워밍업이 다 되었건만 와인드업을 하지 못하는 이 몸이 형을 몹시 부러워하오.

지금쯤은 이 이상이 동경 사람이 되었을 것인데 본정서(本町署) 고등계에서 '도항(渡航)을 허락할 수 없음'의 분부가 지난달 하순에 내렸구려! 우습지 않소?

그러나 지금 다시 다른 방법으로 도항 증명을 얻을 도리를 차리는 중이니 금월 중순, 하순경에는 아마 이상도 동경을 헤매는 백면(白面)의 표객(漂客)이 되리다.

졸작「날개」에 대한 형의 다정한 말씀 골수에 스미오. 방금은 문학 청년이 회신(灰燼)에 돌아갈 지상 최종의 걸작「종생기」를 쓰는 중이오. 형이나 부디 억울한 이 내출혈을 알아주기 바라오!

『삼사문학』한 부 저 호소로(狐小路) 집으로 보냈는데 원 받았는지 모르겠구려!

요새『조선일보』학술란에 근작시「위독」연재중이오. 기능어, 조직어, 구성어, 사색어로 된 한글문자 추구시험이오. 다행히 고평을 비오. 요 다음쯤 일맥의 혈로가 보일듯하오.

지용, 구보, 다 가끔 만나오. 튼튼히들 있으니 또한 천하는 태평성대가 아직도 계속될 것 같소.

환태(煥泰)가 종교예배당에서 결혼하였소.

〈유령, 서부로 가다〉는 명장 〈홍길동전〉과 함께 영화사상 굴지의 잡동사니입니다. 르네 클레르, 똥이나 먹으라지요.

『영화시대』라는 잡지가 실로 무보수라는 구실하에 이상 씨에게 영화소설「백병(白兵)」을 집필시키기에 성공하였소. 뉴스 끝.

추야장(秋夜長)! 너무 소조하구려! 아당만세(我黨萬歲)! 굿나잇.

—오전4시 반 이상.

5

기림 형.

기어코 동경 왔소. 와보니 실망이오. 실로 동경이라는 데는 치사스런 데로구료!

동경 오지 않겠소? 다만 이상을 만나겠다는 이유만으로라도…….

『삼사문학』동인들이 이곳에 여럿이 있소. 그러나 그들은 어디까지든지 학생들이오. 그들과 어우러지지 못하는 것을 보면 우리는 인제 그만하고 늙었나 보이다.

『삼사문학』에 원고 좀 주어 주오. 그리고 씩씩하게 성장하는 새 세기의 영웅들을 위하여 귀하가 귀하의 존중한 명성을 잠깐 낮추어『삼사문학』의 동인이 되어줄 의사는 없는지 이곳 청년들의 갈망입니다. 어떻소?

편지 주기 바라오. 이곳에서 나는 빈궁하고 고독하오. 주소를 잊어서 주소를 알아 가지고 편지하느라고 이렇게 늦었소. 동경서 만났으면 작히 좋겠소?

형에게는 건강도 부귀도 넘쳐 있으니 편지 끝에 상투로 빌[祈]만한 말을 얼른 생각해 내기가 어렵소그려.

-1936년 11월 14일.

6

기림 대인大人.

여보! 참 반갑습디다. 가지야마에마치(銀冶屋前町) 주소를 조선으로 물어서 겨우 알아 가지고 편지했는데 답장이 얼른 오지 않아서 나는 아마 주소가 또 옮겨진 게로군 하고 탄식하던 차에 반가웠소.

여보! 당신이 배구 선수라니 그 배구 팀인즉 내 어리석은 생각에 세계 최강 팀인가 싶소그려! 그래 이겼소? 이길 뻔하다 만 소위 석패를 했소?

그러나 저러나 동경 오기는 왔는데 나는 지금 누워 있소그려. 매 오후면 똑 기동 못할 정도로 열이 나서 성가셔서 죽겠소그려.

동경이란 참 치사스런 도십디다. 예다 대면 경성이란 얼마나 인심 좋고 살기 좋은 '한적한 농촌' 인지 모르겠습디다.

어디를 가도 구미가 당기는 것이 없소그려! 꼴사납게도 표피적인 서구적 악습의 말하자면 그나마도 그저 분자식分子式이 겨우 여기 수입이 되어서 진짜 행세를 하는 꼴이란 참 구역질이 날 일이오.

나는 참 동경이 이따위 비속卑俗 그것과 같은 물건인 줄은 그래도 몰랐소. 그래도 뭣이 있겠거니 했더니 과연 속 빈 강정 그것이오.

한화휴제(閑話休題)-나도 보아서 내달 중에 서울로 도로 갈까 하오. 여기 있댔자 몸이나 자꾸 축이 가고 겸하여 머리가 혼란하여 불시에 발광할 것 같소. 첫째 이 가솔린 냄새 미만(彌蔓) 넘쳐흐르는 것 같은 거리가 참 싫소.

하여간 당신 겨울방학 때까지는 내 약간의 건강을 획득할 터이니 그 때는 부디부디 동경 들러 가기를 천번 만번 당부하는 바이오. 웬만하거든 거기 여학도들도 잠깐 도중 하차를 시킵시다그려.

그리고 시종이 여일하게 이상 선생께서는 프롤레타리아니까 군용금을 톡톡히 나래(拏來)하기 바라오. 우리 그럴듯하게 하루저녁 놀아 봅시다, 동경 첨단 여성들의 물거품 같은 '사상' 위에다 대륙의 유서 깊은 천근 철퇴를 내려뜨려 줍시다.

『조선일보』모씨 논문 나도 그 후에 얻어 읽었소. 형안(炯眼)이 족히 남의 흉리(胸裏)를 투시하는가 싶습디다. 그러나 씨의 모랄에 대한 탁견에는 물론 구체적 제시도 없었지만 약간 수미(愁眉)를 금할 수 없는가도 싶습디다. 예술적 기품 운운은 씨의 실언이오. 톨스토이나 기쿠치 간씨는 말하자면 영원한 대중문예(문학이 아니라)에 지나지 않는 것을 깜빡 잊어버리신 듯합디다. 그리고 「위독」에 대하여도…….

사실 나는 요새 그따위 시밖에 써지지 않는구려. 차라리 그래서 철저히 소설을 쓸 결심이오. 암만해도 나는 19세기와 20세기 틈바구니에 끼여 졸도하려 드는 무뢰한인 모양이오. 완전히 20세기 사람이 되기에는 내 혈관에는 너무도 많은 19세기의 엄숙한 도덕성의 피가 위협하듯이 흐르고 있소그려.

이곳 34년대의 영웅들은 과연 추호의 오점도 없는 20세기 정신의 영웅들입디다. 도스토예프스키는 그들에게는 선조에 지나지 않는다는 것을 그들은 생리(生理)를 가지고 생리하면서 완벽하게 살으오.

그들은 이상도 역시 20세기의 운동선수이거니 하고 오해하는 모양인데 나는 그들에게 낙망(아니 환멸)을 주지 않게 하기 위하여 그들과 만날 때 오직 20세기를 근근이 포즈를 써 유지해 보일 수 있을 따름이로구려! 아! 이 마음의 아픈 갈등이여.

생, 그 가운데만 오직 무한한 기쁨이 있는 것을 너무도 잘 알기 때문에 이미 옴싹달싹 못할 정도로 전락하고 만 자신을 굽어 살피면서 생에 대한 용기, 호기심, 이런 것이 날로 희박하여가는 것을 자각하오.

이것은 참 제도할 수 없는 비극이오! 아쿠타가와나 마키노 같은 사람들이 맛보았을 성싶은 최후 한 찰나의 심경은 나 역(亦) 어느 순간 전광같이 짧게 그러나 참 똑똑하게 맛보는 것이 이즈음 한두번이 아니오. 제전(帝展)도 보았소. 환멸이라기에는 너무나 참담한 일장의 난센스입디다. 나는 그 페인트의 악취에 질식할 것 같아 그만 코를 꽉 쥐고 뛰어나왔소.(중략)

오직 가령 자전(字典)을 만들어 냈다거나 일생을 철(鐵) 연구에 바쳤다거나 하는 사람들만이 훌륭한 사람인가 싶소.

가끔 진짜 예술가들이 더러 있는 모양인데 이 생활거세씨(生活去勢氏)들은 당장에 시궁창의 쥐가 되어서 한 2, 3년 만에 노사(老死)하는 모양입디다.

기림 형.

이 무슨 객쩍은 망설을 늘어놓음이리오? 소생 동경(東京) 와서 신경쇠약이 극도에 이르렀소! 게다가 몸이 이렇게 불편해서 그런 모양이오.

방학이 언제나 될는지 그 전에 편지 한번 더 주기 바라오. 그리고 올 때는 도착 시각을 조사해서 전보 쳐주우. 동경역까지 도보로도 한 15분, 20분이면 갈 수가 있소. 그리고 틈 있는 대로 편지 좀 자주 주기 바라오.

나는 이곳에서 외롭고 심히 가난하오. 오직 몇몇 장 편지가 겨우 이 가련한 인간의 명맥을 이어주는 것이오. 당신에게는 건강을 비는 것이 역시 우습고……그럼 당신의 어브 어페어에 행운이 있기를 비오.

－29일 배(拜).

7

기림 형.

궁금하구려! 내각(內閣)이 여러 번 변했는데 왜 편지 하지 않소? 아하, 요새 참 시험 때로군그래! 머리를 긁적긁적하면서 답안용지를 이리 뒤척 저리 뒤척하는 당신의 어울리지 않는 풍채가 짐짓 보고 싶소그려!

허리라는 지방은 어떻게 좀 평정되었소? 병원 통근은 면했소? 당신은 스포츠라는 초근대적인 정책에 깜박 속아 넘어갔소. 이것이 이상씨의 '기림 씨, 배구에 진출하다' 에 대한 비판이오.

오늘은 음력 섣달그믐날이오. 향수가 대두(擡頭)하오. O라는 내지인(內地人) 대학생과 커피를 먹고 온 길이오. 커피 집에서 랄로를 한 곡조 듣고 왔소. 후베르만이란 제금가(提琴家)는 참 너무나 탐미주의입디다. 그저 한없이 예쁘장할 뿐이지 정서가 없소. 거기 비하면 요전 엘먼은 참 놀라운 인물입디다. 같은 랄로의 더욱이 최종 악장 론도의 부(部)를 그저 막 헐어 내서는 완전히 딴것을 만들어 버립디다.

엘먼은 내가 싫어하는 제금가였었는데 그의 꾸준히 지속되는 성가(聲價)의 원인을 이번 실연을 듣고 비로소 알았소. 소위 '엘먼 톤' 이란 무엇인지 사도(斯道)의 문외한 이상으로서 알 길이 없으나 그의 슬라브적인 굵은 선은 그리고 그 분방한 변주는 경탄할 만한 것입디다. 영국 사람인 줄 알았더니 나중에 알고 보니까 역시 이주민입디다.

한화휴제-차차 마음이 즉 생각하는 것이 변해 가오. 역시 내가 고집하고 있던 것은 회피였나 보오. 흉리에 거래하는 잡다한 문제 때문에 극도의 불면증으로 고생중이오. 가끔 혈담을 토하고(중략) 체계없는 독서 때문에 가끔 발열하오. 2, 3일씩 이불을 쓰고 문외불출하는 수도 있소. 자꾸 자신을 잃어버리면서도 양심 양심 이렇게 부르짖어도 보오. 비참한 일이오.

한화휴제-3월에는 부디 만납시다. 나는 지금 참 쩔쩔매는 중이오. 생활보다도 대체 어떻게 했으면 좋을지를 모르겠소. 의논할 일이 한두 가지가 아니오. 만나서 결국 아무 이야기도 못하고 헤어지는 한이 있더라도 그저 만나기라도 합시다. 내가 서울을 떠날 때 생각한 것은 참 어림도 없는 도원몽(桃源夢)이었소. 이러다가는 정말 자살할 것 같소.

고향에는 모두를 베개를 나란히 하여 타면(墮眠)들을 계속하고 있는 꼴이오.

여기 와보니 조선청년들이란 참 한심합디다. 이거 참 썩은 새끼조차도 주위에는 없구려!

진보적인 청년도 몇 있기는 있소. 그러나 그들 역(亦) 늘 그저 무엇인지 부절(不絕)히 겁을 내고 지내는 모양이 불민하기 짝이 없습디다.

3월쯤은 동경도 따뜻해지리다. 동경 들르오. 산보라도 합시다.

『조광』 2월호의 「동해」라는 졸작 보았소? 보았다면 게서 더 큰 불행이 없겠소. 등에서 땀이 펑펑 쏟아질 열작이오.

다시 고쳐쓸 작정이오. 그러기 위해서는 당분간 작품을 쓸 수 없을 것이오. 그야 「동해」도 작년 6월, 7월경에 쓴 것이오. 그것을 가지고 지금의 나를 촌탁(忖度)하지 말기 바라오.

조금 어른이 되었다고 자신하오.(중략)

망언 망언. 엽서라도 주기 바라오.

-음력 제야 이상.

김기림 시작품 연보

김기림 시작품 연보

『김기림 전집』 (심설당, 1988)의 연보를 참고함

1930. 9. 6	가거라 새로운 生活로	朝鮮日報
9. 30	슈-르레알리스트	朝鮮日報
10. 1	가을의 太陽은「플라티나」의 燕尾服을 입고	朝鮮日報
10. 11	屍體의 흘름	朝鮮日報
12. 14	저녁별은 푸른 날개를 흔들며	朝鮮日報
1931. 1. 8	훌륭한 아츰이 아니냐?	朝鮮日報
1. 16	詩論	朝鮮日報
1. 23	꿈꾸는 眞珠여 바다로 가자	朝鮮日報
3. 1	木馬를 타고 온다던 새해가	朝鮮日報
3. 27	出發	朝鮮日報
1931. 4. 23	三月의「프리즘」	朝鮮日報
5. 31	屋上庭園(散文詩)	朝鮮日報
6. 2	戀愛의 斷面	朝鮮日報
6. 2	SOS	朝鮮日報
7	撒水車	三千里 3권 7호
1931. 11	날개만 도치면	新東亞 1권 1호
11	苦待	新東亞 1권 1호

12	아침해 頌歌	三千里 3권 12호
12	가을의 果樹園	三千里 3권 12호
1932. 1. 9	어머니 어서 이러나요	東亞日報
1	오- 어머니여	新東亞 2권 2호
4	잠은 나의 배를 밀고	三千里 4권 4호
4	봄은 電報도 안치고	新東亞 2권 4호
7	오- 汽車여(한개의 實驗詩)	新東亞 2권 7호
12	아롱진 記憶의 옛바다를 건너	新東亞 2권 12호
12	暴風警報	新東亞 2권 12호
12	黃昏	第1線 2권 11호
1933. 1	바다ㅅ가의 아침	新東亞 3권 1호
1933. 1	祈願	新東亞 3권 1호
1	새날이 밝는다	新東亞 3권 1호
3	離別	新東亞 3권 3호
3	十五夜	新東亞 3권 3호
3	街燈	新東亞 3권 3호
3	람프	新東亞 3권 3호
3	구두	新東亞 3권 3호
4	午後의 꿈은 날줄을 모른다	新東亞 3권 4호
4	들은 우리를 부르오	新東亞 3권 4호
5	古典的인 處女가 잇는 風景	新東亞 3권 5호
5. 6	噴水 - S氏에게	朝鮮日報
6. 23	遊覽뻐쓰 動物園	朝鮮日報
	光化門①	朝鮮日報
	慶會樓	朝鮮日報
	光化門②	朝鮮日報

	파고다公園	朝鮮日報
	南大門	朝鮮日報
	漢江人道橋	朝鮮日報
8	한여름	카토릭青年 1권 3호
8	海水浴場의 夕陽	카토릭青年 1권 3호
8	커피盞을 들고	新女性 7권 8호
8	하로ㅅ길이 끗낫슬 때	新女性 7권 8호
9	林檎밧	新家庭 1권 11호
9	나의 探險船	新東亞 3권 9호
10	바다의 抒情詩	카토릭青年 1권 5호
10	戰慄하는 世紀	學燈 1권 1호
11	가거라 너의 길을	新家庭 1권 11호
11	日曜日 行進曲	新家庭 1권 11호
11	編輯局의 午後 한時 半	新東亞 3권 11호
11	어둠이 흐름	新女性 1권 3호
11	밤	朝鮮文學 1권 4호
11	飛行機	朝鮮文學 1권 4호
11	새벽	朝鮮文學 1권 4호
12	貨物自動車	中央 1권 2호
1934. 1	밤의 SOS	카토릭青年 2권 1호
1	散步路	文學 1권 1호
1	초승달은 掃除夫	文學 1권 1호
1	食料品店	新女性 8권 1호
1	나의 聖書의 一節	朝鮮文學 2권 1호
1	小兒聖書	朝鮮文學 2권 1호
1. 1	날개를 펴렴으나(새해 첫 아츰에 드리는 詩)	朝鮮日報

1. 3	航海의 一秒前	朝鮮日報
2	거지들의 크리스마쓰頌	形象 1권 1호
3	스케이팅	新東亞 4권 3호
3	惡魔	中央 2권 3호
3	詩①	中央 2권 3호
3	詩②	中央 2권 3호
3	除夜詩	中央 2권 3호
3	港口	學燈 2권 2호
3	煙突	學燈 2권 2호
3	님을 기다림	新家庭 2권 3호
5. 13	風俗(近作詩1)	朝鮮日報
5. 13	觀念訣別(近作詩2)	朝鮮日報
5. 16	五月	朝鮮日報
5. 16	商工運動會(近作詩3)	朝鮮日報
5	호텔	新東亞 4권 5호
5	아스팔트	中央 2권 5호
7	旅行	中央 2권 7호
8	裝飾	新家庭 2권 8호
8. 2	七月의 아가씨	朝鮮日報
8. 15	航海	朝鮮日報
9. 19	旅行風景(上) · 序詩	朝鮮日報
	①待合室	朝鮮日報
	②海水浴場	朝鮮日報
	③咸鏡線	朝鮮日報
	④高遠附近	朝鮮日報
	⑤元山以北	朝鮮日報

	⑥마을	朝鮮日報
	⑦風俗	朝鮮日報
	⑧咸興平野	朝鮮日報
	⑨不幸한 女子	朝鮮日報
1934. 9. 20	旅行風景(中)	朝鮮日報
	⑩新昌譯	朝鮮日報
	⑪숨박곱질	朝鮮日報
	⑫뽀이	朝鮮日報
	⑬東海	朝鮮日報
	⑭食虫	朝鮮日報
	⑮東海水	朝鮮日報
1934. 9. 21	旅行風景(下)	朝鮮日報
	⑯벼록이	朝鮮日報
	⑰바위	朝鮮日報
	⑱물	朝鮮日報
	⑲따리아	朝鮮日報
	⑳山村	朝鮮日報
	㉑바다의 女子	朝鮮日報
9	光化門通	中央 2권 9호
10. 16	鄕愁	朝鮮日報
10	海邊詩集 ①汽車	中央 2권 10호
	②停車場	中央 2권 10호
	③潮水	中央 2권 10호
	④孤獨	中央 2권 10호
	⑤에트란제(異邦人)	中央 2권 10호
	⑥밤港口	中央 2권 10호

	⑦破船	中央 2권 10호
	⑧待合室	中央 2권 10호
11	가을의 누나	中央 2권 11호
11	戱畵	카토릭青年 2권 11호
11	마음	카토릭青年 2권 11호
11	밤	카토릭青年 2권 11호
11	첫사랑	開闢 1호(再刊)
1935. 1	窓	開闢 2권 1호(再刊)
2	층층계	詩苑 1권 1호
2	俳優	詩苑 1권 1호
2	膳物	中央 3권 2호
2	戀愛	中央 3권 2호
3	들은 우리를 부르오	三千里 7권 3호
4	나	詩苑 1권 2호
4	生活	詩苑 1권 2호
4	習慣	詩苑 1권 2호
5	氣象圖 · Ⅰ아침의 表情	中央 3권 5호
	市民行列	中央 3권 5호
	颱風의 起寢	中央 3권 5호
	손(第一報, 第二報, 暴風警報, 府의 揭示板)	中央 3권 5호
6. 24	바다의 鄕愁	朝鮮日報
7	氣象圖 · Ⅱ滿潮로 向하야	中央 3권 7호
9	奇蹟(散文詩)	三千里 7권 9호
11	바다	朝光 1권 1호
11	氣象圖 · Ⅲ올배미의 노래	三千里 7권 11호
12	氣象圖 · Ⅳ車輪은 듯는다	三千里 7권 12호

12	금붕어	朝光 1권 2호
1936. 1	戀愛와 彈石機	三千里 8권 1호
1	어떤 戀愛	三千里 8권 1호
1	祝電	三千里 8권 1호
3	除夜	詩와 小說 1권 1호
1936. 3. 14~20	關北紀行 斷章	朝鮮日報
3. 14	夜行列車	朝鮮日報
3. 14	機關車	朝鮮日報
3. 14	山驛	朝鮮日報
3. 16	마을(가~다)	朝鮮日報
3. 17	故鄕(가~다)	朝鮮日報
3. 18	豆滿江	朝鮮日報
3. 18~19	國境(가~라)	朝鮮日報
3. 19	밤중	朝鮮日報
3. 19	東海의 아츰	朝鮮日報
3. 20	肉親(가~나)	朝鮮日報
3. 20	出程	朝鮮日報
1936. 4	파랑 港口	女性 1권 1호
6	追憶	女性 1권 3호
7	「아프리카」狂想曲	朝光 2권 7호
7	氣象圖(詩集)	彰文社
1939. 4	바다와 나비	女性 4권 4호
4	連禱	朝光 3권 4호
6	에노시마(續東方紀行詩)	文章 1권 5호
	가마꾸라 海邊	文章 1권 5호
	에노시마 海水浴場	文章 1권 5호

	軍港	文章 1권 5호
7	瀨戶內海(續東方紀行詩)	文章 1권 6호
7	安藝幸崎附近	文章 1권 6호
7	神戶埠頭	文章 1권 6호
	海洋動物園 A.코키리	朝光 5권 7호
	B.駱駝	朝光 5권 7호
	C.잉코	朝光 5권 7호
	D.씨-라이언(加洲産물개)	朝光 5권 7호
9	餞別	女性 4권 9호
9	療養院	朝光 5권 9호
9	山羊	朝光 5권 9호
9	太陽의 風俗(詩集)	學藝社
10	共同墓地	人文評論 1권1호
11	겨울의 노래	文章 1권 1호
1940. 4	흰 薔薇같이 잠드시다	人文評論 2권4호
1941. 2	못	春秋 2권 1호
4	小曲	朝光 7권 4호
1942. 1	새벽의 아담	朝光 8권 1호
5	年輪	春秋 3권 3호
5	靑銅	春秋 3권 3호
1945. 12	파도소리 헤치고	白民 1호
12	知慧에게 바치는 노래	解放紀念詩集
1946. 2	두견새	學兵 1권2호
2	모다들 돌아와 있고나	서울신문
4	殉敎者	新文學 1권 1호
4	바다와 나비(詩集)	新文化硏究所

	4	나의 노래	서울신문
	6	무지개	大潮 1권 2호
	7	새나라頌	文學 1권 1호
	7	어린 共和國이여	新文藝 2권 2호
	7	한 旗ㅅ 발 받들고	人文評論
	8. 2	다시 八月에	독립신문
	8	우리들 모두의 깃쁨이 아니냐	民聲 9호
1947.	3	詩와 文化에 부치는 노래	文化創造 2권 1호
	4	人民工場에 부치는 노래	文學評論 1권 3호
	8	句節도 아닌 두서너 마디 더듬는 말인데도	開闢 9권1호
	12	希望	新天地 2권 10호
1948.	4	새노래(詩集)	雅文閣
	5	쎈토-르	開闢 10권 3호
1949.	6.30	哭 白凡先生	國都新聞

해설

탈식민주의 담론으로 바라본 김기림의 시세계

탈식민주의담론으로 바라본 김기림의 시세계
–김기림, 모더니스트였는가, 불안한 시대의 나침판이었는가

박태상(한국방송대 교수 · 문학평론가)

I. 근대문명의 동경과 비판적 성찰

그동안 시인 김기림에 대한 평가는 평론가에 비해 인색한 편이었다. 그 이유는 몇 가지로 요약되는데, 첫째, 저널리즘적 문체에 대한 저평가된 해석이 한 요인이었다. 세상을 바라보는 눈이나 사물을 접근하는 태도 자체가 언론인의 성찰력에서 크게 벗어나지 못하고 있는 것에 대한 비판이 있었다. 둘째, 전업 작가가 아니라 기자이면서 평론가를 겸하는 만능 엔터테이너에 대한 당시의 인식이 거의 없었기 때문이었다. 1930~40년대만 해도, 문학 분야에서 전문적인 영역을 지키고 매진하는 작가를 존중하는 분위기가 있었다. 셋째는 모더니스트로서의 정지용의 시작 태도를 답습하는 것이 아닌가 하는 의구심도 한 요인으로 작용했다고 할 수 있다.

하지만 최근 소장학자들을 중심으로, 김기림의 초기 시를 무조건적인 근대문명에 대한 동경과 찬양으로 몰아가던 기존의 학설을 비판하고 그가 근대문명에 대해 진지한 비판적 성찰을 했으며, 식민지의 왜곡현상에 대해 어느 정도를 거리를 두려고 하는 시도를 했었다[1]는 새로운 해석을 하고 있다.

장시 〈기상도〉는 잡지 『중앙』과 『삼천리』를 통해 네 번에 걸쳐 실린 작품으로 일본으로 유학을 떠나면서 친구 이상에게 출판을 부탁해서 나오게 된 시집에 수록된 작품이기도 하다. 시집에 수록될 때는 〈세계의 아침〉, 〈시민행렬〉, 〈자최〉, 〈태풍과 기침시간〉, 〈병든 풍경〉, 〈쇠바퀴의 노래〉, 〈올빼미의 주문〉 등 7부 420여 행에 이르는 부피를 지니게 된다.[2]

비늘
돛인
海峽은

---

1) 대표적인 견해로는 정영효가 있다.
정영효, 「김기림 초기시의 범주와 『태양의 풍속』이 가진 문제들」, 『한국학연구』(2012.3.30), 고려대 한국학연구소. 237~246쪽.
『태양의 풍속』에서 〈광화문통〉이 시집 수록에서 제외되었고, 「유람버스」도 〈동물원〉, 〈광화문〉, 〈경회루〉〈 〈남대문〉 등을 빼고, 〈파고다공원〉, 〈한강인도교〉만 수록했다는 것이다. 〈광화문통〉이 근대화와 도시화 과정에서 발생한 문제점에 대한 직시를 하고 있고, 「유람버스」에 드러난 조선에 대한 인식은 빠르게 지나가는 장면으로 인해 깊이를 완구하지는 않았으나 식민지 조선과 근대에 대해 역사 인식을 저변에 두고 비교적 냉소적으로 발화한 흔하지 않은 작품이라고 해석하고 있다.

2) 김용직, 「모더니즘의 불꽃 심지-김기림」, 『한국현대시인 연구』, 서울대출판부, 2000, 134쪽.

배암의 잔등
처럼 살아낫고
아롱진 「아라비아」
의 衣裳을 둘른 젊은 山脈들.

바람은 바닷가에서 「사라센」의 비단幅처럼 미끄러웁고
傲慢한 風景은 바로 午前七時의 絕頂에 가로 누엇다.

헐덕이는 들우에
늙은 香水를 뿌리는
敎堂의 녹쓰른 鍾소리
송아지들은 들로 돌아가렴으나
아가씨는 바다에 밀려가는 輪船을 오늘도 바래보냇다.

國境 가까운 停車場.
車掌의 신호를 재촉하며
발을 굴르는 國際列車.
車窓마다
「잘있거라」를 삼키고 느껴서우는
마님들의 이즈러진 얼골들.
旅客機들은 대륙의 공중에서 띠끌처럼 흐터젓다.

………………………… (중략) …………………………

……「스마트라」의 東쪽. 6「킬로」의 海上……一行 感氣도 없다.
赤道 가까웁다. ……20日 午前열時.

태풍이 오기 전의 상황인 바람이 바다와 산맥을 거쳐 사람들이 사는 세계 도시들로 밀려오는 풍경을 담고 있다. 〈세계의 아침〉은 편석촌 김기림 특유의 '오전의 시학'을 반영하고 있다. 오전은 태양을 기다리는 시간으로 건강함과 개방성의 상징인 시간이다. 오전인 아침 7시에 절정을 이루는 바람에 따라 파도치는 바다로부터 산맥을 묘사한 후 인간들의 움직임이 잘 드러나는 국제열차 · 비행기, 그리고 유람선에 시선이 멈춘다. 기차 · 비행기 · 배는 모두 미지의 세계로 나아가는 통로이자 근대과학문명의 총아이기도 하다. 결국 바람이 적도 가까운 스마트라 동쪽 6킬로미터의 해상에 다가서면 20일 오전 10시가 된다는, 의미가 탈색된 정경묘사만이 그려진다.

〈세계의 아침〉에서 중요한 것은 리듬보다는 시각적 이미지를 주로 활용하고 있다는 점이다. 이것은 에즈라 파운드의 영향으로 보여진다. 김기림은 파운드 시론의 중요 골격인 멜로포이아 · 파노포이아 · 로고포이아 등의 개념을 끌어들였다. 멜로포이아가 19세기까지의 언어의 운율에 치중한 자연발생적 작품들인 데 반해, 파노포이아는 투명한 이미지의 시를 말하며, 작품의 총체적 효과를 위해서 높은 차원에서 언어를 다루어낸 시가 로고포이아[3]인 것이다. 김기림이 이미지즘의 단계에 해당하는 파노포이아를 수용하면서

3) 김용직, 앞의 책, 136쪽.

그 지양 극복 형태인 로고포이아를 지향했던 셈이다. '교당의 녹슬은 종소리', '들로 나가는 송아지', '윤선을 보내는 아가씨', '국경가까운 정거장과 떠나가는 국제열차', '대륙의 공중을 날아다니는 여객기', '선실의 지붕에 실려 수도를 향하는 傳書鳩' 등은 회화적 이미지로 처리되고 있다.

「넥타이」를 한 흰食人種은
「니그로」의 料理가 七面鳥보다도 좋답니다.
살갈을 희게 하는 검은 고기의 威力.
醫師「콜베-르」氏의 處方입니다.
「헬메트」를 쓴 避暑客들은
亂雜한 戰爭競技에 熱中햇습니다.
슯은獨唱者인 審判의 互角소리.
너무 興奮하엿슴으로
內服만 입은「파시스트」.
그러나 伊太利에서는
泄瀉劑는 일체 禁物이랍니다.
畢竟 洋服입는법을 배워낸 宋美齡女史.
「아메리카」에서는
女子들은 모두 海水浴을 갓스므로
빈집에서는 望鄕歌를 불으는「니그로」와 생쥐가 둘도 없는동무
가 되엇습니다.
.... (중략) ....

獨裁者는 册床을 따리며 오직
「斷然히 - 斷然히」 한 개의 副詞만 發音하면 그만입니다.

〈시민행렬〉은 '백인들의 흑인탄압', '피서객들의 전쟁경기', '슬픈 독창가인 심판', '내복만 입은 파시시트', '송미령여사의 양복 입는 법', '니그로의 망향가' 등 서로 연관성이 없는 이미지들이 병치되는 이미지처리가 돋보인다. 현대문명의 무질서와 모순성을 상징하는 이러한 이미지처리에서 주목되는 것은 다수자인 백인에 의한 소수자인 흑인의 탄압과 독재자의 큰 소리 등 파시스트에 대한 언급이 나온다는 점이다. 이러한 묘사는 시인 김기림의 언론인으로서의 글쓰기의 행태로 보이지만, 다른 측면에서는 현실에 토대를 두려는 작가의식의 반영으로도 보인다.

드디어 『기상도』 〈태풍의 기침시간〉, 〈자최〉, 〈병든 풍경〉에서 태풍이 얼굴을 드러낸다. 태양과 태풍은 같은 자연현상이지만, 상당히 이질적인 요소를 지닌다. "태양처럼 제 빛 속에 그늘을 감추고/태양처럼 슬픔을 삼켜버리자./태양처럼 어둠을 사뤄버리자."에서와 같이 태양은 따뜻하고 친근한 영속성을 지니고 인간에게 고난과 희망을 동시에 가져다준다. 그에 비해 태풍은 일시적이고 급속하게 진행되면서 폭력과 무방비의 폭압을 상징한다. 태양은 바다의 어족과 연관되면서 시의 건강성과 신선감을 아침의 태양에서 가져오려는 시인의 의도와 다분히 연계되면서, 근대의 과학문명의 새로움을 빛나게 해주는 효과를 지니게 된다. 시인 김기림이 1930~34년까지 각종 신문과 잡지에 게재했던 작품들을 묶은 『태양의 풍속』의

표제에서 '태양'을 담게 된 이유는 분명하다. 무절제한 감상의 배설이라는 어둠의 관습으로부터 일탈하려는 강렬한 욕망이 담겨 있는 용어인 것이다. 태양은 지구와 연결되며, 거시적인 시각에서 범세계적인 현상으로 관심의 영역을 넓히려는 시인의 의도와 밀접한 관련성이 있다.

물론 태풍도 과학적이고 문명적인 시어임에 틀림없다. 시인 김기림이 하필 그 많은 문명용어 중에서 '태풍'을 선택한 것은 바다와 연관성을 지니기 때문이다. 또 태풍은 순간적이고 급속하게 전개되는 폭력성을 상징하기에 적절한 용어이기도 하다. 이 용어는 초기 시에서 과학적 합리성과 지성을 표현하는데 치중했던 시인 김기림이 근대의 위기를 느끼고 현실상황에 대해 주체적인 인식과 대응방안을 모색하는 전환의 기로에 선 자신을 설명하기에 적절한 용어로 선택한 문명어라고 생각된다.

> 「바기오」의 東쪽
> 北緯 十五度.
>
> 푸른 바다의 寢牀에서
> 흰 물결의 이불을 차 던지고
> 내리쏘는 太陽의 金빛 화살에 얼골을 어더맞어서
> 南海의 늦잠재기 赤道의 심술쟁이
> 颱風이 눈을 떴다.
> 鰐魚의 싸홈동무.

돌아올 줄 몰르는 長距離選手.
和蘭船長의 붉은 수염이 아무래도 싫다는
따꼽쟁이.
휘둘르는 검은 모락에
찢기어 흐터지는 구름빨.
거츨은 숨소리에 소름치는
魚族들.
海灣을 찾어 숨어드는 물결의 떼.
황망히 바다의 장관을 구르며 달른
빗발의 굵은 다리.

「바시」의 어구에서 그는 문득
바위에 걸터앉어 머리수그린
헐벗고 늙은 한 沙工과 마주쳤다.
.... (중략) ....

(第二報 = 暴風警報)
猛烈한 颱風이
南太平洋上에서
일어나서
바야흐로
北進中이다.
風雨 强할 것이다.

亞細亞의 沿岸을 警戒한다.

한 使命에로 편성된 短波 · 短波 · 長波 · 短波 · 長波 · 超短波 · 모-든 · 電波의 · 動員

(府의 揭示板)
「紳士들은 雨器와 現金을 携帶함이 좋을 것이다」

-〈颱風의 起寢時間〉 일부, 『기상도』

어깨가 떨어진 「말코보로」의 銅像이 혼자
네거리의 복판에 가로서서
群衆을 號令하고 싶으나
모가지가 없읍니다.

「라디오 · 삐-큰」에 걸린
飛行機의 부러진 죽지.
골작을 거꾸로 자빠져 흐르는 비석의 瀑布.
「召集令도 끝나기 전에 戶籍簿를 어쩐담」
「그 보다도 必要한 納稅簿」
「그 보다도 俸給票를」
「그러치만 出勤簿는 없어지는 게 좋아」

…………………… (중략) ……………………

날마다 黃昏이 채여주는
電燈의 勳章을 번쩍이며
世紀의 밤중에 버티고 일어섯든
傲慢한 都市를 함부로 뒤져놓고
颱風은 휘파람을 높이 불며
黃河江邊으로 비꼬며 간다……

―〈자최〉 일부, 『기상도』

보랏빛 구름으로 선을 둘른
灰色의 칸바쓰를 등지고
꾸겨진 빨래처럼
바다는
山脈의 突端에 걸려 퍼덕인다.

삐뚤어진 城壁 우에
부러진 소나무 하나……

―〈病든 風景〉 일부, 『기상도』.

〈태풍의 기침시간〉은 태풍이 발생한 지점과 태풍의 현상 그리고 태풍과 사공의 대화, 기상대의 활동 등이 묘사되어 있다면, 〈자최〉는 태풍이 할퀴고 지나가는 지역 중 피해가 가장 큰 중화민국의 피해현상을 상세하게 묘사하고 있다. 객관적인 위치에서 현상을 바라보는 화자의 냉소적이고 풍자적인 시선이 자리 잡고 있는 〈자최〉에서 우리는 시인 김기림이 서구의 근대과학문물의 침투와 공자로 대변되는 동양적 사상의 몰락이 충돌하여 낳은 자본주의의 병폐를 어떻게 해부하고 있는가를 바라볼 수 있게 된다. 「병든 풍경」은 광포한 태풍이 지난 간 바닷가를 참담하고 우울한 정조로 묘사한 시다. 주목해 볼 것은 작가가 황폐해진 바다를 '죽음의 장면'으로 떠올리고 있다는 점이다. "海灣은 또 하나 / 슬픈 傳說을 삼켰나보다./ 黃昏이 입혀주는/灰色의 繡衣를 감고/물결은 바다가 타는 葬送曲에 맞추어/병든 하루의 臨終을 춘다…"에서 김기림이 태풍의 자취에서 문명의 죽음과 한 민족의 죽음을 동시에 목격하고 있다는 사실을 확인하게 된다. 태풍을 통해 시인은 서구문명으로 대표되는 근대의 종말과 문명의 위기를 깨닫게 된 것이다.

태풍이 남긴 자취를 묘사하면서 "어깨가 떨어진 「말코보로」의 銅像이 혼자/ 네거리의 복판에 가로서서/ 群衆을 號令하고 싶으나/ 모가지가 없읍니다."라는 묘사에서 우리는 시적 화자가 느끼는 서구의 근대문명의 종말에 대한 인식을 엿볼 수 있게 된다. 태풍이 지나간 뒤의 근대 문명의 한 상징인 마르코 폴로의 동상은 누더기 상태다. 더구나 모가지도 떨어져 날아간 상태에서 혼란스러운 중국의 질서를 바로 잡아나가기는 어려울 것이다. 이러한 표현을 통해 '근대의 위기'를 시인 김기림이 몸으로 느끼고 있음을 확인하게 된다.

II. 여행시와 이방인의식

김기림은 유난히 여행을 좋아했다. 물론 그가 조선일보에서 기자생활을 했으므로 취재를 위해 많은 지역을 방문할 수밖에 없는 생활방편도 있었을 것이다. 이러한 직업의식 이외에도 김기림은 여행 자체를 즐겼던 것으로 보인다. 프로이트가 말한 것처럼 여행은 일종의 현실도피적 성격도 있고, 이국정취(exoticism)에 기인하는 경우도 있다. 인간은 본능적인 근원으로 돌아가고 싶은 충동도 가진다. 고향의식이란 말 자체가 근원으로의 회귀본능을 자극하고 있다. 또 갈 수 없는 유토피아의 세계를 동경하는 경우, 가상공간을 체험하는 경우도 있을 것이다. 그 외에도 여행 자체가 주는 중독성도 있다. 김기림은 산과 바다로 많이 돌아다녔다. 그것은 〈산〉이라는 이름의 시도 창작했고 바다를 소재로 하는 시는 너무나 많아서 이름을 거명하는 것 자체가 의미가 없을 정도라는 점에서 확인이 된다. 김기림은 "우리가 가끔 길을 떠나고 싶은 충동을 느끼는 것도 별것 없이 어느 편으로 보면 징역살이에 틀림없는 인생에서 잠시 떠나서 푸른 하늘로, 푸른 바다로, 숲으로, 향해서 창을 열고 싶은 까닭이다."[4]라고 하면서 현실의 고통과 번뇌를 벗어나기 위해 여행을 떠난다고 밝혔다. 김기림에 의하면, 마르코 폴로는 궁금해서 길을 떠났지만 인생의 절망으로부터 도망하려고 하는 악착한 일루의

4) 김기림, 「여행」, 『바다와 육체』, 평범사, 1948. 김기림의 수필집 『바다와 육체』에는 「속 오전의 시론」이라는 시론 한편과 39편의 수필이 담겨 있다. 「여행」은 그중 한 편의 수필이다.

희망을 가지고, 여행에 구원의 혈로를 구한 것은 보들레르에서 시작한 것 같다라고 고백한다. 그러나 진짜 여행가는 다만 떠나기 위해서 떠나는 사람이라고 강조한다. 그것의 사례로 보들레르의 「길」의 일절을 소개한다.

> 輕氣球처럼 가벼운 마음, 결코 운명에서 풀려나지 못하면서도
> 까닭도 없이 그저 「가자」고만 외치는 사람이다.[5]

박호영은 김기림의 여행은 가고 싶지만 갈 수 없는 유토피아 지향의 성격을 띠며, 그 공감은 주로 '바다'로 나타나는데, 그가 이렇게 바다로의 여행을 꿈꾸는 것은 현실이 만족스럽지 못하기 때문이라고 설명했다. 융의 이론에 따르면 '상실된 거모성'으로부터의 여행이 김기림의 여행이라고 할 수 있는데, 이 상실된 거모성은 두 가지 측면에서 그 원인을 생각해볼 수 있다는 것이다. 하나는 어머니와 누나, 부인과의 이별 내지 사별에서 오는 모성 콤플렉스의 결과이며, 다른 하나는 어린 나이에 떠나온 바닷가 고향에 대한 그리움과 조국 상실의 식민지 현실이 그것[6]이라는 것이다.

김기림의 시는 총 241편인데, 그중에서 여행시는 80여 편이므로 약 1/3 정도에 해당된다. 김우창은 김기림 시의 본질을 '여행의 시'[7]라고 특징지었고, 김학동은 김기림 여행시의 창작요인을 '지적

---

5) 김기림, 「여행」, 『바다와 육체』, 평범사, 1948.
6) 박호영, 「김기림과 박인환의 여행의식 비교 연구」, 『한국문예비평연구』 제33집, 2010, 121쪽.
7) 김우창, 『김우창전집 1』, 민음사, 1977, 48쪽.

호기심에 의한 탐험의식'[8]이라고 제시했으며, 신범순은 김기림이 '거리 산책가'의 시선을 내재한 채 '보는 것 이상'의 것을 알기 위해 몽상하고 사물들의 벽에 부딪힌다고 하면서 김기림의 모더니즘적 사고가 여행시의 질적 논의와 연계될 수 있다[9]고 보았다.

김진희는 시인 김기림이 수필 「여행」에서 해정에서 국경 없이 돌아다니는 어족들을 부러워하고 집이나 고향, 나라가 비좁기 때문에 여행의 범위를 세계화해야 한다고 한 것을 예로 들면서 이러한 그의 여행관은 "미래지향적인 기대를 내재하는 '출발의 시'로 표상된다"[10]고 해석했다. 아울러 김진희는 김기림의 여행시는 미래지향적 기대와 변화를 표방한 시, 가상 여행의 낭만성을 현전화한 시, 만주 유랑민 이야기를 중심으로 하는 식민지 현실의 시, 이방의식을 단절된 공간으로 형상화한 시, 공간적인 객체를 주관적 인식과 상응시킨 즉물시 등으로 유형화할 수 있으며, 그의 여행시에 창세신화가 배경이 된다는 점, 이방의식의 소외감이 근대 개인의 본질로 연결된다는 점, 연작 여행시의 시편들을 유기적으로 읽을 때 비로소 서사적 의미가 구축된다는 점 등[11]을 확인할 수 있다고 주장했다.

김기림의 여행시로는 1933년 6월 23일자 『조선일보』에 발표

---

8) 김학동, 『김기림평전』, 새문사, 2001, 107쪽.
9) 신범순, 「모더니즘 기점론 (하)」 : 「1930년대 모더니즘에서 '산책가'의 꿈과 재현의 붕괴」, 『시와 시학』(1991년 겨울호, 통권 제4호), 81쪽.
10) 김진희, 「김기림 기행시의 인식과 유형」, 『한국현대문학연구』 제24집, 2008, 70쪽.
11) 김진희, 앞의 글, 66쪽.

했던 〈한강인도교〉 등 ≪유람뻐스≫ 총 8편, 1934년 9월 19일자 『조선일보』에 게재했던 〈서시〉, 〈대합실〉 등 ≪여행풍경 상, 중, 하≫ 총 22편, 1934년 잡지 『중앙』에 발표했던 〈기차〉, 〈대합실〉 등 ≪제물포풍경≫ 총 8편, 1936년 3월 16일부터 20일 사이에 『조선일보』에 게재했던 〈야행열차〉 등 ≪관북기행단장≫ 총 19편,[12] 1939년 『문장』과 『조광』에 발표했던 ≪동방기행≫ 총 10편, 기타 『태양의 풍속』에 실린 ≪함경선 오백킬로 여행풍경≫ 총 14편이 있다. 총 80여 편의 여행시 중에서 이방인의식과 식민지의 참담한 현실을 어느 정도 스케치한 시는 50여 편에 이른다.

≪관북기행단장≫에 실린 여행시는 간도로 이주한 조선 사람들의 고통적인 삶과 애환을 객관적이고 냉정한 시선으로 다룬 시작품들이다. 함경도 등 국경지대에 사는 조선 사람들이 생계를 위해서 자발적으로 간주로 이주했든, 정치적인 망명으로 고향을 등졌든지, 아니면 척박한 땅에서 일제에 의한 수탈까지 자행되자 야반도주형식으로 국경을 넘었든지 간에, 상당수 사람들이 오늘날의 중국 동북3성지역인 간도로 이주했던 것은 분명한 사실이다. 조선인들의 만주지역 이주는 1860~1880년대 청나라 때의 계절적 이주와 1910년대의 정치적 이주의 두 차례에 걸쳐 이루어진다. 중국에는 만주족인 누루하치에 의해 청나라가 1616년(당시 국호 후금)에 건

---

12) 조영복, 『문인기자 김기림과 1930년대 '화자-도서관'의 꿈』, 살림, 2007, 262쪽.

조영복은 〈관북기행단장〉은 『朝鮮日報』 원본에는 별다른 장르 표시가 되어 있지 않지만, 수필집에 수록되어 있으므로 수필로 보아야 하지 않은가라고 주장했다.

국되었고, 청나라는 자신의 본거지인 만주지역에 봉금령을 선포한다. 봉금령에도 불구하고 소수의 조선인들은 도강하여 밭을 일구었다. 1860년대 함경도에 대기근이 일어나자 상당수의 조선인들이 살기 위해 만주로 이주하여 밭을 갈았고, 청나라도 1880년대부터 자국의 필요에 따라 봉금령을 해제하고 조선인의 이주를 장려하기도 했다. 이러한 역사적 배경으로 만주지역에 조선인들이 이주하게 된 것을 계절적 요인에 의한 이주라고 말한다.

1905년 을사조약 이후 노골적인 일제의 침탈에 위기를 느낀 조선의 우국지사들이 해외독립군 기지 건설을 위해 만주로 대거 정치적 망명을 했으며, 경제적 이유로 이주하는 조선인들도 점차 늘어만 갔다. '합방' 을 전후한 시기 일본군의 초토화 작전으로 국내에서의 활동이 불가능하게 된 의병부대들이 간도와 연해주 지방으로 옮겨갔고, 애국 계몽운동 계열의 인사들이 대거 이 지역으로 옮겨가서 독립운동을 준비했다. 그 결과 3 · 1운동을 계기로 서간도지방에 30여 개, 북간도지방에 40여 개의 민족해방 운동단체들이 성립[13]되었다. 간도지방에 설치된 독립전쟁 기지 중 대표적인 것의 하나는 신민회 중심의 애국계몽운동 계열 인사들이 집단적으로 이주해 건설한 서간도의 삼원보 기지였다. 이 시기와 간도, 연해주 지방에 있는 독립전쟁 기지는 민정조직과 군정 조직을 함께 갖추고 있어서 실질적으로 하나의 독립된 자치적 정부조직을 방불케 했다. 한족회의 민정조직을 예로 들면 중앙의 행정조직은 총장 밑에 서무사장과 학무 · 재무 · 상무 · 군무 · 외무 · 내무 사장 등을 두어 중앙

13) 강만길, 『고쳐 쓴 한국현대사』, 창작과비평사, 1994, 51쪽.

정부적 조직을 갖추었다. 또한 교포사회를 근거로 지방조직도 갖추었다. 큰 부락을 천가(千家)라 하고 그 행정관으로 천가장을 두었고, 그것을 다시 1백 가호씩을 기준으로 구(區)로 나누어 구장 혹은 백가장(百家長)이 관할[14]하게 했다.

1910년대 조선인들은 중국 북간도의 용정 · 화룡 · 왕청 · 훈춘 등 4현과 서간도의 유하현의 삼원보, 북만주의 밀산부 한흥동 등으로 퍼져나갔다. 1920년 경신참변 이후에 일제는 만주지역에서 독립운동을 감시하고 억압했으며, 한인들의 자치를 방해했다. 1920년대 조선인들의 투쟁방식은 무장항쟁이나 비밀결사형태로 지속되었다. 대표적인 무장투쟁이 1920년 10월의 김좌진 장군의 청산리전투였다. 일본군은 '훈춘사건'을 날조하고 불법적으로 국경을 넘어 1만 5천 명의 대군으로 독립군의 집결지인 청산리 일대를 공격했다. 독립군은 백운평 골짜기, 완루구, 어랑촌 등지에서 격전을 벌여 연대장을 포함하여 1200여 명의 적군을 사살하는 전과를 올렸다. 화가 난 일본군은 간도지방 교포사회에 대한 보복 학살을 자행했다. 임시정부의 통계에 의하면 약 3천 여 명이 사살, 체포되고, 2500여 호의 민가와 30여 개의 학교가 불탔다. 청산리전투 후 일제의 탄압에 의해 민족해방운동은 한때 분산되고 침체했다. 그러나 각 단체들 사이의 통합운동은 꾸준히 계속되어 서로군정서와 대한 독립당 등이 통합하여 대한통군부를 1922년에 조직했고 그것이 다시 확대 발전하여 대한통의부가 되었다. 대한통의부는 통화현과 집안현을 중심으로 중앙조직과 지방 행정조직을 갖추어 이 지역 교포사회를

14) 강만길, 앞의 책, 52~53쪽.

근거로 정부 형태[15]를 갖추었다.

1930년대는 일제에 의해 만주국이 세워지면서 만주는 일본의 직접적인 관할하에 놓여서 만주지역 조선인들의 삶은 더욱 척박해진다. 1930년대 초 만주지역의 상황이 극도로 악화되자 많은 활동가들이 중국 관내지역으로 이동하여 여러 반일단체를 결성했다. 안창호 · 이동녕 · 조소앙 · 김구 등은 한국독립당을 결성하고 의열투쟁 등을 전개[16]했다. 민족해방 투쟁 열기가 고조되면서 일제강점기 만주지역의 조선인들의 숫자는 점차 늘어만 가는데, 1910년대에는 약 20만 명이 거주한데 비해, 1930년대에는 60만 명, 1945년경에는 약 160만~170만 명으로 점차 급증하게 되었다.

샛바람에 달이 떠는
거리에 들어서자
기차는 추워서 앙 울었다.

-〈야행열차〉 전문, ≪관북기행단장≫.

물레방아가 멈춰선 날 밤
아버지는 번연히 돌아오지 못할 아들이
돌아오는 꿈을 꾸면서 눈을 감았단다.

---

15) 강만길, 앞의 책, 54~55쪽.
16) 한국역사연구회, 『한국역사』, 역사비평사, 1992, 327쪽.

마을에서는
구두소리가 뜨락에 요란하던 그날 밤 일도
불빛이 휘황하던 회관의 일도 모르는 아이들이
어머니의 잔소리만 들으면서 자라난다.

-〈마을(가)〉 전문, ≪관북기행단장≫.

「풋뽈」 대신에 소 방광을 굴리다가도
끝내 저녁을 먹으라는 어머니의 소리가 들리지 않기에
아이들은 지쳐서 돌아와서 새우처럼 꼬부라져 잠이 든다.

-〈마을(나)〉 전문, ≪관북기행단장≫.

조고만한 소문에도
마을은 엄청나게 놀랐다.
소문은 언제든지 열매를 맺어서
한 집 두 집 마을은 여위어가고—

간도 소식을 기다리는 이웃들만 그 뒤에 남어서
사흘 건너 오는 우체군을 반가워했다.

-〈마을(다)〉 전문, ≪관북기행단장≫.

담뇨를 둘러쓰고 십리를 온
누님의 눈썹에는 고드레미가 달렸다.
얼어온 두 발을 부엌에 댕겨다가 주물러주며
갈라진 손등의 부스름 자곡을 헤여본다.

-〈육친(나)〉 전문, ≪관북기행단장≫.

김기림은 시인으로서 다양한 장르적 실험을 했다. 서사시에 가까운 장시로 『기상도』를 가득 채우기도 했고, 단시에 해당하는 짧은 서정시로 마치 한 마을을 소묘하듯이, 마을 풍경과 사람들의 내적 정서를 담담하게 그려나갔다. ≪관북기행단장≫도 이러한 실험정신에서 출발하게 된다. 관북기행이라는 여행지에 나오는 '관북(關北)' 또는 북관이라는 호칭은 강원 회양군과 함남 안변군과의 경계에 있는 철령(鐵嶺, 685m)의 북쪽에 위치한다는 데서 생겨난 호칭이다. 이러한 용어는 행정구역상 명칭이 아니라 역사지리적 명칭이라고 할 수 있다. 흔히 원산부터 함흥, 성진, 길주, 청진, 경성까지의 함경남북도 지역을 일컫는 명칭이다. 관북기행이 1920~30년대에 가능하게 된 것은 철도의 부설 때문이었다.

한국의 철도는 1897년 인천 우각현에서 공사를 시작하여 1899년 제물포-노량진 구간과 1900년 노량진-서울 구간이 완공되면서 경인선이라는 이름으로 첫발을 내딛었다. 곧이어 일제는 대륙침략의 발판으로 부산과 신의주를 연결하는 한반도 종단 철도 건설에 주력했다. 그 결과 1905년 1월 영등포역에서 초량을 잇는 경부선 철도를 개통했다. 이어서 러일전쟁을 치르는 동안 경의선 부설공사를 마치고 1905년 4월 용산과 신의주를 잇는 군용철도의 경의선 운행을 개시했다. 그럼으로써 1908년 1월부터 한반도를 관통하여 부산과 신의주 사이를 잇는 열차 '융희호'가 운행을 개시했고, 1911년 11월에는 압록강 가교가 준공되면서 만주의 안동까지 연장 운행이 가능해졌다. 이후 일제는 호남선, 경원선, 함경선, 황해선, 만포선, 동해북부선 등 한반도의 간선과 지선 철도를 확충[17]했다. 철도는 군사목적 이외에도 근대관광의 대중화에도 크게 기여했다. 일제에 의해 철도가 부설되면서 일본의 식민지성 관광이 그대로 한국에 이식되었다.

기차는 배와 더불어 서구의 근대과학문물의 상징인 운반도구이다. 김기림은 모더니스트로서 초기 시에서 기차나 배의 '개방성'과 근대과학정신에 매료되었다. 하지만 기자 신분으로 기차를 타고 출장을 다니면서 1930년대 중반부터 식민지현실에 대해 눈을 뜨기 시작한다. 만주사변을 일으켜 일제가 중국 본토 침략을 본격화하고 만주땅을 개척하기 위해 조선 노동력을 동원하기 시작하면서, 철도가 조선인에게 미래의 희망적인 과학문물이 아니라 점차 공포와 두려움의 대상으로 변해가는 것을 목도하게 된 것이다. 김기림은 원산에서 야간열차로 함경선을 타고 함흥-신포-신북청-단천-성진-길주-주을-경성을 거쳐 종착역인 회령역에 당도했을 것으로 추정된다. 그런데 김기림이 탄 기차는 그가 초기 시에서 그렇게 예

---

17) 조성운 외, 『시선의 탄생 - 식민지조선의 근대관광』, 선인, 2011, 208~209쪽.

찬했던 열차가 아니었다. “샛바람에 달이 떠는/거리에 들어서자/기차는 추워서 앙 울었다.”라고 묘사하고 있다. 국경지대인 함경도 지방의 날씨가 추워서 기차도 “추워서 앙 울었다”인지 아니면, 1930년대 식민지 현실이 삭풍이 몰아치고 기차도 추위를 느낄 정도로 살벌한지는 분명하지가 않다. 중의법으로 ‘샛바람에 달이 떠는’이 어떤 대상을 수식하는지 애매하게 처리되기 때문이다. 서시에 이어 마을(가) ~ 마을(다)로 이어지는데, 〈마을(가)〉에서 간도로 떠난 아들이 결코 돌아오지 않을 것이라는 확신이 그려져 있다. 돌아오지 못할 아들을 그리워하며 아버지는 이미 눈을 감으신 것으로 묘사되고 있다. 당시 부족한 노동력을 보충하려고 청년들을 강제로 이끌어내어서 만주지역으로 보내는 일제의 만행이 사실적으로 폭로되고 있다.

〈마을(가)〉의 2연에서 “마을에서는/구두소리가 뜨락에 요란하던 그날 밤 일도/불빛이 휘황하던 회관의 일도 모르는 아이들이”라고 하여 낮에 무엇인가 심상치 않은 사건이 벌어졌음을 상징하지만, 아이들로 시선이 급작스럽게 바뀌면서 낮의 일은 독자의 상상력 속으로 미끄러져 들어가고 만다. 〈마을(나)〉에서 소 방광으로 축구공을 만들어 차던 “아이들은 지쳐서 돌아와서 새우처럼 꼬부라져 잠이 든다.”고 그려져 무섭고 충격적인 낮의 사건에도 불구하고 금세 일상의 평온을 찾아갈 수밖에 없는 식민지 조선의 현실이 냉혹하게 표현되고 있다. 이러한 김기림의 잠복적 시선처리는 탈식민주의 담론가 스피박이 제시한 「하위계층은 말할 수 있는가」를 생각하게 만든다. ‘과부 순장제’가 존속했던 인도에서 분신을 금지하는 ‘인도주의적인' 영국의 법령이 분신한 미망인을 '희생자'로, 분신을 '범죄'로 규정함으로써 미망인의 진정한 자유의지가 무엇이었는지에 대한 질문을 봉쇄해버렸다면, 힌두 경전에서는 애초에 예외적인 조항이었던 분신이 비예외적인, 즉 일반적인 조항으로 탈바꿈됨으로써, 또한 분신의 결정을 미망인의 욕망으로 일방적인 해석을 함에 의해 미망인이 진정으로 원했던 것이 무엇이었는지에 대한 질문을 또한 봉쇄하고 말았다는 것이다. 인도를 통치했던 영국 제국주의의 법이나 이에 저항했던 인도의 민족주의 담론 모두 기원(하위계층의 의식이나 욕망)을 회복하려는 시도를 했으나 그러한 기원 복구의 시도는 항상 재현이 가지고 있는 이데올로기적인 왜곡 때문에 실패로 끝나고 말았다는 것이 스피박의 논지[18]다.

이와 마찬가지로 "아버지는 번연히 돌아오지 못할 아들이/돌아오는 꿈을 꾸면서 눈을 감았단다."로 묘사되는 장면에서 간도로 떠난 조선청년은 정녕 자유 의지로 국경을 넘었는가라고 반문을 하게 된다. 일본제국주의자들은 분명 이러한 간도로 떠나는 청년들을, 영웅적인 행동을 한 것으로 언론매체를 동원해 미화시켰을 것이다. 그런데 왜 아버지는 아들이 "번연히 돌아오지 못할" 것으로 판단하는가가 의문점이다. 그리고 왜 아버지는 자신의 아들이 원하지도 않는 길로 떠나는데 침묵할 수밖에 없으며 꿈에서나 돌아올 것으로 생각하는가? 여기에서 사지로 내몰려도 침묵할 수밖에 없는 현실에 대한 허망감과 일본천왕을 위해 용맹스런 영웅의 행동으로 미화

18) 이석구, 「탈식민주의와 탈구조주의」, 고부응 엮음, 『탈식민주의 -이론과 쟁점』, 문학과지성사, 2003, 210~211쪽.

시키려는 일본 제국주의자의 간교한 책략이 충돌하면서 조선 하층민들은 일상의 질서 속으로 빨려 들어갈 수밖에 없는 것이 현실이 그려지고 있다. "소문은 언제든지 열매를 맺어서/한 집 두 집 마을은 여워어가고—"에서 간도로 떠나간 조선청년들은 결코 돌아올 수 없기 때문에 가가호호 함경도의 조선인 부락촌의 집들은 부모와 어린 아이들만 남은 채 텅텅 비워갈 수밖에 없는 것이다.

〈마을(다)〉에서 "간도 소식을 기다리는 이웃들만 그 뒤에 남어서/사흘 건너 오는 우체군을 반가워했다."에서는 식민지 조선의 하층민들이 지배계층인 일본 제국주의자들에 저항할 힘과 적절한 방도를 가지고 있지 못함을 슬프게 묘사되고 있다. 그들은 다만 운에 맡겨 간도로 간 아들이 무사하다는 편지만을 무작정 기다리게 되는 것이다. 〈마을(다)〉에서 주목해야 할 사항은 정작 간도로 떠난 아들을 두고 눈을 감은 아버지의 집은 시적 화자의 시선에서 멀어지고, 우체부를 기다리는 다른 이웃에게로 시선이 옮겨가고 있다는 점이다. 이러한 분위기와 환경은 보이지 않는 폭력에 의해 침묵을 강요당하는 현실 속에서 진정 「하위계층은 말할 수 있는가?」를 구체적으로 확인시켜준다.

〈육친(다)〉의 "담뇨를 둘러쓰고 십리를 온/누님의 눈썹에는 고드레미가 달렸다."에서 등장하는 '누님'은 함경도 출신의 시인 백석의 시에서 흔하게 접하는 친근한 시어다. 이 시에서 누님의 눈썹에 달린 고드레미는 함경도의 국경지대의 살을 에는 강추위만을 상징하는 것이 아니라 일제강점기의 조선 하층민들의 처절한 고통과 시련을 내포하는 것이다. 안타까운 것은 시적 화자가 할 수 있는 일이라는 것이 "얼어온 두 발을 부엌에 댕겨다가 주물러주며/갈라진 손등의 부스름 자곡을 헤여본다."는 방법밖에 없다는 점이다.

III. 근대의 파국과 '윤리적 개별성'의 확보

1930년대 중반부터 후반까지의 시기에 김기림은 큰 시련에 봉착한다. 하나는 친구 이상의 죽음이다. 그에게 예술적 감수성을 주었고 천재적인 아방가르드의 모습도 보여주었던 이상의 죽음은 큰 충격으로 다가왔다. 김기림은 조선일보 기자일에서 퇴근하면 구인회 멤버들과 영화 관람을 하면서 당시 프랑스의 르네 끌레르에 심취했다. 당시 이상과 구보 박태원 그리고 김기림 자신의 대화의 주제는 항상 프랑스 문학, 특히 시에서 시작해 나중에는 르네 끌레르의 영화, 단리의 그림에까지 미쳤다[19]는 것이다. 김기림의 끌레르에 대한 회고에서 끌레르에 대한 오마쥬는 그보다는 이상에 대한 오마쥬 형태라는 것이 특징적[20]이다. 창문사에서 인쇄해 펴낸 김기림의 시집 『기상도』를 단순하고 간결한 장정으로 디자인한 사람이 바로 이상이었다.

김기림에게 닥친 다른 하나의 시련은 자신의 직장이었던 『조선일보』와 『동아일보』가 폐간되고 만다는 것이다. 1939년 12월 중순

19) 김기림, 「이상의 모습과 예술」, 『그리운 그 이름 이상』, 32쪽, 조영복, 『문인기자 김기림과 1930년대 '활자-도서관'의 꿈』, 살림, 2007, 219쪽. 재인용.
20) 조영복, 앞의 책, 219쪽.

경 총독부는 정식으로 조선 · 동아에게 폐간을 요구하게 된다, 결국 1940년 8월 10일 『조선일보』와 『동아일보』는 폐간된다. 폐간 직전인 1940년 8월 5일자 학예면은 '動하는 문화' 라는 특집 기획으로 홍기문의 「조선학의 본질과 현상」, 이원조의 「현역작가론」, 최재서의 「시단의 3세대」, 한식의 「조선문학과 동경문단」과 함께, 오장환의 「Finale], 이용악의 「당신의 소년은」, 윤곤강의 「심상」을 게재했다.

학예부장이었던 김기림은 서정주에게 폐간 기념호에 실을 기념시 한 편을 보내달라는 엽서를 써서 부친다. 서정주로부터 답장이 없자 다시 빨리 보내라는 전보를 보낸다. 하지만 그때 서정주는 시인부락동인을 함께했던 임대섭이 찾아와 방랑의 동지를 요청해 함께 길을 떠났다가 돌아와 엽서를 보았지만 이미 기념호가 나올 날짜가 지났던 것이다. 서정주의 「행진곡」이 역사 속으로 묻혀버리는 순간이었다. 당시 서정주는 이용악, 오장환과 함께 '三才' 로 불린 신진 시인이었다. 1938년 서정주의 처녀시집 『화사』가 나왔을 때 김기림은 누구보다도 서정주를 치켜세웠던 기억을 떠올리며, 폐간 기념호에 시를 싣는다면 짐승처럼 울부짖되 소리를 육체로 뭉개듯 삭히는 서정주의 시가 제격이라는 생각이 들었을지 모른다[21]고 조영복은 평했다.

『조선일보』의 폐간 전후에 김기림은 그가 그토록 동경했던 근대 문명에 대한 예찬에서 벗어나, 문명비판적인 접근으로 근대의 파산을 선고한 비평의 글들인 「모더니즘의 역사적 위치」(1939.10), 「조

21) 조영복, 앞의 책, 239~241쪽.

선 문학에의 반성」(1940.10), 「동양에 관한 단상」(1941.4), 「시의 장래」(1941.8) 등을 잇달아 발표한다. 아울러 고향 성진에서 그다지 멀지 않는 경성중학에서 수학 · 영어 교사를 하며 침묵의 시간을 갖는다.

모더니즘에 대한 위기를 토로하며, 근대의 파산을 선고한 김기림의 비평의 글을 인용하기로 한다.

> 그러나 모더니즘은 30년대의 중쯤에 와서 한 위기에 다닥쳤다.
>
> 그것은 안으로는 모더니즘의 말의 중시가 이윽고 그 말류의 손으로 언어의 말초화로 타락되어가는 경향이 어느새 발현되었고, 밖으로는 그들이 명랑한 전망 아래 감수하던 오늘의 문명이 점점 심각하게 어두워가고 이지러가는 데 대한 그들의 시적 태도의 재정비를 필요로 함에 이른 때문이다.
>
> 이에 시를 기교주의적 말초화에서 다시 끌어내고 또 문명에 대한 시적 감수에서 비판에로 태도를 바로잡아야 했다. 그래서 사회성과 역사성을 이미 발견된 말의 가치를 통해서 형상화하는 일이다. 이에 말은 사회성과 역사성에 의하여 더욱 함축이 깊어지고 넓어지고 다양해져서 정서의 진동은 더욱 강해야 했다.
>
> 전 시단적으로 보면 그것은 그 전대의 경향파와 모더니즘의 종합이었다.[22)]
>
> 나는 앞에서 우리는 혹은 지난 10년 동안 서양의 혼돈을 수입하

---

22) 김기림, 「모더니즘의 역사적 위치」, 『人文評論』(1939.10), 김세환 편, 『김기림 선집』, 깊은샘, 1988, 257~258쪽.

> 지나 않았나 하는 의문을 걸어 보았다. 사실 오늘에 와서 이 이상 우리가 근대 또는 그것의 지역적 구현인 서양을 추구한다는 것은 아무리 보아도 우스워졌다. 유토피아는 뒤집어진 셈이 되었다. 구라파 자체도 또 그것을 추구하던 後列의 제국도 지금에 와서는 동등한 공허와 동요와 고민을 가지고 근대의 파산이라는 의외의 국면에 소집된 셈이다. ………… (중략) …………
>
> 조선은 근대사회를 그 성숙한 모양으로 이루어 보지도 못하고 근대정신을 그 완전한 상태에서 체득해 보지도 못한 채 인제 근대 그것의 파국에 좋든 궂든 다닥치고 말았다. 벌써 새로이 문화적으로 모방하고 수입할 가치 있는 것을 구라파의 전장에서 기대할 수는 없다. 또 다시 불구한 상태 그대로로서 창황한 결산을 해야 하게 되었다. 그것은 어찌 보면 미증유의 창조의 시기 같기도 하다.[23)]

김기림이 근대의 종언을 고하면서 고향으로 낙향하여 침묵의 시간을 가진 것은 어떤 의미를 지니는가? 구모룡은 근대문명을 대하는 김기림의 태도는 결국 일본이라는 필터를 거친 것으로 근대와 그 너머의 세계를 바라보는 김기림의 시선 또한 이러한 현상으로부터 자유로울 수 없었다고 말하며 비판하면서 일제 말기 그의 침묵 역시 구체적으로 확인된 바가 없다는 점을 강조[24)]했다. 이에 반해 조영복은 김기림의 침묵이 시대를 관통하는 행위의 근거로 이해될

---

23) 김기림, 「30년대의 소묘」, 『人文評論』(1940.10), 김시태 편, 『김기림선집』, 깊은샘, 1988, 249~252쪽.

24) 구모룡, 「식민성 근대주의의 한 양상」, 『문학수첩』(2005년 봄호), 문학수첩사.

수 있다는 점을 지적하며, 그 정확한 의미를 이해하기 위해서는 당시 그가 남긴 시와 수필 등의 내용을 참조할 필요가 있음을 역설한다. 그 결과 김기림의 침묵이야말로 그가 예언자적 인식의 한 단면을 드러낸 것으로 이를 통해 일제 말기의 지루한 시간을 통과하고자 하는 의지를 반영한 것으로 평가[25)]한다.

한편 김유중은 김기림이 근대의 파산을 선고한 것은 그가 동양주의를 강조하는 일본의 의도에 대해 어느 정도 알아차리고 있었음이 분명하다고 말하면서 그렇기 때문에 무턱대고 동양문화에로의 몰입을 서두를 것이 아니라 그것에 대해 일정 정도의 거리를 두고 물러서서 객관적인 관찰과 평가를 하여야 하며, 그런 연후에야 진정으로 재발견될 수 있으리라는 견해를 피력한 것은 동양주의에 대한 완곡한 부정으로 이해해야 한다고 주장했다. 또 김기림에게 있어서 민족어의 소멸은 민족문화의 소멸이며, 이는 결국 민족 자체의 소멸을 의미하는 것이었다. 그래서 그는 적어도 현 단계에서는 민족이 그 언어를 잃는 것은 역사의 진전에 대한 배반이라고 보았던 것이라는 해석을 한다. 근대가 실패한 이상 우리가 그것을 반복할 이유는 없어졌으며, 이제 우리에게 남은 과제는 근대를 넘어서는 새로운 사상, 새로운 문명의 싹을 틔우는 일이 될 것이라는 것이 그의 생각이라는 것이다. 결국 김기림에게 있어 민족 문화의 건설이나 국가의 발전이란 어차피 유토피아적 질서의 창조를 위한 역사의 한 과정일 뿐[26)]이라고 보았다.

---

25) 조영복, 「김기림의 예언자적 인식과 침묵의 수사」, 『한국시학연구』 제15호 (2006.4), 한국시학회.

아모도 그에게 水深을 일러 준 일이 없기에
흰 나비는 도모지 바다가 무섭지 않다.

靑무우밭인가해서 나려 갔다가는
어린 날개가 물결에 저러서
公主처럼 지쳐서 돌아온다.

三月달 바다가 꽃이 피지 않어서 서거푼
나비 허리에 새파란 초생달이 시리다.

-〈바다와 나비〉 전문

김기림은 '바다' 이미지를 잘 활용하는 시인이다. 그의 초기 시에 있어서 바다는 항구와 더불어 서구 근대문명으로 나아가는 교두보로서의 의미를 지닌다. 지식인으로서의 작가가 막연하게 바라보면서 동경하던 대상이자 객체였던 것이다. 즉, 식민지 지식인에게 있어서 바다는 유토피아적 지향성을 지닌다. 하지만 1939년 4월 『여성』에 발표한 〈바다와 나비〉에서의 '바다'는 초기 시와 확연하게 다르게 묘사된다. 바다는 시적 화자인 '나비'와 맞서는 객체로서의 의미를 지닌다. 바다는 수심의 깊이를 알려주지 않는다, 평화롭고 잔잔한 이미지 때문에 나비에게 무서움을 모르게 하는 대상이

26) 김유중, 「김기림의 역사관, 문학관과 일본 근대 사상의 관련성」, 『한국현대문학연구』 26권, 한국현대문학회, 2008, 261~274쪽.

다. 바다는 청무우밭처럼 파랗기 때문에 나비를 유혹하지만, 결국 물일 뿐이라는 것을 깨닫게 하여 허무함을 가져다준다. 또 바다는 희망과 꿈의 영역이지만, 사실은 꽃이 피지 않으므로 나비에게는 현실적이지 못하고 판타지에 불과한 존재인 것이다. 생명의 역동성을 간직하고 있지 않기에 바다는 생명체인 나비에게 있어서 가상이고 위선적인 공간에 지나지 않는다. 일종의 헛것, 즉 착시의 대상에 머물고 만다.

바다의 조수간만을 움직이는 주체인 달마저도 초생달이므로 잔잔하기만 하여 가상의 존재임을 더욱 깨닫게 만드는 데 머물고 만다. 이렇게 〈바다와 나비〉는 주지주의 계열의 시와 달리 서정시의 본질을 갖추고 있다. 시상의 전개과정이 시적 화자와 어울어지면서 동화와 긴장을 반복하게 만든다. 객체이자 대상인 바다는 시적 주체인 나비와 상극을 이루며 긴장을 고조시킨다. 이 시에서 나비는 식민지 지식인인 시인 자신을 상징하면서 근대문명에 대한 욕망의 끈을 놓지 못하는 프띠 부르주아적 캐릭터를 창조해낸다. 이에 반해 바다는 문명의 욕망을 재촉하지만 결국은 허상만을 보여주며 주체를 철저하게 소외시키는 식민지의 근대성을 상징하고 있다. 따라서 나비에게 바다는 잡히지 않는 허망한 꿈에 지나지 않는다. 이 시에는 1930년대 말에 접어들면서, 군국주의의 물결이 민족의 언어마저도 소멸시키고 있는 현실 속에서 근대의 파산을 선고할 수밖에 없는 지식인 김기림의 허탈함이 잘 드러나고 있다.

日曜日 아츰마다 陽地 바닥에는

무덤들이 버섯처럼 일제히 돋아난다.

喪輿는 늘 거리를 도라다보면서
언덕으로 끌려 올라가군 하였다.

아모 무덤도 입을 버리지 않도록 봉해 버렸건만
默示錄의 나팔소리를 기다리는가 보아서

바람소리에조차 모다들 귀를 쫑그린다.

潮水가 우는 달밤에는
등을 이르키고 넋없이 바다를 구버본다.

–〈共同墓地〉 전문

〈공동묘지〉는 1939년 10월『인문평론』제 1권 1호에 발표한 작품이다. 초기 시와 마찬가지로 시각적 이미지가 잘 드러난 시이다. 하지만 시각적 이미지를 통해 근대적 감각을 떠올려주지는 않는 것이 특징이다. 오히려 태양이 비치는 오전의 상황에서 숨죽이고 곡소리만 난무하는 현실적 절망감만이 잘 묘사되고 있다. 정면에서 김기림의 트레이드마크인 '오전의 시론'이 붕괴되고 있는 양상이다. 공동묘지는 적막감만이 스며들어 있는 공간이다. 그것은 산자의 공간이 아니라 죽은 자의 공간이기 때문이다. 시적 화자는 메마른 시각으로 무덤들의 봉분을 살펴보고 있다. 일종의 카메라워크를 통해 냉철하게 관찰하고 대상을 비쳐주는 것에 머무르는 것이 이 시의 특징이다. 왜냐하면 근대문명의 폭발로 인해 조선 민중에게 꿈의 현시화 내지 희망적인 계시가 있을 것이라고 판단한 것이, 유학파를 포함한 조선 지식인들의 얼마나 잘못된 착각인가를 절실하게 깨달았기 때문이다. 일요일 아침마다 햇살을 받으며 봉분들은 일제히 솟아오른다. 태양은 죽은 자에게 일어나라고 계시를 한다. 사실 무덤은 풍자적인 기법에 의한 상징일 수 있다. 그 이유는 언덕으로 '끌려올라가는' 상황과 '입을 벌리지 않도록 봉해버린' 억압적 현실이 생생하게 드러나고 있기 때문이다. 무덤은 숨죽이며 죽은 척 살아가야만 하는 조선 민중의 생존방법을 함축하고 있다. 1930년대 중반부터 김기림이 자주 언급했던 '풍자론'이 실제 창작과정에서 드러나고 있는 것이다.

아무 무덤도 입을 벌리지 못하도록 봉해버렸지만, 묵시록의 나팔소리를 기다리고 있는 이유는 뻔하다. 어둠의 상황은 그렇게 길지 않을 것이고 곧 밝음의 시간이 도래할 것이기 때문이다. 묵시록이란 요한계시록을 말한다. 요한계시록은 성서의 맨 마지막을 장식하는 책답게 '세상의 종말'을 이야기한다. 그러나 동시에 새 세상의 출발도 이야기하므로 성인들에게는 희소식이고, 죄인들에게는 나쁜 소식이다.

계시록은 묵시록이라고도 부르는데, '계시'를 뜻하는 그리스어 아포칼립시스(apokalypsis)에서 나온 말이다. 저자인 요한은 그리스도교를 몹시 싫어한 로마 황제 도미티아누스의 추방령을 받아 황량한 바위섬인 그리스의 파트모스로 와서 계시록을 썼다. 요한계시록 첫 세 장의 실제 저자는 예수다. 예수가 아시아(현재의 터키)의 일곱 개 그리스도교 공동체에 전하는 말을 옮겨 적은 것뿐이다. 예수는 그들의 잘못을 꾸짖으면서도 격려하고 있다. 그런데 4장의 첫머리부터 천사나 용 같은 상징들이 나오면서 내용이 난해해지기 시작한다. 그러나 이 책의 기본 메시지는 단순하다. 성인들은 세속의 권력이 가하는 무시무시한 박해를 견뎌낼 것이고, 결국 신이 승리해 박해받던 자들이 천상의 새 예루살렘에서 영원히 살게 된다[27]는 내용이다. 김기림이 묵시록의 나팔소리를 거론한 이유가 여기에 있다. 조선민족은 일본제국주의 말발굽에 짓밟히고 있지만, 조금만 참으면 곧 새로운 희망과 환희의 세계가 도래할 것이라는 메시지인 것이다.

'潮水가 우는 달밤' 은 신비로움을 조성하기도 하지만, 신화적 분위기를 자아낸다. 달은 어둠 속에서 떠오르지만, 수많은 질곡 속에서 어쩔 수 없이 살아가고 있는 인간들에게 보름달이라는 빛을 던져준다. 조수간만을 움직이는 역동적인 주체인 '달' 은 에너지를 얻기 위해 소멸과 회생을 반복한다. 소멸은 조선 민족의 억압적 상황을 상징한다. 하지만 '소리에조차 모다들 귀를 쭝긋' 하듯이 우리말의 가치를 존중하면서 묵묵히 시를 쓰고 있는 시인은 바로 메시아의 도래를 알리는 메신저와 같은 존재라는 의미를 상징해준다. 죽은 듯이 엎드려 있는 민족얼은 달빛에 위안 삼으며 '등을 일으키

27) J. 스티븐 랭,『바이블 키워드』, 남경태 역, 도서출판 들녘, 2007. [네이버 지식백과] 요한계시록.

고 넋없이 바다를 굽어보는' 행동을 일삼는다.

이때의 '바다'는 삶과 죽음의 경계일 수도 있고 문명과 야만의 경계일 수도 있다. 앞서 김기림에게 있어서 민족 문화의 건설이나 국가의 발전이란 어차피 유토피아적 질서의 창조를 위한 역사의 한 과정이란 말이 새삼스럽지 않다. 1930년대 말에서 1940년대로 넘어가는 험난한 시기에 시인 김기림이 조선 민중에게 주고 싶은 메시지는 바로 성인들은 세속의 권력이 가하는 무시무시한 박해를 견뎌낼 것이고, 결국 신이 승리해 박해받던 자들이 들어갈 천상의 새로운 유토피아의 세계가 펼쳐질 것이라는 희망의 소리인 것이다.

> 저마다 가슴속에 癌腫을 기르면서
> 지리한 歷史의 臨終을 고대한다.
>
> 그날그날의 動物의 習性에도 아주 익어버렸다.
> 標本室의 착한 倫理에도 아담하게 固定한다.
>
> 人生아 나는 용맹한 포수인 체 숨차도록
> 너를 쫓아 댕겼다.
>
> 너는 오늘 간사한 매초라기처럼
> 내 발 앞에서 포도독 날러가 버리는구나.
>
> ─〈療養院〉 전문

김기림은 1930년대 말에 발표한 시론에서 근대의 파산의 대안으로 모더니즘과 역사성의 만남을 통한 민족 공동체의 건설이라는 대명제를 제시한 바 있다. 김기림이 1939년 9월에 잡지 『조광』에 발표한 〈요양원〉에서 '요양원'은 억압 속에서도 숨죽이며 생존을 하루하루 이어갈 수밖에 없는 우리 민족의 참담한 현실을 상징한다. 드디어 민족 현실이라는 역사성에 시인 김기림이 발을 들여놓은 것이다. 식민지 현실 속에서 조선 민족의 삶은 요양원에서의 생활과 다름 없다. 김기림이 흔히 현실의, 문명비판에서 자주 구사하던 새타이어의 기법이 활용된다.

> 아무리 반시대적인 예술일지라도 자연발생적으로는 시대의 어느 부분적인 病症일만정 대표하는 것이 사실이다. 이에 반하여 시 속에서 시인이 시대에 대한 해석을 의식적으로 기도할 때에 거기는 벌써 비판이 나타난다. 나는 그것을 문명비판이라고 불러왔다.
>
> 이 비판의 정신은 어느 새에 「새타이어」(풍자)의 문학을 배태할 것이다.[28)]

김기림은 우리 시단이 문명에 뒤떨어져 있다고 인식한다. 그렇기 때문에 그는 문명 그것에 대한 인식이 무엇보다 필요하다고 했다. 서구의 경우 풍자문학의 문제는 주로 전통과 현대의 문제였다. 풍자는 그 자체가 과거에 대한 비판과 새로운 무엇에 대한 모색 사이

---

28) 김기림, 『김기림전집』 2, 심설당, 1988, 157쪽, 이미순, 「김기림의 시론과 풍자」, 『한국현대문학연구』 21집, 2007, 162쪽 재인용.

에서 발생하는 것이다. 따라서 서구의 근대문학에서 풍자는 근대에 대한 전면적인 공격을 감행한다. 풍자가는 늘 현실과 이상의 차이를 날카롭게 의식하고 있다고 할 때, 김기림이 그 차이로 인식한 것은 여전히 전통과 근대의 대립이며, 다만 서양과 다른 것으로서 휴머니즘과 고전주의가 종합된 세계를 이상으로 제시하고 있는 정도이다. 그는 식민지 반봉건 사회인 조선의 특수성 속에서 역사의 미래를 보지 않고 흄, 엘리어트 등의 이론을 비판하고, 그것을 '문명비판' 이란 이름으로 내세웠던 것[29]이다.

그러나 그가 새로운 휴머니즘의 세력으로 '집단' 에 대해 언급한 것은 주목을 요한다. 김기림은 문명 비판을 통해 새로운 휴머니즘을 모색하면서 근대의 '개인' 의 주체 대신 '집단' 적 주체를 강조한다. 집단을 언급한 이후에 그의 지론은 '민족' 과 '공동체' 를 강조하는 것[30]으로 귀결된다.

김기림의 〈요양원〉에서 '요양원' 은 식민지 현실에서 조선 민족의 운명에 대한 새타이어라고 할 수 있다. 1연에서부터 메타포를 사용하되 그 밑바탕에는 시니컬한 풍자적 의미가 내포되어 있음을 확인하게 된다. 앞서 언급 했듯히 풍자가 이상과 현실의 괴리를 토대로 삼고 있다고 볼 때 1930년대 말의 현실은 조선 민족에게는 더 이상 참기 어려울 정도의 모욕적인 삶의 연속이었음을 비판하고 있는 것이다. 그래서 우리 민족은 '저마다 가슴속에 암종을 기르면서' 일본 제국주의자들의 압제와 수탈에 의한 '지리한 역사의 임종

29) 이미순, 앞의 글, 163~165쪽.
30) 이미순, 같은 글, 166쪽.

을 고대'할 수밖에 없는 상황을 맞이하게 되었다. 그동안 제국주의자들의 폭압 속에서도 우리 민족은 '동물의 습성'과 '표본실의 착한 윤리'로 순응적인 삶을 영위해 오면서 미래에 대한 꿈을 잃지 않았지만, 돌아온 것은 아무리 발버둥쳐도 손에 쥘 수 있는 것이 아무것도 없는 허망한 일이 되고 만다는 깨달음뿐이었다. 시인은 이러한 상황을 '간사한 메초라기'라 표현하고, 우리가 처한 현실을 '요양원'이라고 함으로써 그곳에서 살아가는 우리 민족을 삶으로부터 소외된 모습으로 형상화[31]하고자 한다.

스피박은 '누가 어떻게 탈식민화를 하는가'라는 문제에 천착한다. 그녀는 인도의 여성운동가이자 작가인 데비의 작품들 중 단편 세 편을 벵골어에서 영어로 번역하여 '상상의 지도'라는 제목을 붙여 발간했다. 단편 가운데 하나인 「아낌없이 베푸는 도우로티(Douloti)」에서 자신을 매음굴에 맡길 수밖에 없었던 처녀 도우로티가 착취와 질병 속에 죽어가는 모습을 제시[32]한다. 그렇다면 스피박이 우리에게 주문하는 것을 무엇일까. 그녀는 모든 제도적 장치를 넘어 도우로티와 '내밀한 만남'을 갖길 요구한다. 즉, 개인과 개인의 만남에서 책임과 의무에 바탕을 둔 윤리성이 확립되길 주문한 것이다. 스피박은 이를 '윤리적 개별성(ethical singularity)'이라 불렀다. 이 용어는 전 지구화 구조 속에서 희생될 수밖에 없는 존재에 귀를 기울이고 존중하려는 노력을 의미[33]한다.

---

31) 김윤정, 『김기림과 그의 세계』, 푸른 사상, 2005, 201쪽.
32) 박종성, 『탈식민주의에 대한 성찰』, 살림, 2006, 64~65쪽.
33) 박종성, 앞의 책, 65쪽.

김기림은 1940년 10월『인문평론』에 쓴「30년대의 소묘」에서 일제의 민족얼 말살정책과『조선일보』의 폐간에 의한 우리 문화 압살정책에 대해 "한 민족의 문화는 늘 그 자신의 존엄과 독창성과 의욕을 가지는 것이고, 따라서 거기로 통하는 길은 오직 사랑과 존경을 거쳐서만 뚫려진다. 한 민족이 세계에 향해서 실로 그 자신이 이해되기를 원한다면 그것은 자신의 문화를 버림으로써 얻어질 리는 만무하다."[34]고 묵시적인 비판을 가한다. 김기림은 시인으로서 또한 기자로서 스피박이 말한, 희생될 수밖에 없는 존재(민족)에 대해 귀를 기울이고 존중하려는 노력을 기울일 것을 주문한다. 즉, 윤리적 개별성은 개인의 주체를 통해서가 아니라 '집단의 주체'(민족 대 민족 간)를 통해 얻어질 수 있음을 조언한다. 그리고 시의 시련기에 백의 시론보다도 한 권의 뛰어난 시집이 나와야 할 것이라고 강조하면서 그것에는 공통된 민족적인 감각과 의식을 담는 동시에 공동체의식을 키워나가는 모습이 드러나야 한다고 충고한다.

---

34) 김기림,「30년대의 소묘」, 김시태 편,『김기림선집』, 깊은샘, 1988, 252쪽.

김기림 연보

김기림 연보

1908(1세)	5월 11일(음력 4월 12일), 함북 학성군 학중면 임명동 276번지에서 아버지 선산 김씨 병연(丙淵)과 어머니 단천 이씨 사이에서 6녀 끝에 장남으로 태어났다. 한학자이신 백부 김병문이 한시 어느 구절에 나오는 글을 인용해서 기림(起林)이란 이름과 후에 편석촌(片石村)이란 호도 지어주다.
1914(7세)	어머니 단천 이씨가 임명동에서 사망함, 그뒤 계모를 맞이하다.
1915(8세)	4월, 함북 학성군(성진군)에 있는 임명보통학교에 입학하다.
1917(10세)	보통학교 졸업 후 한학자를 모셔다가 약 3년간 한문과 글씨를 배우다. 학문을 좋아한 그는 손에서 책이 떨어질 날이 없었으며, 코풀 종이에도 글을 썼다 한다.
1921(14세)	서울에 있는 보성고등보통학교 입학, 중퇴하고 도일(度日)하여 입교중학(立教中學)에 편입하다.

1926(19세) 입교중학 졸업 후 일본대학(日本大學) 문학예술과에 입학하다.

1930(23세) 일본대학 졸업 후 귀국, 조선일보사 학예부 기자가 되다. 이때부터 본격적인 작품 활동이 시작되다.

1931(24세) 낙향하여 '무곡원(武谷園)'이란 과수원을 경영하며 창작에 전념하다.

1932(25세) 1월, 평산(平山) 申氏와 결혼하다. 후에 김원자(金圓子)로 개병하다.
12월, 장남 세환 출생하다.

1936(29세) 동북제대(東北帝大) 영문학과에 입학하다. 장녀 세순 출생하다.
7월, 첫시집 『기상도』가 장문사에서 간행되다.

1939(32세) 동북제대 졸업하고 서울로 돌아와 조선일보사 기자로 근무하다.
장남 세환의 국민학교 입학과 함께 가족을 데리고 서울 종로구 충신동으로 옮겨오다.
9월에 두 번째 시집 『태양의 풍속』이 학예사에서 간행되다.

1940(33세) 서울 종로구 이화동 196번지로 이사하다.
차녀 세라 출생하다.

아버지 병연(丙淵) 임명동에서 사망하다.
8월, 조선일보 폐간으로 낙향하다.

1942(35세) 함북 경성중학교 교사로 부임, 영어와 수학을 가르치다. 이때 제자로는 시인 김규동과 영화감독 신상옥 등이 있다.

1945(38세) 8·15 광복과 함께 경성중학교 교사직을 사임하고 다시 서울로 올라오다.
이 무렵(1945~1950)에 서울 사범대, 중앙대, 연희대 등의 전임교수와 동국대, 국학대 및 그 밖의 시내 대학에 출강하다.

1946(39세) 4월, 세 번째 시집 『바다와 나비』가 신문화연구소에서 간행되다.
12월, 『문학개론』이 신문화연구소에서 간행되다.
3남 세훈 임명동에서 출생하다.

1947(40세) 겨울에 평양을 거쳐서 고향 성진에 가서 가족을 거느리고 서울로 오다. 온 가족이 모이게 되어 이화동 자택으로 옮기다.
11월, 시론집 『시론』이 백양당에서 간행되다.

1948(41세) 4월, 네 번째 시집 『새노래』가 아문각에서 간행되다.
6월, 역서 『과학개론』이 을유문화사에서 간행되다.

1950(43세) 2월, 시론집 『학원과 정치』(유진호 · 최호진 · 이건호 · 김기림 공저)가 수도문화사에서 간행되다.

4월, 시연구서 『시의 이해』가 을유문화사에서 간행되다.

4월, 『문장론신강』이 민중서관에서 간행되다.

6 · 25동란이 일어나자 한강철교가 끊어져 피난하지 못하고 있다가 동숭동 로타리에서 제자로 보이는 청년 두 사람에 의해 지프차에 실려 서대문 형무소에 수감, 납북되다.

1988. 3. 27 유족을 비롯한 각계의 끊임없는 해금 노력으로 납북이 판명되어 공식 해금되다.

원본 김기림 시집

2014년 4월 15일 인쇄
2014년 4월 20일 발행

주 해 박 태 상
펴낸이 박 현 숙
찍은곳 임창 P&D

110-320 서울시 종로구 낙원동 58-1 종로오피스텔 606호
TEL. 02-764-3018, 764-3019 FAX. 02-764-3011
E-mail : kpsm80@hanmail.net

펴낸곳 도서출판 **깊 은 샘**

등록번호/제2-69. 등록연월일/1980년 2월 6일

ISBN 978-89-7416-240-5

값 25,000원